全面披露

[加拿大]

贝弗莉·麦嘉琳 著

陈新宇 译

Beverley McLachlin

Full Disclosure

译林出版社

图书在版编目（CIP）数据

全面披露 / （加）贝弗莉·麦嘉琳 (Beverley McLachlin) 著 ; 陈新宇译. -- 南京 : 译林出版社, 2025. 3. -- ISBN 978-7-5753-0275-3

Ⅰ. I711.45

中国国家版本馆CIP数据核字第202402HE49号

全面披露　[加拿大] 贝弗莉 · 麦嘉琳 / 著　陈新宇 / 译

责任编辑　黄　洁
装帧设计　周伟伟
校　　对　蒋　燕　王笑红
责任印制　单　莉

原文出版　Simon & Schuster Canada, 2018
出版发行　译林出版社
地　　址　南京市湖南路 1 号 A 楼
邮　　箱　yilin@yilin.com
网　　址　www.yilin.com
市场热线　025-86633278
排　　版　南京展望文化发展有限公司
印　　刷　江苏凤凰新华印务集团有限公司
开　　本　850 毫米 × 1168 毫米　1/32
印　　张　11
插　　页　4
版　　次　2025 年 3 月第 1 版
印　　次　2025 年 3 月第 1 次印刷
书　　号　ISBN 978-7-5753-0275-3
定　　价　69.00 元

谨献给我的母亲，她令我爱上小说。

目　录

第一幕 *1*

第二幕 *105*

第三幕 *217*

致　谢 *340*

译后记 *341*

第一幕

第一章

当你的委托人面临牢狱之灾时，你该怎么做？

竭尽所能，然后放手。

我低头看着拘留中心长长的走廊，思索着这次将是何种光景。

警卫是一位身着制服的强壮男子，在走廊的尽头盯着我，冷峻的面容上光影交错。他不喜欢律师，尤其是发型时尚、目光如炬、毫不闪躲的女律师。他身后的钢铁之门打开，伴随着刺耳的金属碰撞之声，我的委托人出现了。文森特·特鲁萨尔迪，商界巨子、艺术资助人。就在昨日，他成了被指控谋杀妻子的鳏夫。

特鲁萨尔迪向我走来，他步履平稳，戴着手铐，双手交叉，神态威严。是他杀了他优雅的妻子吗？也许吧，我心想。至少在执业伊始我会希望自己是错的，但十年的刑事辩护经历已经让我心生倦怠。这无关紧要，我的工作只是让委托人摆脱困境，免受惩罚。

警卫的右手摸上枪套，左手掌轻推囚者，催他向前。我的委托人停下来，半转身表达不满和抗拒，才得以恢复原有步伐。出于某种荒谬的理由，他们就给文森特·特鲁萨尔迪——一位正派、无犯罪记录的市民——戴上了手铐。无论他杀妻与否，他都很难摆脱警卫，随意逃出生天。我们理解监狱里运行的尊严游戏，只有赢家才能保有筹码，但大多数人并非幸运儿。

或许眼前这位是个例外。即便他身披赭色囚服，仍能掌控局面。警卫稍微后退，移转目光，弯腰解锁。一位身材瘦小、剪着寸头、身着制服的女士不知从何处突然冒了出来，翻找出会见室的钥匙。特鲁萨尔迪走进了房间，警卫招手让我进去，门在我们身后咣当一声关闭。如果不算窗外警卫的脸在墙的高处投下的影子，我们可以说是独处一室了。

房间的摆设很简单，只有一张桌子和两把塑料椅，他们把这里弄得毫无人情味。我示意我的委托人坐下，他优雅地移动身躯予以配合。他已经迅速领悟了手铐对活动方式的改变。我把椅子咔嚓一声拖拽到他的对面并安静地滑坐上去。

“特鲁伊特小姐，谢谢你能来。”文森特·特鲁萨尔迪说，他的声音低沉沙哑。他的眼眸碧绿，虹膜镶着金边，目光深邃，如同古代圣像般审视着我。我不习惯被委托人端详，他们往往只是想说：“把我从这儿弄出去。”我决定对视回去。

尽管特鲁萨尔迪已步入中年，但赭色囚服下仍能显示出他强健的肌肉。他的五官端正，可谓英俊。夹杂缕缕银丝的一头浓密黑发从额头垂至下巴，饱满的嘴唇和方形的下颌周围环绕着一圈黑褐色的髭须。他举止高傲，目光凄怆。为什么不呢，我想，如果报纸报道为真，他确实有太多需要为之哀伤的事情。

我中断了眼神接触，手指轻弹，打开了身旁的公文包。

“约瑟夫·昆廷打电话给我，”我一边说，一边登录我的苹果笔记本电脑，“他说您想委托我。”我新建了一个文件并打上“文森特·特鲁萨尔迪”。

“是的。他们告诉我必须反对指控，为此我必须要请一名律师。特鲁伊特小姐，我认为你是合适人选。”他的声音低至耳语一般，“你会做得和别人一样好，谁知道呢，也许更好。”

我从电脑屏幕上抬眼匆匆一瞥。他有罪吗？他只是想尽快摆平此事吗？

“我开始期待能了解你。”他说道，仿佛我们已经达成合作协议。

我启动职业口吻：“特鲁萨尔迪先生，法律预设您是无辜的，但谋杀是严重的指控，我来这里是为了帮助您。”委托人管理的第一课：让其冷静。“请放松，您找对人了。”

他点了点头。

“我听说警察盘问过您。”

“我告诉了他们真相，我回到家，发现我妻子死了。”

如果约瑟夫·昆廷，这位声名赫赫的温哥华精英们的法律顾问，一开始就知道致电我的话，文森特·特鲁萨尔迪本不该轻举妄动，而应坚持行使沉默的权利。现在告诉他这些毫无意义，发生的已成现实。我只希望他没有说出自以为无关紧要的事，导致其深陷本案之中。

他好像觉察到我的忧虑，身体前倾。“特鲁伊特小姐，你不用担心，我不是傻子。我知道即使在你推崇的司法制度下，无辜者也会被定罪，这并不罕见。我感谢你的帮助，希望能有最好的结果。但你应该知道，如果最糟糕的结果降临，我也做好了承受的准备。”

“特鲁萨尔迪先生，您应该知道，我特别厌恶失败。如果我代理本案，我将竭尽所能，打赢官司。”

他坐了回去，“很好，吉莉·特鲁伊特小姐，我决定聘请你。实话实说，我想我已经开始喜欢你了。”

我无视他的突然示好。*不要在我面前摆出一副屈尊俯就的样子*。“首先我们需要做的是确保您获释，把您从这儿弄出去。然后我们再商议案情，看您是否希望委托我们负责。如果进展顺利，我们将讨论检方对您的指控和我们应该如何辩护。我们会处理好一切事务，在合适的时候做好准备。”

我历经打磨的简短演说近乎完美，但他的脸上波澜不惊，只给我一个空洞的微笑。

我提醒自己委托人管理的第二课：*避免失败*。“特鲁萨尔迪先生，我需要坦诚地告诉您，像这次如此严重的指控，法官不会支持保释。不过我们会竭尽所能。”

“特鲁伊特小姐，那么准确地讲，你都需要什么来确保我能获释，或者至少能试一试？”

“我们需要您的私人信息，例如住址、收入、担保人的可能人选、护照，诸如此类，我们还需要现金来申请保释。”

“希尔德加德，”他缓缓地、郑重地说道，“希尔德加德·布雷姆纳，在 TEC 大厦。”他背诵了一个电话号码，我记录下来。

"我的私人秘书，从古老的词义上讲，我家族金库的管家。"

"我明白了，"但我其实压根没有明白，"法官可能想要一大笔保释金。"我再次想起在报纸上读到的有关他妻子死亡的报道。"考虑到具体的情况。"

他平静地凝视着我，"这点事无足轻重。"

"我还需要定金。一万加元起，后续再增加。"刑事辩护工作的第三条规则：提前支付佣金。

"只需一万？"他任由自己轻笑道，"特鲁伊特小姐，我可以确定你的价值远超于此，希尔德加德会安排付款事宜。"

"非常好。"我把笔记本放回电脑包中，"如果您没有其他问题，我就开始工作了，我的同事杰夫·索洛斯基会联系希尔德加德并打理细节问题。如果幸运的话，今天我们就能把您从这儿弄出去。"

"那我感激不尽。"他哽咽道，"我妻子的葬礼安排在明天下午，我希望能够参加。"

"媒体将会等在那里，狗仔队，报纸上整版的照片，六点钟新闻铺天盖地的报道。特鲁萨尔迪先生，您确定要参加吗？"

"葬礼既是为她，我的妻子劳拉，也是为那些爱她的人。"再一次，他凝视着我，"也为了我。"

我考虑了下曝光的影响。丈夫悲痛欲绝，出现在妻子的葬礼上。不是件坏事。

"好吧，"我说，"记得穿上黑色衣服，保持低调。"

第二章

我走出警察局，沐浴在穿透清晨薄雾的阳光之中。我按下按钮，奔驰敞篷车的顶棚向后滑开。我喜欢它的运行方式，平稳流畅，目标明确——在我身处的充满意外的世界里，它能够提供某种慰藉。

我满脑子想着特鲁萨尔迪的事。因为太忙，我无法每天花长时间来读报。但是，我日常仍会浏览苹果平板电脑上有关近来犯罪的资讯，这些可能是我未来的业务。劳拉·圣约翰·特鲁萨尔迪被谋杀的新闻几乎遮蔽了本周寻常的各种持刀行凶、强奸和淫秽犯罪指控。在允许公布的范围内，关于她死亡的残忍细节，与来自社交网页的热点图片，关注度不相上下。并非每天都会有社会名流被谋杀。

虽然案情令人恶心，但我只感到情绪高涨，异常兴奋。这桩本月，甚至可能是本年度最引人关注的刑事案件，将由我来负责辩护。当然，无罪判决的概率不大。毕竟被害人是在婚床上被她丈夫名下登记的枪支射杀。但目前论罪为时尚早，很多情况不为人知，很多事情尚待查明。最终我们所要的不过是一个让陪审团对特鲁萨尔迪杀妻这一论断的合理怀疑。我美其名曰特鲁伊特公司的小型律所的办公室，位于看守所的西边，但单行道指引我朝东行驶，进入喜士定[1]北面的狭窄的街道里，楼下是街头酒吧，楼上是破碎的玻璃窗，人行道上散落着昨晚卖淫、酗酒、吸毒的垃圾。我向右转弯奔向煤气镇[2]安宁古朴的乔治亚风格的砖房。

我停好车，乘电梯来到我的办公室。三年前，尽管我对自己决定的怀疑与日俱增，我还是签下了这座位于昔日仓库且又无电梯直达的公寓的租约。墙上裸露着褪色的砖块，顶棚开着天窗。它不像富人区的高楼那样时尚，但靠近我生活中的重要元素，法院、罪犯和一些时尚餐厅。筑巢引凤，公寓改建完工后，吸引了我过去的同事杰夫·索洛斯基、艾丽西亚·莱昂前来共事。当然还有黛比，她负责招募我们需要的人，拒绝不适合的人。

黛比苍白的脸庞从塑料隔间里抬起，双眸凝视着我，隔间使得她免受门口经过人流的随意干扰。她妆容大胆，画着眼线，涂着口红，留着齐颏波波头，一头金发灿烂得仿佛是假发，比实际年龄显得年轻。我试图径直飘入我的办公室，但黛比的蓝眼睛已经盯住了我，让我停下脚步。

“你接了那个案子？”她问道，她的口音抑扬顿挫，其中

1 喜士定（Hastings），温哥华地名。——译注（本书页下注均为译注，以下不再一一标明。）

2 煤气镇（Gastown），温哥华地名。

的欢欣掩盖了她强硬女性的风格。二十年前，黛比跟着一个男人从利物浦来到了温哥华。后来男人消失不见，她却留了下来，声称她喜欢这边的雨和清新的空气。

“我想是的。”

“定金呢？”她问道，直击要点。

“一万加元，足够目前开支。”

“吉莉，吉莉。”她发出不满的啧啧声。

我知道她正在想什么，我本应该要价更高，但你能指望一个从未有过称职母亲教授金钱知识的孩子什么呢？

“杰夫在吗？”

“是的，刚结束了德拉戈尼的宣判回来。”

“太好了。叫他进来。”

除了堆满桌面的纸张和角落里的文件盒，我的办公室正是我喜欢的样子：临街的拱形窗户，玻璃桌子，黑色椅子，角落的长沙发，光洁如新的室内装潢。只有一幅画悬挂在砖墙的高处，戈登·史密斯[1]的巨幅作品作用颇佳，让我仿若听到乔治亚湾的海浪声，在为数不多的时刻，得以将心绪从迫在眉睫的有罪和无辜，以及如何让我的委托人在律法之下脱身这类事务中解放出来。

我将桌面的一沓文件推到一边，为笔记本电脑腾出地方，

1 戈登·史密斯（Gordon Smith，1919— ），加拿大著名画家，早期作品以风景画为主。

连接上打印机。轻弹几下按键，电脑中为数不多的关于特鲁萨尔迪的文件被打印出来。我从打印机上掠下这几页。杰夫从敞开的门外进来，我递给了他。

“你要做的就是将他保释出来，”我说，“最好是今天。”

杰夫已和我共事四年，彼此之间无须多言。他点点头，坐到椅子上。他身材修长，喜欢穿紧身的深灰色西服，搭配深色衬衣和相称的深色领带。今天他选择了深蓝色衬衣配深蓝色领带。他伸着长颈，又圆又黑又厚的眼镜前倾挂在鼻尖上，试着理解我做的记录。

“那么，我得去见见希尔德加德这位‘家族金库的管家’，”他给了我一个嘲弄的笑容，“不错的措辞。”杰夫的英文博士论文是关于英国诗人丁尼生的研究，他的智商超过150。

“不是我的措辞，”我回应道，“委托人的措辞。”

“一个会使用隐喻的委托人，很罕见。这家伙可能会很有趣。”

“嗯，”我沉思道，“他冷静克制，但难以捉摸。”

“否认事实。”

“或者说，他就是无辜的。杰夫，我们是辩护律师。总得考虑这种可能性。”

“我会试一下。”

“如果可以，竭尽所能，尽快帮他出狱。他想在周五下午参加他妻子的葬礼。”我扫了下我的日程表，“如果你能让他周五上午来这儿，我们将起草预付金合同，告诉他事情可能的发展，搞清楚他想告诉我们什么。”

"被害人的葬礼？恐怖的接触。"

我耸耸肩，"好了，事情已经很清楚了。也许他是真的爱她，我听说确有其事。"

"保释可不容易，"他嘟囔道，"据报纸报道，这起谋杀案非常残忍。"

"我知道，我试过降低他的期望。但是，他没有犯罪记录，名声不错，而且能提供任何数量的保证金。你尽力去做吧。"

"共赴战场，"[1] 杰夫叹息道，"不过，他怎么选了我们？"

"约瑟夫·昆廷。"

"他是谁？"

"肖、昆廷与弗洛律师事务所的高级合伙人——他们的委托人是所有古老的和一些稍年轻家族的显贵们。他们是传统的伯乐和掮客，提供委托人所需的任何服务——对于这个案子而言，需要一位刑事律师。"我做了个鬼脸，"但不幸的是，这次他没有尽到应该服务好委托人的职责。他没有立刻给我们打电话，而是在警察盘问特鲁萨尔迪时，派了一名年资浅的诉讼律师去帮助他。"

我们很清楚，大多数谋杀案胜诉与否的关键在于起步阶段，就在初次审讯。

"我希望他没有认罪。"杰夫说。

---

1 "共赴战场"（Once more unto the breach）出自莎士比亚《亨利五世》，本书第三十五章、第五十五章均出现该句。

“昆廷向我保证，特鲁萨尔迪一直拒绝承认谋杀。但我担心细节问题。等拿到审讯记录，我们就会知道他造成了多大的不利影响。”

“还是不明白。昆廷怎么想找我们？”

“显然是特鲁萨尔迪要求这么做的。如果我们不能让他们满意，他们会找别的律所。杰夫，你了解法官。别让我败诉。”

“好的，”他说，“你今天下午去哪儿？”

“史密斯街 800 号[1],切斯基的预审。也许我会和赛谈谈抗辩的事。”

赛·肯奇，第一号皇家检察官。他冷酷无情，在维护城市街头安全这件事上充满激情，不遗余力。但我想他对我很有好感。

“切斯基，”杰夫小声抱怨，“又一场酝酿中的灾难。”

“切斯基怎么了？”我了解情况，但我希望听杰夫讲出来。

他身体前倾，“‘我们或许被深渊吞噬’，[2]吉莉，直白地讲，我们将要背锅了。我们应该为切斯基做过失杀人的辩护。”

“是的，当然。”我瞥了一下时钟，开始收拾文件。得赶到法院去。又是没有午餐的一天。

杰夫用手撑了一下椅子的铬合金扶手，站了起来，“吉莉，这只是一个案件，只是一项工作。别为了证明那个孩子是无辜的而让自己精疲力竭。”

---

1 史密斯街 800 号，卑诗省（不列颠哥伦比亚省）高等法院和上诉法院所在地，具体为 800 Smithe Street，Vancouver，BC V6Z 2E1。

2 “我们或许被深渊吞噬”，出自阿尔弗雷德·丁尼生的《尤利西斯》。

“杰夫，我明白。”我经过他身边，走出门，“别忘了随时告诉我特鲁萨尔迪案子的最新进展。”

让无辜者蒙冤入狱会让我难过之至。而达蒙·切斯基就是这样的一个无辜者。他刚过十六周岁[1]二十一个月零三天。面临着针对街头毒贩和毒枭凯伦的头号马仔金克斯·利珀特的一级谋杀指控。所有人都知道达蒙用一把单发点二二口径的手枪向利珀特开了五枪，其中三枪可能致命。法律判定切斯基有罪，但我认为他是无辜的，无论是他的生命，还是他的心灵。

“我完了。”当我昨天见到达蒙时，他低语道。他刚从康复中心回来，看起来好了些。但是，对已经俯卧在地的人开了三枪铁证如山，这是无法否认的事实。“特鲁伊特女士，谢谢您的努力。”当我离开时他说。

达蒙的缺席使他自己的预审沦为了律师们关于证据的争论。像预期一样，检察官有一名册的证人而我这边空无一人。我们的计划是看检察官能证明什么，然后决定传唤什么证人。赛派出了他的下属——叶米利·麦克菲，她留着一头提香[2]画作中女性的棕橙色头发，涨红着脸。我关于辩诉交易的希望只好作罢。

预审在精疲力竭中结束，我出来后沿着楼梯，两步并作一

1 原文为 the age of consent（法定性同意年龄），在加拿大是十六周岁。

2 提香（Titian），指提香·韦切利奥（1489—1576），英语系国家常称呼为提香（Titian），他是意大利文艺复兴后期威尼斯画派的代表画家。

步地走向图书馆。卑诗省高等法院[1]所在的阿瑟·埃里克森楼敞亮通风，墙上悬挂着加拿大首席大法官年轻貌美时的肖像，提醒我有时候偶尔女性真的可以主宰法庭。

在起草开场陈词的中途，我清理了一下思路，随后点击了删除键。我现在毫无头绪，特鲁萨尔迪占据了我大脑的整个额叶。他的审判的轨迹在我面前延伸开来。披露，包括检察官告诉我们他们所掌握的一切情况，我们能够挖掘到的调查情况、时间线、不在场证明、检方办案中的弱点、其他犯罪嫌疑人等一切信息。从最初侦查到最终审判，可能花费数年，也可能数月。无论哪一种，都势必占据我未来的大量时间。

我的手机即使静音也时刻彰显着存在感，有条短信进来的震动提示，它来自赛。

"下午六点在韦奇伍德见面喝一杯。需要聊聊特鲁萨尔迪的事。"

我看了下手表，下午五点四十五分，我回了短信，"在那儿见。"

我很高兴去谈论我的新案件。如果他有关于切斯基的事要讲，那就更好了。

我合上手提电脑，归整好文件，出发。

1 卑诗省（不列颠哥伦比亚省）高等法院（the Supreme Court of British Columbia）不是一般字面理解的省最高法院，在其之上还有一级即上诉法院 Court of Appeal，后者才是真正的省最高法院。卑诗省的法院体系分三级，从低至高分别是 Provincial Court、Supreme Court 和 Court of Appeal，译为省法院、省高等法院、省上诉法院。

第三章

律师们偏爱韦奇伍德里鲜为人知的角落，它那些隐秘的僻静之处。这里适合私人会面、接待和必要时秘密交换意见。传说这座建筑是一位来自中欧的美丽女士从曾短暂迷恋过她的企业家那里得到的分手礼物。这座建筑最初本没什么特别，但这位女士凭借她对世间万物的敏锐感觉，改造了它，添置了旧地毯、古董长沙发和厚天鹅绒布幔——宛若没有妓女的勾栏院。

餐厅的领班米切尔在门口欢迎我，向我闪露出一个完美的微笑，“特鲁伊特女士，很高兴见到您。”

“肯奇先生到了吗？”

“还没，但请允许我让奥利维娅带您去就座。”

在我穿过大堂的时候，我意识到身后有无数的目光正追随着我的背影。在刚开始工作时，我试过穿全身套装，不施粉黛，但这不适合我。因此，到了三十四岁，我决定在穿着上做回我自己——简练的深色西装、白衬衫，加上深红色的口红和指甲（如果不是开庭日，一条系带连衣裙外套一件艳丽的夹克也是个好选择），搭配不变的黑色高跟鞋，走路的时候保持昂头挺胸、双肩后展。

米切尔把我交给一位身材高挑挺拔的年轻女子，她身着黑色长筒袜和超短迷你裙，引领我穿过众声喧哗的候餐区。

“来杯霞多丽餐酒。”我边说边溜进了一个帷帘遮盖的角落。

我还没看到赛，但知道他到了：他的假腿在地上发出的咔嗒声，腿部支架动起来的声音，连同每走一步的大口呼吸声，都让人未见其人，先闻其声。对他来说，生活并不容易。虽然脊髓灰质炎在本地早就被根除，但多年后，赛却不幸在他父亲的休假地乌干达受到感染。赛毫不在意不良于行，说这使他变得坚强，但身体缺陷带来的负担改变了他的人生，令他时常心绪不佳。大多数人认为他刻薄，有些人认为他狡诈，还有某些人认为他极其卑鄙。狡猾的赛，人们在法院的走廊里窃窃私语时这么称呼他，走路也躲着他。

但我不是他们中的一员。学习成为一名刑事律师并不容易。我笨拙不堪，经历了不应发生的许多挫败，走过人生下坡路，退出了封闭的刑事律师协会，除了赛，无人在乎我。他在法庭上对我严厉抨击，毫不留情，事后却会请我喝咖啡，帮我复盘。在乏味的法律闲聊间隙，他会不时抛出一些建议：“认真研究你的案子，熟悉你的辩词，直视陪审员的眼睛，不要自命不凡地和法官说话。并且，顺便说一句，永远不要为那些垃圾东西感到沮丧。”

“赛，你为什么要告诉我这些？”每次过后我都会问。

他一挑眉，一撇嘴，“吉莉，我认为我有责任让你变得强大。”

他做到了。这段岁月里，我们的谈话有时很融洽，有时则完全相反。尽管命中注定我们始终在斗争，但在我心底的某个角落，他永远是我的良师益友。

“吉莉，”他以低沉有力的嗓音说，“很高兴见到你。”他的身体随着肘关节的固定支具向前移动，缓缓地在我旁边的长椅上落座，然后向在阴影中走动的奥利维娅示意，“双份拉弗格[1]，纯的，不加冰。”他是个大块头，圆圆的脑袋低垂在粗壮的脖子上，他的前额宽大，像得了脑积水。

“迈克怎么样？”他问道。

“还不错。他沉迷于各种应用软件和程序。离我的兴趣太远了。”

“你们俩准备什么时候结婚？”

“快了。”我耸耸肩，“可能吧。”

“吉莉，亲爱的吉莉。请听一听来自一位年老而受尽苦难的斗士的忠告吧。生活不仅仅是法庭上的战斗。”他停顿了一下，“玛莎、布罗克和孩子们过得怎么样？”

“很不错。不过，我见他们不多。”想起我的寄养家庭，我心底涌起一阵温情。我是一个孤儿，不知道被谁、在何处抛弃，所幸被一位好心的联合基督教会牧师和他的妻子收养。他们在数月间相继去世时，我只有十二岁。我尽量避免去想那之后发生的事情——对于我待过的一连串寄养家庭来说，我令人印象

1 拉弗格（Laphroaig），一种威士忌。

深刻，因为我总是对那些恐怖生活竭力抗拒，最后又被重新扔回寄养系统里。我最后的寄养家庭是玛莎·梅恩和布罗克·梅恩家。我永远感激他们的仁慈（更不用说经济上的支持），以及他们的四个儿子，我从他们那里学到了街头智慧。

我换了个话题，“洛伊丝怎么样？”她是赛的妻子，曾不止一次在深夜庭审后为我亲手烹饪晚餐。最近她的身体一直不舒服。

赛摇晃着他发亮的脑壳，“想听好消息还是坏消息？”

“你了解我的。全都告诉我，行吗？”

“好吧，好消息是她已经戒酒了。坏消息是她的肝脏已经不行了。”

“所以你们现在准备怎么办？”

“我们打算做器官移植。”

“但是，如果洛伊丝——”

“你说得对，吉莉——她酒瘾仍然很大。不过，她已经发誓，正在戒酒。所以她现在在器官移植等候者名单里。”

“需要等多久？”

“谁知道呢？在此期间，我们姑且说她与这个世界相处得不甚愉快。”

我们点的酒到了。当第一口霞多丽葡萄酒滑过我的喉咙时，我暗自感叹命运的残酷。赛和洛伊丝起初看来非常般配：一个是活力四射的乡下女孩，一个是受人尊敬的已故学者的独子，充满了男性魅力。他俩曾有过一个儿子，但十二个月后，孩子夭折了。赛把他的悲痛埋藏在把那些触犯法律的人渣绳之以法的工作激情之中，留下洛伊丝独自沉浸在悲伤之中，夜夜以酒消愁。“离婚吧，结束这场闹剧。”我早告诉过他，“你会要了她的命。”但有些东西——也许是愧疚，或者是爱情？——把他捆绑在她身边。

“吉莉，”赛说，“你知道我很欣赏你。我得给你一个忠告。”

“我需要的是一份能在周一救我一命的辩诉交易，而不是建议。”我想。

“你的事业正一帆风顺。你赢了史密斯案的判决，又在纽金特涉毒案庭审中击溃了检方。前几天你还在上诉法院获得胜诉。”

他轻缓地将身体的重量转移到长椅上。“十年过去，你已经建立起自己的声望。吉莉，你大受欢迎。但一切都有可能像那样结束。”他用手指轻弹了下拇指，做了个弹走小虫子的动作，“碰到几个烂人，你就会玩完。”

我瞥了他一眼，“总有法律援助。”

“你不能回到那儿去，这会害了你。”

“赛，你什么意思？”

“吉莉，你开始冒险了。我以前见过这种情况。切斯基——这是个烂人，你知道的。你却要送他去接受审判。”

“赛，如果我没搞错的话，是你要他受审的。上次我就发现了，你就是检察官。”

“别胡说。我给过你二级谋杀认罪的提议。”

“这远远不够。”我说，“二级谋杀会让我的委托人在十年后才能获得假释。这是个好男孩，没有犯罪记录，开枪时自己吓得屁滚尿流。他还是个孩子，赛。如果进了监狱，他就废了。运气好的话，我可以争取到过失杀人或者无罪的判决。”我坚持自己的立场。

“无罪判决，吉莉？你疯了吧。他向受害者开了五枪。近距离射击。你知道，在这个案子上，我不可能认定他是过失杀人。”

“那我想我们只有法庭见了。”

“我想是的。但看着你输我会很难过。”

“饶了我吧。”我知道赛和我一样热爱胜利。他需要胜利，为胜利而生。他接着换了个话题。

“我听说你在为特鲁萨尔迪辩护。”

“我们看情况。我明天要去见他。”

“另一个烂人。”赛喝了一大口麦芽威士忌，“吉莉，他罪有应得。没有人能让你的委托人在那样的犯罪现场之下被无罪开释。这会是国内，甚至可能是国际上的大案。”

我摇了摇头。赛是在关心我吗？或者，他是担心我可能会赢？

“赛，为被告辩护是我的工作。你可别忘了，他目前被推定为无罪。不管怎样，从我在报纸上读到的信息看，你的问题在于凶手身份，换句街头俚语讲，那就是谁干的。”

“吉莉，他完了。他的床，他的枪，还有那些照片——不用我说，当你自己看到这些，你就会明白。我只是觉得应该提醒你一下。”

“赛，如果对失败的恐惧就足以让我放弃，我就根本不会开始从事这份工作。每个案子都会有人失败。我知道该如何让自己振作起来。”

他露出一个淡淡的微笑。“我就猜到你会这么说的。”他紧紧地盯着我，眼睛一眨不眨，“现在我全明白了。回你在福溪[1]的公寓吧。你可以开一听金枪鱼罐头，放点爵士乐。用谷歌检索特鲁萨尔迪。网上的信息就至少够你研究到午夜。”

“你呢？回家吃点冰凉的烤牛肉，和生病的妻子度过凄凉的夜晚。赛，不用担心我。我会挺过去的。”

他正想要再点一杯酒，但我向奥利维娅示意，她正小心翼翼地从天鹅绒帷帘后面看着我们。“请把账单给我，”我说，“再帮我的朋友叫辆出租车。”我把一张二十加元轻轻抛到餐桌上，然后起身。“谢谢你的建议，赛。周一见。”

1 福溪（False Creek），温哥华市里的一个内湾，它将温哥华市中心和其他地区分离开来。

第四章

赛确实非常了解我。我吃完从城市美食集市买回的沙拉后，在斜放在客厅窗户边的浅色书桌后面安坐下来，在接下来的几个小时里，我将忽略海边日落的美景，开始研究我的委托人。

我先从他的妻子劳拉·特鲁萨尔迪入手，摆在我面前的《太阳报》社交版上正是她本人的倩影。照片里，她光彩照人，正准备参加艺术慈善舞会。她挽着丈夫的胳膊，优雅行走在温哥华酒店的台阶上，扬起戴着手套的手向某个不知名的侍从默默致意。劳拉为了这次舞会盛装打扮，香肩半露，裹着绸缎，细长脖颈间的祖母绿宝石在弧光灯下闪烁着微光。沿着优美的颈部曲线往上，一条精美的头巾挽起她金色的秀发，以一把钻石梳子固定住。社交博客上没有透露她的年龄——这不礼貌——但我猜测：至多四十岁。

我了解到她一直很忙，她是不少艺术团体的董事会成员，同时为各项事业积极筹募资金，例如癌症、海滩上的吟游诗人（一年一度的莎士比亚戏剧节）。“完美的妻子。”我继续浏览，“但没有提到孩子。”

我点开一个链接——LEAF，这是“妇女法律教育和行动基金会”的缩写。她作为一位从未研读过一本法律书籍的女性，却在一次早餐募捐会上把一张大额支票亲手交给了当地分会的主席。标题写道：**劳拉·特鲁萨尔迪向基金会捐款25 000美元，用以帮助失踪的东部妇女**。我向后靠回椅子里。可见劳拉·特鲁萨尔迪是一位善良的人。不久前，我还是LEAF的一员，甚至可能见过劳拉，但我最近已经离开了基金会。现在我更愿意为那些被指控对女性犯罪的人辩护，而不是为他们的受害者游说。

我能找到的我委托人的照片少于他夫人劳拉的。据谷歌介绍，他的父母在1945年经由伦敦来到了加拿大，顺利逃离了“二战”结束后意大利混乱的局势。他们有一个女儿叫拉奎拉。但十年后，他们可能才想起来需要一个儿子来做他们的继承人，于是他们用这个孩子父亲的名字文森索，给这个新生的婴儿取名叫文森特[1]。文森特过着神仙般的生活——牛津大学，各种豪车，世界杯帆船赛。从那时候留下的照片来看，他颇受女性的青睐。大约十年后——随着母亲去世，父亲患病——他从国外回到温哥华，接管家族生意。令诸多持怀疑态度的人深感意外的是，这位花花公子开始认真工作，引导家族企业朝新的方向发展。不满足于将经营范围局限于意大利产的鞋类和家具产品，

1 文森特（Vincent）和文森索（Vincenzo）都来源于意大利语Vicentius，意为“赢家”“征服者”。

他进行了产业多样化扩展，收购了银行和连锁药店。虽然其中一家银行在20世纪80年代初的经济危机中倒闭了，但他重整旗鼓，继续大赚特赚。在这个过程中，他开始收集澳大利亚原住民的艺术品，拥有了除人类学博物馆外全世界最好的曲木盒和曲木篮的藏品。然后，时间来到了十年前——随着这一系列事情的发生，他也逐渐步入了人生的下半程——他同一位比自己小了十五岁、出身于一个温哥华显赫家族的女人结了婚。我循着谷歌的链接打开了《西部生活》杂志的网页，看到劳拉和文森特一起站在他们位于西温哥华的家中，背景是一座画廊。

我考虑过是否要访问下聊天网站，看看既然大众很有可能对特鲁萨尔迪有罪毫不怀疑，那么他们究竟会对他发表怎样的看法，但我决定还是算了，从各类报纸的头版上，我已经知道得够多了。《太阳报》声称：**劳拉·特鲁萨尔迪在自己床上死于枪伤**，具体细节则全无透露，留给读者自行想象。我关上了电脑。凭着这样的标题，他们能得出什么样的结论，我太清楚了。

在这些报道里，有些东西和我实际感受到的对不上号。我的脑海里总是浮现出我在会见室里遇到的那个人——他威严、冷漠、坚忍，只有到最后谈到他希望去参加妻子葬礼的迫切需求时才流露出强烈的情感。这双悲伤难过的眼睛让我难以忘怀——上一分钟还在告诉我，他为自己的所作所为感到不知所措，下一分钟又改口，说尽管证据确凿，但他是无辜的。我试着尽量抛开这样的想法——如果我的努力无果，他就会含冤入狱，它只会让这份工作变得更难。

手机刺耳的响声打断了我的思绪。我拿起电话，“怎么样，杰夫？”

“把他弄出来了。”

“麻烦吗？”

“小事一桩。甚至用不着交保释金。只需要他本人保证，‘交出护照，留在城里，不得乘船越过北纬 49 度[1] 以南’。哦，对了，还有顺带‘确保出庭’。加上那些常规的警告，‘你的承诺是神圣的，等等’。然后，法官在文件上签字。搞定。结束。大功告成。”

“他现在暂时自由了，但事情并没有结束。不管怎样，干得好，杰夫。他现在在哪？”

“已经回家了。司机来接的他。”

“天哪。”

“是的，我知道。我才不会靠近那鬼地方，要是我是清白的话。”

“杰夫，我们的工作不是去评判。”

“听你的，老板。”

通话结束，我盯着手中静默的电话，好奇如果那张婚床已经被清理干净，特鲁萨尔迪是否会在上面过夜。红灯显示现在时间是晚上十一点半该睡觉了，或者说该试着入睡了。明天又是新的一天。

---

1 温哥华地处北纬 49°13′，西经 123°06′。

第五章

周五上午九点，我正在办公桌前仔细研究案卷，这时，电话闪了一下。“文森特·特鲁萨尔迪到了。”黛比说。

“请带他到会议室去，”我告诉黛比，我把平时用来开会的长十四英尺宽十二英尺的隔间堂而皇之地称为会议室，“叫上杰夫——如果艾丽西亚在的话，让她也来。”我想给对方留下深刻的印象。

当我走进会议室时，我看见特鲁萨尔迪站在拱窗旁，凝视着窗外楼下的街景。他转过身来，“特鲁伊特小姐。”

他系着真丝宽领带，穿着一件有着精致格子花纹的羊毛夹克，下身是一条礼服裤。他看起来正符合谷歌对他身份的描述：一个企业家，同时也是一名极富修养的艺术品收藏家。

我穿过房间走向他，伸出了手，“特鲁萨尔迪先生，很高兴见到您。”

我们握了握手，松手时他向我点头致意。他在我们当初监狱会见时还郁郁寡欢的情绪，今日已全然不见，代之以一种老派的绅士风度。他的目光从我身上转向桌上摆着的因纽特熊的雕像和墙上挂着的托尼·翁利[1]的版画，“我看得出来，你对艺术很感兴趣。”

“是我的养父母引我迈入艺术之门。他们一直坚持在周末带着全家人长途跋涉去游览众多美术馆和画廊。那些色彩、造型，还有它们背后的故事，我总是沉醉其中。”

“我对艺术情有独钟。”特鲁萨尔迪若有所思，“我偶尔会有其他爱好。但我最后总会回归艺术的怀抱。艺术承载着美，美以它所有迷人的形式呈现出来。”

我不知道该说什么。监狱里可没多少艺术和美，除非你认为墙壁上的涂鸦也算。

杰夫走了进来，艾丽西亚紧随其后。我来做记录，她轻拍笔记本电脑向我们示意。艾丽西亚是第一批中国移民的后代，她喜欢提醒我们，一百二十五年前她的祖先来到这里参与修建加拿大太平洋铁路，为了携带家眷，他们向政府缴纳了人头税。她把乌黑的长发顺着光滑的脸颊梳在脑后，显得简洁、干练。虽然她看上去身材娇小，但我心里很清楚她有多优秀。去年，她在其法学院里名列第二。我很庆幸拥有这样的伙伴。我们悄然入座。但在我准备开启惯常的套话之前，特鲁萨尔迪先开口了。

“我猜你们想知道我是否杀死了我的妻子。”

“除非您想告诉我们。”我答道。为什么他们总是认为这件事的重点在于真相呢？“我们的工作不是裁决您是无辜还是有

1 托尼·翁利（Toni Onley，1928—2004），加拿大著名水彩画家，擅长画自然风光。

罪——而是尽我们所能为您提供最好的辩护。”

“郑重声明，我没有。我没有杀她。”他一定是看到我脑海里的齿轮在飞速旋转，“我也没有雇任何人去做。我爱我的妻子。”

“很高兴知道这一点，特鲁萨尔迪先生。但不幸的是，这还不足以让您脱身。”我想，赛一定会搜集大量的证据来指控他。他的妻子，他的床，他的枪。的确，这些只能拼凑出一个似是而非的“真相”，但它们仍然是重要的证据。如果他所言为真——我很想相信他确实如此，他还有很多事情需要解释。

“关于谁杀了您的妻子，您有什么头绪吗？”

他犹豫了片刻，继而摇了摇头，“没有。”

艾丽西亚停止了打字，杰夫与我目光对上的时候，我读懂了他的眼神，*我早告诉过你*。

“特鲁萨尔迪先生，我们需要您的帮助。关于谁可能会杀她，谁可能想让她死，您肯定有些想法。”

“她是一个好人。”

“恐怕是好过头了，对吗，特鲁萨尔迪先生？”我问道。我想起了我通过谷歌搜索到的那些结果，“太多的事业，太多的使命？”

“我钦佩她的所作所为，试着支持她的事业。”

“但这并不总是那么容易，是吗？”

“是的。”这些话恐怕已压抑许久，此刻他情绪迸发，脱口而出，“有时这让我抓狂。她以前总是试图帮助这个人，或者修正那个错误。‘这不是你的问题，’我过去总是这么告诉她，

‘不是我们的问题，为什么我们不能好好过自己的生活，为什么你一定要拯救世界？’”他停下来喘了口气。“但我没有杀害她，抱歉。”他低声说，“死者为大，我不该在她尸骨未寒时说这些。”

“不用觉得抱歉。我们需要了解她，了解您，以及具体的情况。”我靠着桌子探过身去，“她都试图帮助过谁呢？”

“每一个人。患精神病的孩子，失踪妇女。还有——我。”他苦笑着说，“她接纳了一个花花公子，唤醒他的良知，或者试图这样做。她也接纳了我的姐姐——拉奎拉受困于轮椅也受困于内心的魔鬼——给了她一个活下去的理由。还有那个总是四处游荡的男孩——”他突然停了下来。

杰夫、艾丽西亚和我看着特鲁萨尔迪垂着头。“我不是个圣人，所以有时这会让我抓狂。但我爱她。我没有杀她。”

我清了清嗓子，“有时候坏人杀死好人。特鲁萨尔迪先生，您有什么仇人吗？有谁会想着通过谋杀劳拉来伤害您吗？”

“当然，我有商业竞争对手，但没有仇人，没有人会……这么做。”

“您有不在场证明吗？”

他身体向后靠，整个人缓和地调整为正常的坐姿，“是的。我当时正在海上航行。回到家后，才发现了她的尸体。”

“当时有人和您在一起吗？您有什么方法能够证明她死亡的时候您不在现场吗？比如说有人曾看到您？或者在她遇害时，一条可以确定您的定位在海上的手机追踪记录？”

“我当时关机了——我想要清净些。我独自航行，但游艇俱乐部里有人。一定有人见过我。”

“那把枪呢？您把它保存在哪儿？”

“在我的保险柜里，但是当我回到家时，却发现保险柜里空无一物。”

我记了下来，“特鲁萨尔迪先生，我们开诚布公，这将是一桩棘手的案子。几乎不可能赢。如果我们想获得哪怕一丁点打赢这场官司的机会，您需要对我们毫无隐瞒，全力配合。没有秘密，不要花样，毫无保留。做不到这些，就麻烦您另请高明。”

当我说话时，艾丽西亚的键盘噼里啪啦响个不停，而当特鲁萨尔迪从容不迫回答时则归于静谧。“我明白了。没有秘密，不要花样，毫无保留。”

“那我们会竭尽所能来帮您。”

他点了点头，然后问道：“你怎么看待案件的进展？”

“目前还为时尚早，”我说，“我们得等着皇家检察官告诉我们他们已经掌握了哪些证据。这叫作披露。这将需要几周的时间，甚至更长。然后是预审，由法官来决定是否有足够的证据以将案子交付审判。”

“这一切需要多长时间？”特鲁萨尔迪用手指敲着桌面问道。

“如果您希望的话，只是预审，我们就可以把时间拉长到一年。”

他那环绕着金边的眼眸紧盯着我，“那么久？”

“当然这取决于检方。他们可能更倾向于直接起诉。或者如果他们把时间拖得这么久，我们就可以得到中止特许状，因为您在合理的时间内还没有被移交审判。”

“永久的炼狱。”

“还有更糟的，比如坐牢。”我回想起了赛那句提前的判决：罪有应得。他已经盯上了特鲁萨尔迪。“我有一种预感，检方不会让这个案子拖下去的。”

“我不想仓促受审，如果这意味着判决的结果是有罪。但是我也不认为我能等上两年来让这事结束。”

“特鲁萨尔迪先生，既然如此，让我们直奔主题。我们需要权限来走进您的家，走访您的朋友和家人。我们需要建构一幅您亡妻的生活图景，了解她的为人和谁可能是凶手。我们需要知道关于她的一切。”我放低声音，“关于您的一切。”

“我明白。”

“我想从调查犯罪现场开始。”我快速翻阅着我的电子日程表，“整个下周我都会忙于另一起谋杀案的审判。等它一结束，我就会联系您。”

他撇撇嘴，“在这种情况下，我不可能远走高飞。”

“我想和您的姐姐拉奎拉谈谈。您家里还有其他人吗？”

“我的管家卡尔梅利纳·卡佩利。我姐姐就住在我家一楼的一间套房里，所以你不需要走远路去拜访她。”他筋疲力尽地瘫坐在椅子上，“其他的我们可以迟些再谈吗？”

“好的。”我转移话题，“还有一件事。我们需要一笔定金来继续办这桩案子，五万加元——当然，是以托管的方式——只是目前暂时的。”我心想，“黛比会为我感到骄傲的。”

“当然，特鲁伊特小姐。”他取出他精美的意大利皮革支票簿，开出支票，起身递给我。会谈结束。

“我期盼在下下周见到你，特鲁伊特小姐。你来的时候我可否邀请你共进晚餐？”

不得同委托人密切接触——我想起刑事辩护工作第四条规则。

“我们看情况再说吧。”我说。

第六章

文森特·特鲁萨尔迪刚出门，我的手机就嗡嗡作响。

“嗨，迈克。”

“吉莉，下午两点钟，你能在卡罗[1]和喜士定的交叉路口和我见一面吗？我今天下午有个活动，想要你和我一起去。也许结束之后我们可以共进晚餐，如何？”

某个活动，我心想，听上去很诱人。更何况我已经有几周没见到迈克了，我埋头办案，而他则赶赴旧金山为国际商业机器公司（IBM）研发各类法律应用程序。

“没问题。”我回道，“我手头的工作很快就能结束。”

我和迈克尔·圣约翰从法学院一年级以来就一直在一起，我们是最好的朋友，偶尔作为恋人约会。他选择从事高科技 IP 路由工作，现在通过开发应用程序赚钱。而我走上了刑事辩护的道路。

到了约定的时间，我站在街角，在朝我而来停停走走的车

1 卡罗（Carrall），温哥华地名。

海中搜寻着。我发现了曾经属于迈克母亲的那辆老式的银色宝马。我挥挥手，迈克想把车朝我的方向开过来，但无济于事。

于是，我横穿车道，无视狂怒的喇叭，违反了各种交规。

“嗨。”我一边打招呼一边坐进迈克的车的副驾驶座位。

他的目光掠过我的脸颊，沿着我的腿一路到我的黑色系带鞋上。“嗨，吉莉。好久不见。”他是个少言寡语的人，真正说出口的话都是经过深思熟虑的。

“怎么穿起西装来了？”我问道。迈克体形瘦长，经常穿着套头衫和牛仔裤——在正式着装的场合也许会穿上一件夹克。今天，他穿着西装，系着领带，自然得仿佛他生来便应该穿成这样。过去的他确实如此，我提醒自己——他青少年时期上的私立预科学校里教给年轻人的就是这些。“我们要去哪里？”

“耐心，吉莉，这从来不是你的长处。”

我朝他微笑。他的五官并不匀称，长着一个鹰钩鼻，但我觉得他挺帅。“快，告诉我吧。”

他勉强一笑，“去参加一个葬礼。”

“真的吗？谁的葬礼？”

“第三代的堂姐。你知道的。”

我不知道，我没有第一、第二代，或者说任何一代的亲戚；就这个意义上而言，我也没有父母。但潜藏在我脑海中的某种猜测被唤醒而浮现出来。“这个葬礼，不会是——？”

“劳拉·特鲁萨尔迪。糟透了。她被谋杀了。我理解这很不体面。据说是她丈夫干的——”

拥挤的车流前方突然出现了一个缺口，迈克的宝马车提速向前。我靠在仪表板上。迈克。劳拉。堂亲。谷歌上都能查到。如果我有费心去注意我阅读的那些资料，我就会留意到劳拉·圣约翰·特鲁萨尔迪这个名字，意识到她就处于迈克背后巨大家族的边缘旁系。

“有意思。”我说。我消化着这些信息时，我们正沿着理查兹大街向南行驶。

“怎么了，吉莉？”迈克减慢车速等红灯的时候，瞥了我一眼，“你脸色变白了。”

“我现在是他的代理律师，为她的丈夫，文森特·特鲁萨尔迪代理这个案子。”

“告诉我你在开玩笑。”

“不是。我非常严肃。”

他又瞥了我一眼，“你不能接这个案子，吉莉。这跟我关系密切，我是说——”

“我们又没有结婚或者有类似别的什么利害关系，迈克。”

“尽管如此，”迈克强硬地说，“据我所知，这明摆着是他干的。你为什么想要接这个案子？”

“因为他有权利获得辩护。”我意识到自己提高了嗓音，“我为他人辩护。这是我的职责。他们是否干过这事与我无关。”

迈克是一名律师，但在他那个为商务律师设计应用程序的高高在上的世界里，获得公正审判的权利并非最为重要。“再说了，”我嘀咕道，“他告诉我人不是他杀的。”

迈克放缓语速，逐渐地激动起来，他问道："你相信他说的话吗，吉莉？据我所知，不管是谁做的这件事，还不如直截了当地把嫉妒的狂怒写在墙上。还有谁会那样对她？"

"我不清楚。情人，或者陌生人？"

"是啊，一个能接近他们婚床的情人或陌生人。"他冷淡地附和。

我耸耸肩。即使我心中早有答案，也没必要回应迈克。迈克突然变道，车子缓缓驶入了一个地下停车场。当我们从车里出来时，我又回想起与特鲁萨尔迪的初次会面。"他会来的。"

迈克停下脚步，我们在一片昏暗里注视着彼此。我猜他原本想说，"算了吧，吉莉"，"你不该来参加她的葬礼——尤其是绝不该与我一起"。但他伸出手来，迅速捏了捏我的肩膀，"我们走吧。"

我们走出停车场的电梯，来到了明亮的街道上，穿过玫瑰圣母大教堂[1]——这座庄严肃穆的建筑由石头和灰泥建成，高高的彩色玻璃窗镶嵌其间，顶部是阁楼状的屋顶。虽然葬礼还要过半个小时才开始，但通往教堂漆黑大门的台阶上已经挤满前来悼念的人。记者们挤压警戒线时，引座员正竭力阻止那些好事之徒。一个正在指挥现场的秃顶男人在人群中看到了迈克，

---

1 玫瑰圣母大教堂（Holy Rosary Cathedral）位于温哥华市中心，是一座 18 世纪法国哥特复兴式建筑，为天主教温哥华总教区的主教座堂。

挥手示意我们往他的方向走。我牵住迈克伸过来的手，跟着他穿过人群。我们无视照相机的闪光灯，拾级而上，沿着长长的中央过道，进入幽暗的教堂之中。

当我端详教堂正厅时，我脑海中的法律思维也在快速运转着。没有骨灰缸或骨灰盒——谋杀案的审判即将开始，赛有充分的理由阻止遗体火化。尸检能揭开故事的很多真相。为了赛考虑，我希望他已经让人在仪式后把尸体直接拉回太平间。我想我能在这场仓促举办的葬礼中有所斩获。

与三代堂亲的身份相符，我们在右侧后三排就座。我环顾周围的长椅，前后都是一排又一排的家族成员。我和迈克断断续续在一起已有十年之久，但我只见过他们之中的少数几位。前排的长椅是空的。我很好奇神父是否把这个位置预留给了我的委托人。

迈克遵循社交礼仪，对投来的目光一一致意，低声礼貌问候，把我介绍给亲友们。“很高兴见到你，特鲁伊特小姐。”他们说。“很高兴看到你，迈克。你看上去气色很好。”我注意到他们揣测的眼神——所以，这就是迈克的女友。对迈克而言幸运的是，我正好戴着他去年在拉荷亚[1]旅行时给我买的爱马仕围巾，让我身上穿的日常的黑色西装提升了一个档次。上下打量我一番之后，他们淡然一笑，转向当前之事，“这太可怕了。她待人亲切，为人大方，这么好的人。红颜薄命。真是罪过。”我

---

1 拉荷亚（La Jolla），美国加利福尼亚州南部圣地亚哥市的一个旅游小镇。

点了点头，但小心地不表态。

在管风琴嗡嗡的低声奏鸣中，一个豪华的红木棺椁被推进来。身披饰有花边的斗篷的神父们转动着香炉。

“大弥撒。”迈克低语道。

“我原以为你是圣公会教徒。”我小声回应。

“除了天主教徒在弥撒结束后才致悼词以外，其他都一样。跪下来，吉莉。”

我从手指缝向外窥去，发现前排长椅现在已经有人了。我的委托人肯定是从某扇专门为他而开的侧门进入了教堂。文森特·特鲁萨尔迪的后脑勺在彩色玻璃窗的柔光照射下微微发光，夹杂银丝的浓密头发优雅地披在白色浆洗的衣领上。在他身边坐着一个黑衣女子，从她戴着的帽子面纱下望去，可以看到她黑发的刘海——我猜她就是拉奎拉，文森特的姐姐。当她向后望着过道时脖子转了过来，但是我只能在厚厚的面纱下看到一丁点侧面轮廓。“我很快就会开始了解她。”我心想。

神父们在教堂主祭坛后面各就各位，随后话音传来，“劳拉，在教堂受洗，在教堂结婚，受教堂祝福，求主怜悯。”我们向主忏悔罪行，向主祷告祈福。主教就生命的短暂做了一次布道。我们再次祷告。我知道一些祈祷文，我的第一任养父母曾教过我主祷文，但弥撒仪式中不断地下跪和起立使我心神不宁。我尽力跟上每一次提示，但还是错过了一些。“我不太擅长这个。”我嘟哝着，当我终于迟缓地从一个蹲姿中站起来时，膝盖简直要废了。

迈克低着头，紧闭双眼；他沉浸在弥撒仪式赋予他的尽情哀悼的权利之中。我突然意识到——他显然正在以他的方式与他的堂姐永别。他们在童年时肯定一起玩耍过，欢笑过，也许还打过架。那些画面从我眼前掠过——家庭聚餐，大人们酒足饭饱，孩子们则自由欢快地奔向阁楼或者地下室，不管哪个圣约翰公馆，都会选择这些地方来欢庆感恩节或圣诞节。而如今他的堂姐走了。我摸了摸迈克的手。在最后的圣餐仪式上，他的手指心不在焉地与我的缠绕在一起，嘴唇无声地嚅动着。

主教吟诵着祝福，在棺椁上方转动香炉，洒上圣水。主啊，我们把劳拉·圣约翰的灵魂托付给您照拂。主教没有提起她在过去十年里一直使用的那个名字——在她去世后，劳拉·特鲁萨尔迪似乎再一次成为劳拉·圣约翰。

我如释重负，某人——很可能是我的委托人——有意识地取消了弥撒后的悼词；在我看来，对死者的优秀品质和早逝说得越少越好。抬棺者把棺椁推到过道上，文森特·特鲁萨尔迪向后转身，他的姐姐就在他身边，坐着轮椅。我在心里默默地记下来。

我的客户跟着棺椁，双眼低垂，就像我之前教他的那样。“很好。”我心想。当他经过时，他抬头看到我站在迈克旁边，露出了一丝悲伤的微笑。然而，来自他姐姐拉奎拉的凝视，即使隔着面纱，都足以让我惊愕到呆在原地。迈克注意到她注视着我的眼神，跟着这眼神看向了我。送葬队伍经过后，家族成员们缓慢挪动着，一排接着一排，走入过道中。

走到教堂外面，我们沐浴在令人目眩的阳光里。随着眼睛逐渐适应过来，我勉强辨认出前方的黑色轿车——其中一辆运送尸体，一辆接送文森特·特鲁萨尔迪和他姐姐，还有一队属于圣约翰家族的豪华轿车。家族成员簇拥在一起，互相告别——轻声低语，礼貌相拥，潸然泪下。

一群衣着得体的女士走下台阶，站到灵车旁边，伴随着庄严肃穆的砰的一声，殡仪员关上了门。我认出了一些来自LEAF的律师，她们来这里悼念她们死去的姐妹劳拉。曾经我和她们在相似的场合并肩站在一起。她们如果知道我现在为文森特·特鲁萨尔迪辩护，会很不高兴。刑事辩护律师或激进女权主义者——无论是谁说你能够兼具这两个身份，都是在撒谎。

在来自LEAF的女士们的背后，站着另外一个群体，她们衣衫褴褛，一些人还穿着花里胡哨的短裙和网袜。有一两个人举着标语——**停止屠杀，寻找我们的失踪妇女**。我想起文森特苦涩沉重的口吻——劳拉和她的事业。

文森特·特鲁萨尔迪把他姐姐扶上他们豪车的后排座位，趁着司机把轮椅折叠起来收入后备厢里时，自己沿着车尾绕到后座的另一扇车门边。在我的委托人上车后，司机礼貌地弯腰关门。

车队慢慢地前进。人群现在安静下来，往后退去。

随后，我看到他——一个又高又瘦的男子从人群中走出来，朝灵车走去，他伸出右臂，似乎想让车停下来。但灵车驶离，他的胳膊垂了下来。他斜戴着艺术家的宽顶无檐圆帽，穿着一件灯芯绒夹克。当他抬起头时，我发现他泪流满面。他盯着远去的汽车许久，才蹒跚着走回人行道，转身挤过人群。

“那是谁？”我问迈克。

“谁知道呢？我想是某个爱她的人吧。”

我想追上那个男人，问他的名字，和他聊聊，但迈克拉住我的胳膊肘引着我离开了。

第七章

两小时后，我和迈克坐在第四街上毕晓普餐厅[1]的一个僻静角落里，这是一家以精致的自然烹饪而闻名的小型餐厅。迈克与我习惯于把对方对自己的付出当作理所当然的事，彼此间不必说谢谢。我喜欢这种相处方式，但今天，我从他身上感觉到某种不同寻常，不仅仅是才送别他堂姐劳拉的缘故。

“迈克，发生了什么事？”

“你是什么意思？”他伸手捋了捋他乌黑光滑的发顶。

“我的意思是，你真的去购物了。为了买一幅油画，而不是那些你可以在海湾百货商店[2]买到的无足轻重的玩意。你从不购物。而且你还在一家餐厅预订了座位。通常来说，你一般就只是问，你是想吃比萨还是泰国菜？”我把手放在他的手上，“还有这身西装。我知道这是为了参加葬礼等活动，但你仍然穿着它。你甚至没有像往常那样只是穿件夹克就来。”

---

1 毕晓普（Bishop's）餐厅，温哥华著名的西餐厅，以其老板约翰·毕晓普（John Bishop）的名字命名，主打西海岸料理，强调突出食材自身的风味。

2 海湾百货商店（The Bay），北美最早的百货商场。

“我把领带丢在车里了。”

我看到他敞开的衣领，“不要遗漏细节。”

“我正在试着做得更好。”

“你肯定看过了某篇博客。”我说。

“你可以这么说。”在改变话题前他咧嘴一笑，“吉莉，你喜欢这幅画吗？”

“迈克，说到绘画，关键在于你是否喜欢。但，是的，这幅画很美。把它放到你的壁炉上方，会显得格外漂亮。”

葬礼结束后，迈克带我去博施画廊[1]观赏了一幅他看中的油画，让我印象深刻。那是乔·普拉斯基特[2]的作品，优美的角度，柔和的色彩，门与镜，当你的目光进入和徜徉其间，你会忘记你为何而来。

“吉莉，这不是你会买的作品。”迈克说道。他是对的。我喜欢更艳丽大胆的作品。

“这很适合你。”我说，“如果你喜欢，就买下吧。”我想了想，在心里翻了个白眼：这又不需要你用那些你所继承和创造的东西来仔细考虑后才能决定，只是买幅画而已。

最终，他买下了这幅画，并安排好在周一运送安装。

“这是个好买卖，迈克。”在我们一起回车上时，我对他说，“很完美。对于填满你房间的空白空间，这是个美好的开始。”

---

1 博施（Bau-xi）画廊，1965 年由华人移民黄博施创办的以自己名字命名的画廊，是温哥华最早的商业画廊，现在在多伦多和西雅图设有分店。

2 乔·普拉斯基特（Joe Plaskett），加拿大艺术家。

现在，在品尝餐前小吃时，他说，“吉莉，我真的很喜欢这幅作品。”

我举起一杯普西哥[1]，“为乔·普拉斯基特的画，为它将给你带来的欢乐。”

“给我们带来的欢乐。”他边说边与我碰杯。

我们开始闲聊，迈克告诉我当年一同上法学院的朋友们的近况。汤姆和萨莉要离婚了。但同时，安斯莉和弗雷德在经过了长达十年非正式的约会后，已决定在7月举行一场盛大的婚礼。

“吉莉，我们会受邀参加婚礼。”

时过境迁，那些年少时对爱情信誓旦旦的人分手了，那些更为慎重、不愿轻易许下诺言的人却毅然决定是时候步入婚姻的围城。假如我费心寻找，这其中必然有生动而深刻的教训。

从不同的角度上说，迈克和我都是孤儿。这牵引着我们走到一起，更让我们这么多年都留在彼此的身边。我是一个真正的失去双亲的孤儿，而迈克是一个事实上的孤儿。迈克家境殷实，父母将他这个独生子托付给保姆和私立学校照顾，自己则远在尼斯过冬，或者在纽约追逐歌剧演出季。我们都受到过极大的伤害，但都挺了过来，即便不是完好无损，至少也没有饱受痛苦的折磨。这一路上我们彼此扶持，拉扯着走出了困境。

我有时会想起我那段黑暗岁月。那些夜晚，我游荡在到处

---

1 普西哥（Prosecco），又名普洛赛克，一种意大利起泡酒。

是几易其手的毒品与互相分享的针头的街头。我为什么会做那样的事？我那时的生活并没有那么糟糕。我喜欢法学院，梅恩一家关心我，给了我曾想要的一切。当然，我想要去体验，毒品感觉不错，它能缓解痛苦。但为什么？焦虑正吞噬着你，迈克带着我去咨询的心理医生说，这源自对你从未见过的母亲的原始渴望。我还记得的全部是，在迈克的帮助下，我振作起来，走出了几乎夺走我生命的黑暗之地。当想起我在街上目睹的那些事，我曾经遇到过的那些迷失的灵魂，我就发誓，我会成为一名律师，一名刑事辩护律师。

我允许自己在此刻改变一贯强硬的作风，显示出片刻的柔情。“7 月底我要和玛莎、布罗克一起去那拉玛塔[1]待一个星期。”我听到自己对迈克说，“为什么你不一起来呢？他们很希望你也在。”

“是吗？”

“玛莎觉得你很适合我。”

“那我怎么还能拒绝？”他抬起头，玛莎得偿所愿，但他的神情变得紧张起来。

“跟我聊聊劳拉吧。”我换了个话题，我的好奇心占了上风。

“我不确定我想不想谈论她。”

“也许你需要找个人聊一聊。”我温柔施压。

“她是个好女孩。来自我们这类人惯常会上的学校，成绩优

1 那拉玛塔（Naramata），地处加拿大卑诗省的一个旅游胜地。

异，社交活跃，这对我们来说没有什么特别之处。”他停顿了一下，握紧了叉子，“除了一点，我现在回过头来看，才发现她总有办法做出不同寻常的选择。她在纽约学习艺术史，在那里也没什么与众不同，但她没有选择研究意大利文艺复兴，而是专注于本土艺术，回国后在不列颠哥伦比亚大学攻读了萨利希雕刻艺术的硕士学位。”

他举起叉子咬了一口食物，机械地咀嚼、吞咽。“她组织了各种慈善活动、舞会，所有的。然而在过去的几年里，她对女权主义和市中心东区失踪妇女的问题产生了强烈的兴趣。”他放下了叉子，“家族中有些人觉得她过于投入了。为慈善事业到处开支票是一回事；但在收容所工作，在街头施舍钱财就是另一回事了。表面上，她似乎总是相当主流，但当你仔细观察时，你会发现她焦躁不安，想要做出改变。”

一心想要改变世界，我想起文森特的悲叹。我心想，或许她和某个坏人走得太近了，一个想要的远不只是在街角得到的二十块钱的人。

“你跟她关系亲密吗？”我挑拣出芝麻菜。

“在我们的孩提时代，是的。她比我稍大一点——可爱漂亮，心地善良。我有点崇拜她。”

“那文森特呢？”

“我都不曾了解过文森特·特鲁萨尔迪。”迈克若有所思地说，“当她宣布要和他结婚的时候，家里人都不高兴。他们能够理解是什么让他们走到了一起——她喜欢本土艺术，而他热衷收藏。这很特别，我明白。只是，”他垂下眼，“他不太适合圣约翰家族。‘二战’后，他的家族才从意大利来到这儿。米兰，我猜是，总之是意大利北部的一个地方。”

“第一代，财富才刚刚开始积累。”我说，尽管我自己都没法宣称有家族传承，更别说财富积累，“对你们家族来说永远都不够好。”

“不，不是因为这个。”迈克对上我注视着他的目光，“特鲁萨尔迪家族几乎不能说是你认为的那种在战争中失去一切的典型移民家族。他们属于高收入阶层，是一个古老的制造业家族（生产皮具之类的东西）的遥远分支。有传闻说老文森特与墨索里尼的黑衣社走得很近，当法西斯战败、盟军接管时，整个家族不得不逃离意大利。虽然这只是流言蜚语，但这让他没法得到劳拉父亲的喜爱，老塞德里克曾经因为在意大利战场上表现英勇而被授予维多利亚十字勋章。”

“这令人印象深刻。”我仔细琢磨迈克提供的内幕信息，“你比谷歌提供的信息多多了。”

“乐意效劳，”他喃喃地说，这时侍者正好返回给我们上主菜。当他走后，迈克一把抓住我的手。“别接这个案子，吉莉。”他悄声说，“有太多利害关系，太危险了。”

“迈克——”

“好吧，好吧，这是你的工作。”他松开手，转而专注于他的油封鸭，“这尝起来不错。我们应该多出来吃饭，吉莉。”

我点了点头，然后继续一起享用晚餐，没必要因为一点争执而破坏一个美妙的夜晚。多年来，我们早就学会了该在什么时候施压，又该在什么时候放手。我明白他给出的暗示，于是喋喋不休地谈起我办公室街对面刚开的风格做作的咖啡店，以及我似乎怎么都无法让黛比保持开心。

但我脑子里一直在想着这个案子。夕阳西下，餐厅亮起了幽幽的灯光。我望着迈克的脸，一直萦绕在我脑海里的却全是关于特鲁萨尔迪和劳拉的想法。

迈克察觉到我的不安。他伸出手越过亚麻桌布，轻拢住我的手，并向我微微一笑，一侧的嘴角轻轻上扬。“吉莉，我们走吧。”他说。

第八章

晚餐结束后，我们驱车前往桑那斯[1]绿树成荫的新月形街区，迈克独自一人住在他自己的大宅子里。

十几年前，迈克的父母去世的时候，他曾打电话给救世军[2]，让他们把家里所有的家具都搬走，只留下那架三角钢琴和一张双人沙发。那时我们还在法学院读书，当我看着他在房间空荡荡的地板上，把我每晚带给他的课堂笔记推开的时候，我恳求他，*迈克，做点什么吧*。还好他及时地恢复过来，打起精神订购了一张床、一台电视、一张桌子和一批电脑，把它们安装在楼上的两个房间里。从那时起一直如此，并且以后也会一如既往。不全对——毕竟周一的时候，那幅漂亮的普拉斯基特的画将会挂到巨大的大理石壁炉的上方。

我舒舒服服地陷入长沙发里，迈克的身影消失在远处的厨房。他拿着两杯起泡酒回来，递给我一杯，带着另一杯走向那

---

1 桑那斯（Shaughnessy），地处温哥华西区，是温哥华乃至加拿大最富有的社区。

2 救世军（Salvation Army），一个成立于1865年，信仰基督教的国际性宗教及慈善公益组织，其以军队形式为架构，从事街头布道和慈善活动、社会服务。

架斯坦威钢琴。他以缓慢的节奏开场，修长的手指试探性地弹奏琴键，一些熟悉的和弦流淌着，逐渐汇聚成那首我最喜爱的曲子——德彪西的《亚麻色头发的少女》[1]。

我向后靠坐在沙发上，闭上了眼睛。我无法阻止自己的思绪飘向特鲁萨尔迪和劳拉·圣约翰，我恋人亲爱的堂姐。她很富有，是的，本应满足于安逸富足的生活，她却焦躁不安，被危机四伏的黑暗街头和陌生的偏僻小路所吸引。我在大脑里排列出各种可能性——婚外恋，毒瘾，被情场浪子所俘虏。这是一个可能不明就里将自己置于危险境地的女人。我记得教堂外那个悲痛欲绝的陌生人。这跟他有关系吗？我突然发觉这个案子似乎有点转机，并不像之前那样看上去毫无希望。

我注意到迈克的目光从钢琴转移到我身上，柔和中带有一丝狡黠的微笑。然后他把注意力放回到钢琴上，开始弹奏另一首作品，我想那应该是肖邦的《夜曲》。与音乐比较起来，我更加熟悉这套流程。待会儿，他会离开钢琴，走过来坐在我身旁，用他的胳膊搂住我，亲吻我，然后带我上楼到他床上去。

事后，我静静地躺在迈克的怀里，感觉到他在吻我的肩膀。

“很棒。”我耳语道。

“吉莉，和你一起总是很好。”

---

1 克劳德·德彪西（Achille-Claude Debussy，1862—1918），法国著名作曲家，近代“印象主义”音乐的鼻祖。《亚麻色头发的少女》出自德彪西的钢琴小品集《前奏曲》，为第一集中的第八曲，其创作灵感据说来自法国诗人勒孔特·德·里尔的同名诗。

"是的，但这次不同。"

"你的意思是？"

"迈克，我们已经在一起太久了，整整十三年。我们的生活陷入了某种一成不变的循环——你懂的，热情友好但例行公事。我感到今晚很特别。"

"生活就像《拉字至上》[1]那样吗？"

"对，"我回答道，将他搂着我的胳膊拽得更紧些，"甚至可能就走那么远。"

他的喃喃自语在我发丝里的某处响起，"吉莉，你说的那些话，热情友好但例行公事，让我们听起来像老夫老妻。也许我们是时候聊一聊未来了。"

我转身面对他，用手托着脑袋，"我喜欢现在这样，迈克。你是我最好的朋友和爱人。"

"是的。但可以更好。"

"比如？"

"比如，你可以搬过来和我一起住，看看会怎么样。如果你喜欢，我们可以结婚。"

所以，这就是今天这一切发生的原因——非正式地介绍给圣约翰家族认识（还有比葬礼更合适的机会吗？），普拉斯基特的油画，晚餐，温柔的性爱。当然，我说过在与迈克的关系里，

1《拉字至上》（*The L Word*），美国 Showtime 电视台于 2004 年推出的一部电视剧，讲述生活在美国加州洛杉矶的一群女同性恋之间的故事，L 指生活（Life）与爱（Love）。这里指的应该是坚持到最后仍在一起的一对，Alice 和 Tasha。

我可能已经走得足够远，可以接受像《拉字至上》里的伴侣一样，过着一种老夫老妻般的生活。但那只是一个充满温情的电视剧。如果需要改变我的生活，和迈克全天候相伴——我还做不到。我想到我不间断陷入危机的工作；想到我阳光充足、挂满绘画的公寓。我从未想过有这么一个人，让我做任何事都需要考虑他的感受，寻求他的许可，或者请求他的原谅。

我感觉我的嗓子堵住了。镇定，吉莉，我告诉自己，处理好这事。我垫着枕头往上靠了靠。

“迈克，我会是一个糟糕的妻子，我不想让你遭受这一切。”

“这不是说我期望你每天晚上为我准备晚餐，”他低声说，“我理解你的工作，明白它对你有多重要。我们可以雇一个管家，一个或两个女佣。你可以随心所欲，来去自由。”

“你只是想要更多的性爱。”我说，试图缓和谈话的氛围。

“我承认那会很棒，但这不只是性的问题。我想要的是你——是你的陪伴，吉莉。”

“你知道我会在你身边，像我从前一直做的那样。但是——”

“那就嫁给我吧，吉莉。我们没有多少时间了。如果我们想一起生活，组建一个家庭，就趁现在。”他停了一下，“或者永远也不。”

我把头埋入被单里。

“吉莉？”

“别逼我，迈克。我还没准备好。没准备好长相厮守，没准备好结婚。”我犹豫了一下，安慰他说，“也许等特鲁萨尔迪的案子结束的时候。”

迈克回答的声音变得嘶哑，“吉莉，案子总是一个接着一个，总有更重要的事情。”

我们各自静静地躺着，度过这漫长而备受煎熬的一刻，彼此之间隔着两个身体的距离。接着他靠近我，把手放在我的赤裸的肩头上。他闭上了眼睛，我猜不透他的心思。他猛地把我搂在怀里，却又任由我挣脱回去。我寻找着他的眼神和嘴唇，但是他已经转过身去，背对着我。

“吉莉。”他低声说。

我知道接下来会发生什么。他会告诉我他有多么需要我，但只有这一次，作为演讲专家的吉莉·特鲁伊特无话可说，没办法讲我无法承诺什么。“迈克，别说了。”

他睡着了，或者假装睡着了。无论是前者还是后者，都不重要。我贴着他的背，俯身吻他的脸颊，他一动不动。

我溜下床，从地上找到我的鞋子和散落的衣服，想起与迈克的旧日的时光，我还是弯腰捡回了那条爱马仕围巾。在关上身后的房门之前，我回头看了一眼他横躺着的背影，他的背仍然埋在被单里，毫无动静。

我找到了楼下的浴室，沐浴后穿上了衣服。我从随身包里摸出苹果手机，叫了辆出租车。不知怎的，我痛哭起来。我把包砰的一声用力扔在水池边，找出纸巾擦干脸，用粉盒补了妆。我是吉莉·特鲁伊特，辩护律师，三十四岁，在爱情和处世上经验丰富。挺住，我告诉自己，然后下楼去等车。

出租车司机挂好挡，伸长脖子审视着我——当他看到我在路灯照射下挂着泪痕的脸时，带着洞悉一切的奸笑问道，“你还好吗？”他一定在想，*应召女郎，在花花公子哥家演砸了*。我们驶出了停车的门廊。

我把脸贴在车窗上，向外望去。天刚泛白，荒凉昏暗，灯火已熄。桑那斯绿树成荫的新月形街区在格兰维尔空荡荡商店那黑黢黢的门面里变得模糊起来。在我公寓的拐角处，出租车途经一个书报亭，它在昏暗的街上亮着灯。

“我就在这下车。”我递给他一张钞票，示意他不用找零钱。不知为何，我觉得有必要买份周六的报纸。我拿起架子上的《太阳报》，上面的新闻给了我重重一击，我不得不靠在报亭上才能稳住自己。在报纸头版的顶端，是我和迈克正携手走上大教堂台阶的照片，上面写着：**迈克·圣约翰和吉莉·特鲁伊特进入玫瑰圣母大教堂参加已故劳拉·圣约翰的葬礼**。下方用小一些的字写着：**圣约翰先生是受害者的堂弟；据称，特鲁伊特女士是被控一级谋杀罪的文森特·特鲁萨尔迪的辩护律师**。

我付了钱，行尸走肉般踉踉跄跄地走回家。

第九章

“真是令人印象深刻的社交啊。”赛一边说一边啪的一声把一份《太阳报》摔到56号法庭的律师桌上。今天是周五，切斯基案审判的最后一天。赛的典型风格。他把这份报纸保留了七天，这样就能在我准备向陪审团发言时将我击败。叶米利一直耐心地等着赛，她好奇地抬起头，假装她还没有见过那张照片。

“发表性别歧视的评论早了点吧，我的朋友。”我回应道。

“那么，我们聊点关于政治正确和法律上的事？就像——”赛把硕大的脑袋向后一仰，这样他可以盯着天花板——“让我们瞅瞅，圣约翰和特鲁萨尔迪之间，没有利益冲突吗？”

“赛，迈克和我不再是一对了。没有利益关系，不存在冲突。”这是一个我慢慢开始领悟到的事实。十多年来，迈克第一次不给我发短信，也不回我电话。

“可怜的迈克，在这种情况下成为你的累赘。除了抛弃他，你别无选择。尽管你一直喜欢他。”

“并不完全是那样。”我开始说。

如果我有时间并愿意的话，可以告诉赛真实的过去是怎样，现在又如何。但我并没有，或者说我能吗？你怎么样形容缺席，你怎么样解释空虚？也许可以形容为空洞，也许可以解释为麻木。我感觉自己在逐渐消失，虽然我还在走路，还在说话——但和昔日相比，我的一部分已经永远失去了。我的一部分已经被割裂开来，这部分的我不得不在夜里独自伤痛。那个我可以不请自来，看到他弯着嘴角，扬起眉毛的安静港湾——现在咋样啊，吉莉？——那个有人会伸出他瘦长的胳膊来拥我入怀的地方——永远地消失了。

在我离开迈克家的那个清早，我意识到也许还不算太迟。我还可以回去，告诉他这完全是个错误。我走到我的壁橱前，从上层架子里拖出我的手提箱，把牛仔裤和西装扔进去，拉上拉链。当我拖着箱子出了门走到走廊上时，突然意识到，特鲁萨尔迪怎么办？当我站在迈克家门前时，他会这样问我，而我会转身离开。我把箱子拖了回去。

命运的安排总是最好的，我一边想，一边断断续续地等待入眠。我们会有未来吗？一个在任何场合都能侃侃而谈的女孩与一个沉默寡言的男子；一个酷爱罗伯特·马瑟韦尔[1]作品的女孩和一个刚刚尝试买下他的第一幅乔·普拉斯基特柔和画作的男子；一个喜欢冒险的女孩和一个能说出“像一对老夫老妻那

1 罗伯特·马瑟韦尔（Robert Motherwell，1915—1991），美国纽约派抽象表现主义画家。

样生活”并认为这很有吸引力的男子？我告诉自己我们从一开始就注定要分开，是时候继续往前走了。下周你就要出庭辩护了，一个人的命运掌握在你手里。你得振作起来，吉莉。

但痛苦仍在继续。

砰的一声关门声把我带回了现实。赛挪动着身子坐到座位上。狱警们押着达蒙·切斯基穿过法庭进入刑事被告席。他的脸朝下，仿佛在说，你可以把我拖到你想要的任何地方，但无法逼我看着你。我想起我的寄养家庭。我理解他的感受。然后，出乎意料的是，达蒙抬起头环视旁听席，将目光定格在他年迈的父母身上。他们凝视着达蒙，充满困惑的痛苦眼神里满是对儿子行为的不理解。我在想，从孩子出生起，父母就与其一生绑定，要照顾、关爱同时忍受痛苦，这会是什么样的感受？我永远也不会知道。达蒙为了庭审而精心修剪的金色头发遮住了他的一只眼睛，身穿时尚蓝色运动夹克的他正试图表现得冷静沉着，他的恐惧和羞耻却一览无余。

这是一场艰难的审判，艰难的一周。检方已经足够慎重，法官也已经足够公正。陪审团认真听取了案情。问题在于证据。整条街的人都看到了五颗子弹射入利珀特体内。

我们坐着等候法官。也许赛觉得无聊，也许他早有计划。不管何种原因，他都采取了第二步行动。对赛来说，从座椅上起身有些困难，于是他示意叶米利把一个纯棕色的宽 8.5 英寸、长 11 英寸的马尼拉纸材质的商业信封递给我。我打开封口，用力抽出材料。我只瞥了一眼，就把材料猛塞了回去。那是劳拉·特鲁萨尔迪在犯罪现场的照片。彩色的照片——死人尸体的灰白色，鲜血四溅的猩红色。

我狠狠地瞪了赛一眼，把信封埋到切斯基案卷的下面，这时奥雷斯特法官进来了。我告诉自己，这不是合适的时间和场合。赛微微一笑，随后将注意力转移到面前的便签本上。

我站起身。刑事辩护律师工作内容的百分之九十是争取陪审团的同情——说服他们愿意做出对你的委托人有利的裁决，剩余的百分之十是告诉他们如何去做。我们在这两方面都面临一场漫长而艰苦的战斗。

我离开辩护桌，走到陪审团席前。我深吸了一口气，在开始发言前依次看了他们每个人一眼。

“陪审团的女士们先生们。”我停顿了一下，想让他们充分领会接下来要讲的内容，“一个年轻人的命运——一个前途无量的年轻人和他眼前的整个人生——就掌握在你们的手里。但是你们根据听到的证据，将会发现很容易做出决定。只有一个裁断是法律允许的——你们必须，也将会裁定达蒙·切斯基被指控的罪名不成立。”

那位保险经理满腹狐疑地向后靠了靠，推销员和机修工交换了一下怀疑的眼神。但陪审团女主席——贝蒂·奥谢，一位来自温哥华东区的家庭主妇——正专心地聆听。只需要有一个人认同就行。我奋力前进。

“达蒙被指控为一级谋杀，这是刑法中最严重的罪行。检察官必须证明所指控的每一项内容能都排除合理怀疑。但很明显，事实是，检察官无法做到这一点。本案荒谬臆断，疑点百出。”

在我身后，赛阴阳怪气地哼了一声，十二名陪审员都把头转向了他。我失去了他们的注意力。我在心中咒骂：赛，你这个混蛋。我朝着陪审团向前迈了一步。

“很明显，金克斯·利珀特，这个曾经杀死和伤害很多人的可怕毒枭，死于达蒙用手枪发射的子弹之下，致命的子弹是当利珀特俯卧在人行道上时射出的。辩方对此没有异议。”

那你怎么能说他是无辜的？陪审员的眼神里透露出这种疑问。我需要引起他们的注意。

“需要质疑——严重质疑的是——达蒙开枪射击时的精神状态。”我露出一丝苦笑，仿佛在跟朋友们聊天，“但在你们能够判定这个年轻人犯有谋杀罪之前，对于得出达蒙具有杀害利珀特的动机，故意射出那致命的子弹的结论，你们必须排除合理怀疑。在这一点上，证据，唯一的证据就是达蒙没有故意杀害利珀特的动机。”

我的好运接踵而至，肾上腺素开始分泌，陪审员们在他们的座位上转过头来；他们关注到我这边来了。“由于达蒙无意间在利珀特的老大凯伦控制的地盘上贩卖毒品，他很害怕利珀特会杀了自己。如果达蒙想保住自己的性命，只有一个选择，那就是拿起枪保护他自己。所以他就这样干了。”

我沿着陪审团席，踱着步。“达蒙·切斯基—— 一个来自敬畏上帝的家庭的好孩子——向你们讲述了那个宿命般改变他人生的夜晚发生的事。他过去因为精神恐慌而服用安非他命[1]。现在他不再服药——他一直在进行康复治疗，将过去抛诸脑后，但那时他的精神有问题。请你们把自己放在达蒙的位置上，想象一下他内心的恐惧。利珀特大摇大摆地走向他，说他死定了。达蒙看到利珀特准备掏枪，惊慌失措之下先开了火。那时要么先开枪，要么就是死。”我走到陪审团席的末端停了下来，“毫无疑问——达蒙·切斯基出于自卫目的向利珀特开枪。如果达蒙开枪是为了自卫，你们应当宣告他无罪。”

不管怎样，我看到陪审员们的脸色缓和起来，被我打动了——只是其中的几个人。那位保险经理直视前方，无动于衷。但贝蒂·奥谢悲伤地皱着眉头，咖啡店员泪眼婆娑地看着达蒙。达蒙向她报以凄凉一笑。不错，我想，有点化学反应挺好。

“肯奇先生将会告诉你们，每一次射击需要有两个蓄意的动作——拉动枪栓和扣动扳机。他会问如果达蒙害怕利珀特会杀了自己，为什么他在前两枪射中被害人胸膛后却不停止射击？他会告诉你们，达蒙向一个当时已经不构成威胁的人的头部射出致命的子弹，因此他不能算是正当防卫杀人。这是一个很有力的理由。”我朝赛瞥了一眼，他一脸不快，“但这忽略了后三枪是前两枪的延续这一证据。达蒙声泪俱下地告诉你们，他盲目地连续开了枪—— 一切都很模糊。其他的目击者看到利珀特胸部和头部相继中弹只间隔了一两秒钟。艾芬顿医生是本市最

1 安非他命（Amphetamine），一种精神类药物。

受人尊崇的精神病学家之一，他证明说，你或我当时可能会做出利珀特不再构成威胁的谨慎决定，但达蒙在安非他命导致的狂躁的惊恐状态下，无法做出这种判断。为了消除你们可能还留有的任何疑惑，温哥华最优秀、最有经验的警官之一，彼得罗夫警长告诉你们，即便是用一把单发手枪，快速射击综合征也能让像达蒙这样的农场男孩做到自动五连发，他是在射击地鼠，为周日的打靶练习做准备中长大的。”

我观察到陪审员们身体向前倾，专注地听我所说的每个字。就连那位保险经理也是如此。是时候收尾了。

“法律并不要求为了避免严重伤害或死亡而奋起自卫的人，去精准地评估为消除迫在眉睫的威胁而需要采取的措施。达蒙原本可能被利珀特杀死，但他拒绝了这个可能。为了活命，他进行了反抗。陪审团的女士们先生们，这就是证据。基于这些证据，我认为，你们应当得出这样的结论：检察官不能履行其证明达蒙·切斯基犯有谋杀罪的职责。”

贝蒂·奥谢点了点头，咖啡店员擦了擦泪。他们必须全体一致才能定罪。我们仍有机会。

我回到座位上。奥雷斯特法官赞赏地看了我一眼。仿佛在说，在这种情况下干得不错，特鲁伊特女士。她转向陪审团，“在听检察官总结之前，我们进行短暂的休庭。”

“表现不错，吉莉。”当陪审员们鱼贯而出时，赛说道，“但遗憾的是，对于你的委托人而言，还远远不够。”如果赛在担忧的话，那么他并没有表现出来。

休庭结束后，赛开始他最后的游说。

他简要回顾了检方的论据，然后攻击我们局部改良的辩护。“金克斯·利珀特，”他转向陪审团说，“他可能是一个街头毒贩和打手。毫无疑问，他不是那种你会请他到客厅里喝茶的人。”他微笑着说，“但即便是坏蛋也有生存的权利。加拿大社会尚未——但愿永远不会——到这种地步：一个公民有权杀害另一个公民，仅仅因为他们认为其不是一个好人。”

正义社会的论点，一些陪审员点了点头。“特鲁伊特小姐描绘了一个天真、善良、迷茫的青年的形象。但是，请看看事实吧。达蒙·切斯基是一个高智商的年轻人，还有一个学期就将大学毕业。家境良好，没有精神疾病，没有任何借口让他坠入特鲁伊特女士雄辩滔滔所描述的他无法避免的堕落旋涡。事实是达蒙·切斯基，这个各方面条件优越的男孩，选择了忘记所有他曾接受的关于是非问题的教育；他选择了吸毒，即便明知毒品的危险性；他选择了继续吸毒，离开大学校园，流落街头讨生活。在他选择开始贩毒之前，这个受到命运优待的青年拥有一个充满机会的世界。这就是事实。所谓正当防卫，”他大笑着对陪审团说，“就是个笑话。达蒙·切斯基不顾所有的街头规则，选择在凯伦的地盘上贩毒。当凯伦的打手金克斯·利珀特做出必然回应时，达蒙·切斯基选择了跑出去偷把枪。”

赛转过身，给了我一个冰冷的眼神，仿佛在说：*看看老手是怎么做的*。

我瞪了回去。心里想：*尽你所能吧，赛*。

“每个阶段，达蒙·切斯基都可以转身走开。但他并没有。相反，他做出了他最终的、致命的选择——去找利珀特先生，并朝他的胸部和头部开了五枪。你们已经听说了，前两枪并没有杀死利珀特。如果被告就此打住，利珀特先生今天可能还活着。但是达蒙·切斯基没有留下任何机会。他已经决定——他已经选择——杀死利珀特先生。于是，当利珀特无助地倒在人行道上鲜血直流的时候，他又朝其头部开了三枪。每一次，他都得拉动枪栓，扣动扳机。每一次，他都做出了深思熟虑的选择。那不是正当防卫，那是谋杀。陪审团的女士们先生们，这些才是事实。只有一种裁决符合这些事实——那就是一级谋杀罪成立。”

在赛走回律师席的时候，他停下来看了看刑事被告席上的达蒙。陪审员们的目光追随着赛，从他眼神里看到了蔑视。看着陪审员们一脸严肃，面无表情，我的心沉了下去。

第十章

法院大厅倾斜的绿色玻璃幕墙下有一张矮长椅，杰夫和我坐在这里等候。陪审团已经出去商议有三个小时了。今天下午，奥雷斯特法官负责就法律和证据问题向陪审团进行指导，在她介绍防卫理论时陪审员们几乎没有一丝质疑。

“我们完了，”杰夫伤心地说，“尤其是那个机修工，他碎片化地理解这个世界。你若施压，会有变化——你不施压，一成不变。对我们提出的快速射击综合征，他不买账。”

“杰夫，陪审团需要十二个人一致同意才能裁定有罪，只需要有一个人反对就能脱罪。迟迟无果是件好事。说明有人不认为有罪。”不过，无论那人是谁，都会是个奇迹。我想，是那个咖啡店员在继续坚持。

一个路过的律师委婉地告诉我，律师休息室的打赌不看好我们，但我更感兴趣的是走廊上走来的法警克拉拉·克林克斯。

“万分感谢。”我对那个律师说，眼睛却盯着克拉拉。她的脚步告诉我她正要前往某处；她的表情告诉我，她想停下来却不能这样做。我决定替她做出决定。

“情况怎么样，克拉拉？”我问道，拦住了她的路。

她环顾四周，确定是否有人盯着。“争论很多，声音大得能穿透墙。”她叹了口气，“他们要吃晚饭，因此最早也要到八点才能有结果。你们自己不妨也去吃点。”

“多谢，克拉拉。”她匆匆离开，我听到身后发出咔嗒一声。赛一个人走了过来。我向他轻轻招手。

“漫长的等待。”我主动搭话。

“吉莉，很明显你试图混淆视听。但我希望他们能回过神来。”他朝我靠过来，压低声音说，“你在最后时刻耍的花招，所谓彼得罗夫以及他那荒诞不经的快速射击综合征理论——”他停了下来。

我端详着他。他的皮肤如麦森[1]瓷器一般清澈透明，眼睛下方垂着黑色眼袋。他已经数日未眠。我需要和他谈谈，给特鲁萨尔迪定个日程表，但这不是合适的时间或者场合。

“洛伊丝怎么样？”

“让人精疲力竭。”他转换了话题，“我和叶米利一起去吃点东西。这可能是一个漫长的夜晚。”

当奥雷斯特法官最终让我们走时，我还在想赛所谓精疲力竭到底指的是陪审团还是家中等待他的事情。这时我眼角余光看到法警克拉拉朝我们跑来。

“陪审团改变主意了，”她气喘吁吁地说，“他们现在准备要

1 麦森（Meissen），一个奢华的德国纯手工制作瓷器品牌，成立于1710年。

做出裁断了。”

“有人受不了再来一顿肯德基晚餐的想法，只好屈服了。”我轻描淡写地说道，但这对我们来说不是好消息。

我们拖着脚步回到法庭，看着被告和陪审团被护送回来。达蒙一动不动地坐着，脸色苍白。我试着引起他注意——你不是一个人在战斗——但他双眼直直地盯着前方，神情恍惚。

奥雷斯特法官迈着沉重的步伐登上法官席。她看起来也很疲倦。“陪审团主席女士，请问陪审团已经做出裁断了吗？”

贝蒂·奥谢站了起来。她身着闪亮的灰色西装，挺直肩膀，直视着奥雷斯特。这一时刻，她完全是主宰，正充分行使权利。我不禁遐想，经历过这次之后，她在纳奈莫街的生活会有怎样的变化。她会把她已成年的孩子逐出家门吗？她会让身为码头工人的丈夫周三早上去倒垃圾吗？也许她会离开他，去寻找新的生活。

“是的，”贝蒂·奥谢缓慢而郑重地讲，“我们裁定被告无罪。”

法庭突然爆发出了声响。和我们一起待到最后的几个旁听者发出了欢呼声。我听到从看台传来的低沉叹息声变成了啜泣声——是达蒙的母亲。达蒙颤抖着站了起来，又跌坐回到座位上，不敢相信所听到的结果。

“安静！”书记员大声喊道。

我盯着赛，他有权个别征询陪审团的意见[1]；我一度认为他

---

1 个别征询陪审团的意见（have the jury polled），指逐一征询陪审团成员对案件所得出的结论，使法庭确信陪审团已经达成一致裁断，没有陪审员因受强迫或引诱而同意此裁断。这样做的目的是使陪审员个人对裁断负责。

将行使这项权利，但他只是点了点头。这次他并没有行使。奥雷斯特向陪审团表示感谢，随后离开了法庭。在我们身后，人群散开了。庭审结束了。

赛拄着拐杖，一步跨到过道上。我向他伸出手，点了点头，但他逼视着我。“这是对正义的嘲弄，”他低声说，带着怒气，“我把你教得太好了，吉莉·特鲁伊特。”他转身向门口走去。“别担心，”他回头喊道，“最好祈祷他下次别再杀人，否则我们很快就会以新的指控逮捕他。”

他强烈的敌意令我感到惊愕。*赛，别这样。*我心想。但在内心深处我猛然意识到：他回不去了。我善良的导师已经不复存在了，取而代之的是一个永恒的对手。

我发觉有人在拉我法袍的袖子，于是转过身去。

“特鲁伊特女士，”达蒙挪开他颤抖的手，“谢谢您。”

“我们很幸运，”我说，“今天你奇迹般地挽回余生了。答应我你不会再毁掉它。”

他努力地想说点什么，却什么也说不出来。

“达蒙，我知道你能够做到。你有充分的理由。”我看着隔开律师席和旁听席的法庭栏杆，他的父母在那边等着，脸上挂着欣慰的泪水。

“特鲁伊特女士，我不会让你失望的。”他的声音有点犹豫，但眼睛明亮。

我点点头，看着他回到父母身边，朝门口走去。

瞬间，一切都安静下来。随着肾上腺素的消散，我感到一阵沮丧。我转向杰夫，看到他嘴角两边我此前从未见过的皱纹，我想了解他家里的情况。“杰茜卡怎么样了？”杰茜卡就像娇弱的花朵，她太脆弱，不适合做出庭律师的妻子。

“上次我看到她的牛仔裤还搭在挂钩上。我想她还没打算分手。”

“杰夫，我命令你明天坐水上飞机去维多利亚岛，到深湾小屋[1]餐厅吃饭。费用记在我账上。”

他朝我勉强地笑了一下。“你说了算，老板。”我看着他走向电梯，身后拖着一对公文箱。

我独自一人开着我的奔驰，沿着斜坡驶出了停车场，然后朝南走。经过了两个街区，我才意识到自己走错了方向。通常，庭审结束后，我会向南前往桑那斯社区和迈克团聚。他会为我斟满酒，让我坐在他的双人沙发上，听我复述发生的事，每刻每时每日，直到最后我才公布我是输是赢。啊，如果我胜诉了他会说，值得干一杯。如果我败诉了，你需要一个拥抱。我在他那儿汇报情况，减缓压力，恢复常态。

但迈克已经不会在那儿等我了。我正要返回耶鲁镇，我的手机响了。

也许是迈克打来的。我边想边从包里摸出手机。别做梦了，吉莉，你跟迈克已经结束了。手机屏幕显示是伊迪丝·霍尔打来的。

1 深湾小屋（Deep Cove Chalet），加拿大维多利亚岛上的一家高档法国海鲜餐厅。

伊迪丝是我的社工。一个孤儿一生中需要很多人帮扶。其中一位是元管理员，其基本任务是确保孤儿在大多数时间里都有一个栖身之处。当他们在街上发现我的时候——在我的印象中我一直是在街上——伊迪丝收留了我。当牧师夫妇去世后，伊迪丝给我找到了一个新家。由于我以难以启齿的方法变更了第二个寄养家庭父亲的食物而被撵出家门，伊迪丝给我找了一个又一个家庭，直至最后，她发现了超级好的梅恩家庭，他们用自己特有的、充满爱心的放养方式，帮助我念完高中和大学。

我本想让来电转到语音信箱，但随后某种潜在的联系我拥有的最接近我生母的人的冲动浮现了出来。我靠边停下车。

“伊迪丝，您好吗？”

“很不错。我只是想我们应该一起吃个午饭——已经太久没见了。”她那熟悉的语调环绕着我，平静而又蕴含着无限的耐心。

“当然。我也想。”

“那就特拉法尔加餐厅吧，”她说，“下周六中午十二点半，如何？如果你来不了就给我打电话。否则我就会在那里等着。”

我想了想我的日程表，只有周六还有空，“太好了。伊迪丝，到时候见。”

我突然感到疲惫不堪。我把车开回车流之中，朝家驶去。

第十一章

我生活在温哥华这座世界上最美丽宜居的城市，旅游广播节目喜欢吹嘘说只有里约热内卢才能与之媲美。然而，我对其更司空见惯的是灰暗之处，当我行驶在湿漉漉的柏油路上，除了雾、云和雨夹雪之外，什么也没有。没有沙滩，没有大海，没有高山。只有一条又一条荒凉的街道。

但今天，当我开车穿过斯坦利公园[1]驶向狮门大桥时，大束的阳光透射过升起的云层，北岸的群山上覆盖着皑皑白雪，景色壮丽。无论我在特鲁萨尔迪家的发现令我愉快还是不快，至少景色是赏心悦目的。在等红灯时，我在 GPS 上输入地址，研究了下地图，它将指引我穿过迷宫般的小路，到达特鲁萨尔迪在北岸的宅第。在安排今天见面时，特鲁萨尔迪又一次邀请我共进晚餐，我勉强接受了。我对自己讲，忘记职业上的细节吧。我想赢下这个案子。如果和我的委托人一起吃饭能让他敞开心

1 斯坦利公园（Stanley Park），也译为史丹利公园，世界著名的公园，以加拿大总督斯坦利爵士之名命名，1888 年正式开园。

扉，那就这么做吧。

所花的时间比我预期的要少，我提前十五分钟到了，我把车开到目的地山上的一条死路，从包里摸出赛给我的信封。我打开封盖，取出照片，在逐一查看之前——我已经注意到每张上面都印有时间和日期——2014 年 5 月 4 日，周六，下午五点三十八分。

我习惯浏览各类犯罪现场的照片。它们从不赏心悦目，也无一例外会让我感到震惊。曾经活着的现在已经死去，曾经可称为人类的已经彻底不可逆转地丧失人性。即使受害者是一个恶棍，就像凯伦的打手一样，其尸体也有直击人心的力量。而我手里的这些照片更糟。法医病理学家很可能已经给照片的内容下了结论：女性，白种人，营养良好。手脚被束缚。脸部、臀部和大腿上方有瘀伤。死亡原因：子弹从颅底射入，从左太阳穴射出。

这些是语言，但在我手中，是照片在讲述死亡的故事。美术馆的一条标语曾写道：**如果你能用语言说清楚，就没有绘画的理由了。**[1] 照片描绘了一幅罪恶的画面。

谁会这么做？我把钥匙插入仪表盘，发动汽车。为什么要这么做？

特鲁萨尔迪的房子由优雅垂悬的玻璃和雪松环绕着，延伸

1 该句（If you could say it in words，why paint？）出自美国现实主义画派画家爱德华·霍普（Edward Hopper，1882—1967），原文为 If you could say it in words，there would be no reason to paint。

在岩石峭壁之下。它并不引人注目，设计成与红色条纹巨石和常青植物的风景浑然一体。我把车停在车道上，沿着石板台阶走到一扇雕刻着萨利什图案的大门前。我推响铜铃，等待。

一个漂亮的女人出现在门口。

“是特鲁伊特小姐吗？”她问道，“我叫卡尔梅利纳，是这儿的管家。请跟我来吧。”

虽然只是个管家，但她更像索菲娅·罗兰[1]。她走着猫步，臀部摇曳，带着我穿过上面的画廊。一幅幅绘画像发光的珠宝一样在白墙上熠熠生辉，房间尽头的墙边排列着一排由浅色木材和玻璃制成的橱柜，毫无疑问，里面是特鲁萨尔迪收藏的闻名遐迩的土著曲木盒和曲木篮。橱柜旁边，沐浴在圆锥形的柔和灯光下，青铜雕塑的土著乘坐蛤壳划着桨驶往世外桃源。

我跟着卡尔梅利纳的长腿——她穿着短裤，尽管光线忽明忽暗——走下低低的台阶，来到客厅。透过玻璃墙，我看见了英吉利湾，在落日下仿佛是一个灰色条纹的橙子。

文森特·特鲁萨尔迪站在阳台上，背对着我。欣赏风景，我想，随后，他的拳头落在栏杆上。他发出动物般的低沉啸声，让我倒吸一口气。

卡尔梅利纳犹豫了一下，然后把半掩的玻璃门推开。“特鲁伊特小姐到了。”她说着，从脸上撩拨开一绺烫卷的黑发。

文森特转过身，肩膀放松了下来，安置好他平静的面具，

---

1 索菲娅·罗兰（Sophia Loren，1934— ），意大利著名女演员。

坐回座位上，“对不起，特鲁伊特小姐，我怠慢了。”他指着身旁的椅子，“请坐。”

“多谢。”我说着，坐了下来。

“您喝点什么？”我还没来得及回答，卡尔梅利纳就递给我一个高脚杯。

“好地方。好东西。”

“你指那些艺术品，我的收藏。”

“所有的一切。”我的目光追随着卡尔梅利纳离开的身影，然后转回到特鲁萨尔迪身上。

“如果可以选择，我会挑令人赏心悦目的美好事物。”他抿了一小口酒，“即便是管家。如果有美女，为什么要和相貌平平者一起生活？”

我想到了犯罪现场的照片——那可没什么美感。“特鲁萨尔迪先生，在我们进一步讨论之前，我需要确定您希望我来为您辩护。这座城市有许多优秀的辩护律师。您不缺我一个。”

他好奇地看着我，“你是说你不想接我的案子吗？”

“不，”我回答，“可是您总该知道，我曾跟您亡妻的堂弟有过交往。”

“是的，我知道，如果你指的是你和未婚夫牵着手站在教堂台阶上的照片的话，而且我一点也不担心。”

“您应该知道他从来都不是我的未婚夫。还有，我们已经分手了。”

他放下酒杯，“特鲁伊特小姐，一想到我可能损害了你和你——朋友之间的关系，我就很难过。”

“不，”我回答，“事情要比这更复杂。”他为何要关心这些呢？大多数委托人压根不在乎我的个人生活。

“如果有什么我可以帮忙的……”他欲言又止，“别把我说的放在心上。”

在这种时刻，我通常会找些话来填补，但这次无言以对。我们眺望大海。太阳在地平线上，它在缩小并开始下沉。当太阳仅仅是大海尽头的一道红边时，他打破了沉默。

“特鲁伊特小姐，卡尔梅利纳已经备好薄宴。在此之后，无论是否喜欢，我们都要开始工作了。”

我们吃的是金枪鱼酱配牛肉片和生菜沙拉——卡尔梅利纳现在身着深色裹身裙——端到玻璃餐桌上。当她身子前倾给特鲁萨尔迪上菜时，乳沟在烛光下闪闪发光。

我专心享用美食。调味汁里的材料——可能是鳀鱼？——把冷冻小牛肉的口感从平淡提升到精致。“太棒了。”我赞叹道。

“经典的意大利菜，”特鲁萨尔迪回答说，“但我必须承认，卡尔梅利纳做得很好。”

我未经思索脱口而出，“卡尔梅利纳还擅长什么？”

“够了，特鲁伊特小姐。”

我接受批评，“当然。我很抱歉。”

没有必要过早地冒犯他，我想。但我知道有件事可以肯定——如果赛设法让卡尔梅利纳出庭做证，对于文森特·特鲁萨尔迪胜诉会很不利。

晚饭后，我们来到壁炉边，卡尔梅利纳把意大利浓缩咖啡放到绒面革长沙发旁边的矮桌上。“您和劳拉是怎么认识的？”我问道，终于触及我此行的原因。

“我不知道我是否想要考虑这件事。也不知道是否能回答。”

“您必须回答。”我了解那句行业术语：不要否认，不要悲伤。但行话并不能解决问题。

“好吧。”他半闭着眼睛，开始说，“那时我正找人帮忙，为我的海达人[1]藏品编目。一位人类学系的朋友推荐了他的一个研究生——劳拉。我联系了她，她似乎很感兴趣。那时我住在市中心的顶层复式公寓里，她过来观赏藏品，她爱上了藏品。”——他有点苦涩——“我聘用了她。”

他凝视着炉火。“她几乎每天都来。一开始我没怎么见过她。我把钥匙给了她，当我外出办公时她可以来去自由。那段时间我很忙碌。专注于复兴家族生意，经常出差。后来有一天，我不记得从哪里回来，用钥匙开门，发现她就在里面。”他抬起头，“她穿着牛仔裤、T恤和运动鞋，坐在客厅地板上的曲木篮和曲木盒中间。我进去的时候，她起身并且脸红了，把手伸到脸上，向后推了推头发。”他的声调变了，“然后——然后我就爱上她了。”

1 海达人（Haida），居住在夏洛特皇后群岛、不列颠哥伦比亚省、威尔斯太子岛南部及阿拉斯加的印第安人。

“就这样？”我追问道，“我是说，我已做过调查，在您生活中还有其他女性，而且不少。”

“只是有过露水情缘、婚外情和一时痴迷，那不是爱。”

“直到遇见劳拉吗？”

他转过身去，“是的，直到遇见她。”

他的回答方式使我警惕。“请继续讲。”我说。

特鲁萨尔迪清了清嗓子，“我疯狂地追求她。带她去参加宴会和观看演出，带她飞到洛杉矶、棕榈泉和纽约度假，给她买油画和珠宝。赢得她的芳心不是一件容易的事，但最终她接受了我。她的家人反对我们的结合。但最后她同意了，我们举行了一个小型的天主教婚礼。”

“她对您感觉如何？”

“你是说她爱我吗？不，她爱上了我的曲木篮，而她却从来没有像我爱她那样爱过我。她总是有所保留，我试图突破这份矜持。”他叹了口气，“但没有成功。”

“您结婚有一段时间了。婚姻幸福吗？你们吵过架吗？在你们生活中还出现过其他人吗？”

他花了很长时间才回答，“我已经告诉过你了，有些时候她的善举把我逼疯了。我想我是嫉妒，对不能满足她的生活而感到失落。但我告诉自己要接受——不——赞赏它。她生来被赋予优越、美丽、富裕，但她拒绝接受这种权利。她坚持尽自己所能去减轻那些不幸者的痛苦。但后来……”

“后来怎么了？”

“她和设计这所房屋的建筑师特雷弗·肖尔有过婚外情。”他十分沮丧地盯着我，“我在我的陈述中告诉了警方。此前在你办公室里，我没有早点跟你说这事。”

“您应该早点说。您答应过不隐瞒任何事情。”

“抱歉。”

我的思绪回到了葬礼那天，“这个建筑师，就是教堂外的那个人吗？”

“所以你注意到了。真不幸。他们的婚外情——毫无意义的存在——很久以前就结束了。”他嘴角紧绷，“真没品，追着灵车跑。”

我得问问肖尔的情况，弄清楚警察——还有赛——掌握了什么，但特鲁萨尔迪又绕回到房子上，回到一开始谈的话题。

“我很久以前买了这片地——我在一笔交易里附带买下的。通常我不会和劳拉谈生意上的事，但我们在一个周日下午开车时正好路过此地，我心血来潮，兜了一圈带她看了看。她站在松林里眺望大海。‘亲爱的，’她说，‘景色好美。我们应该在这里安家，住在这儿。’我无法拒绝她任何要求，她是我的漂亮宝贝。因此我们盖了房子，一路上，劳拉决定我们应该把它做成一个展示我们藏品的理想场所。但是，除了批准这些计划，我跟这栋房子几乎没有什么关系。”他在房间里挥了挥手，“你看到的一切都是她做的。你不觉得这是一项了不起的成就吗？”

“毫无疑问。”我把目光投向房间，“这令人惊叹不已。不过言归正传——她爱上那个建筑师了吗？”

他发出刺耳的笑声，“她没有爱上他。她迷上了这项美学的事业，而他只是其中的一部分，就像她对我的曲木篮和曲木盒一样。她把对房屋的设计、建造，同对创建者的痴迷，混淆在一起。”

“您对他们的婚外情有什么感觉？”

“显然我不喜欢这样。我和劳拉之间的关系并不完美，但我仍然想和她在一起，并希望我们的婚姻能够继续下去。”他把头埋在手里一会儿，“我的想法是，如果我们有个孩子，我们俩的关系会更好。”

“您说过这段婚外情已经结束了。有没有可能她直到出事还和肖尔在一起？”

“不会——这就是他在葬礼上的表现如此怪异的原因。他们去年秋天已经分手了，曾经有一段时间他们一直在吵架。他想让劳拉跟我离婚，然后嫁给他，劳拉开始纳闷她看上他哪了。”他苦笑着对我说，“房子盖好了，爱慕之情却消退了。一天晚上，她回到家，脸上挂着泪痕，眼睛下面有一块瘀青。”他停下来，抬起头，“你认为他可能杀死劳拉吗？”

一个粗暴的恋人不顾一切地想要维持这段关系。或许我们可以在这做下文章，我想，甚至将其变成一项合理怀疑。我在心里牢牢地记下，继续询问。

“他可能有这种动机，”我回答道，“接下来发生了什么？”

“我抱着她并安慰她。告诉她我们应该为婚姻再努力一次，我们应该生一个孩子。”他耸耸肩，“用俗套的话说，我们重归于好了。”

“她去世的时候仍是这样吗？”

“是的。事实上，我有理由相信她怀孕了。”

我往后靠。又是一个好消息。哪个渴望有孩子的男人会杀死他怀孕的妻子呢？

“她看过医生了吗？”

“我想没有，但她曾告诉过我，她觉得自己怀孕了。”

“那么没有其他人知道？这仅仅是您的一面之词？”

“是的，我想是的。”

不怎么样，但估计验尸官采集了血样——也许会有怀孕的信息。

“劳拉的慈善工作是否会让她牵涉一些危险人物呢？”我换个问题接着问。

他陷入沉思，眼睛盯着远处墙上利奥佩尔[1]橘黑色的蚀刻画，“她以前经常带无家可归的孩子来家里，让他们洗澡和吃饭，希望能有所作用。曾经有一次……”

“怎么了？”

“有一次她带了一个男孩回来。这人有精神疾病，因吸食毒品而精神恍惚。她肯定是从街上的什么地方把他救起来，领他回家洗干净并换上新衣服。她本打算带他去看精神科医生，但他跑掉了。”他停顿了一下，“我想，谢天谢地——他把我吓着

1 利奥佩尔（Jean Paul Riopelle，1923—2002），加拿大魁北克抽象派画家。

了。但他总是跑回来，好像对她充满眷恋之情。花匠曾告诉我，他发现那个男孩躲在房子外面。”

如果特雷弗·肖尔那里没能取得进展，这是另一个可疑对象，“您知道他的名字吗？我们怎样才能找到他？”

“不，我不知道他的名字，找到他的机会微乎其微。大街上、桥底下有数以百计像他这样的人。”

天色已晚，但我仍有一个方面需要调查。

“您曾说过妻子遇害当天您正在航行？是一整天吗？”

“对，”他回答说，“我下午五点左右回来的，把船停在温哥华皇家游艇俱乐部的泊位上。”

我心想，当然了，那可是市里最古老的游艇俱乐部。

“我回到家，然后就发现了尸体。剩下的事情你都知道了。”

“您确定在俱乐部里没人看见您吗？”

“我在俱乐部吃过早餐。那会有记录。”

我想，理由不够充分。赛会争辩说，他可以在去吃早餐时决定不出海，或者早点返航回来杀害他的妻子。“后来呢？”

“我能确定我返航的时候有人看见过我。当时周围有不少人。但我记不清具体是谁了。”

“您没有在俱乐部逗留吗？没跟任何人聊天吗？”

“抱歉，特鲁伊特小姐。我没有。我迟到了，急于回到劳拉身边——我们总是在晚上七点半吃饭。我期待着洗个澡，和她一起喝一杯，在家里享受一顿静谧的晚餐。我想和她在一起。”他打起精神，“特鲁伊特小姐，我不是一个热情的人，也不是特别爱表露感情。但那天下午，我感到了希望——甚至是温柔。”

我盯着他的眼睛，等待他往旁边看，但他并没有回避。或许他讲的是实话，也可能他只是个撒谎高手。我想，你可以撒谎，但不要对我撒谎。

“已经很晚了。我想见见您的姐姐，但——”

“现在恐怕不可能。她出国了。”

“什么意思？”

“我姐姐，怎么说呢，身体不太好。她正在国外接受治疗。”

“我知道了，谋杀发生的时候她在自己房间里吗？”

“是的。她什么也没听见没看见。”

“一次闯入，一场激烈的搏斗，还有枪响。她什么也没听到吗？”

他僵住了，“她所住的公寓是完全独立的，而且她当时正在听音乐。”

“听音乐？”我不由得提高了嗓门。我压低嗓音，“警方找她谈过了吗？”

“当然。她告诉他们的正是我和你说的。她什么也没听到。”

我无奈地问，“您的姐姐何时回来？”

“我不知道。几周吧。这要视情况而定。”

“她得了什么病？”

“这——很复杂。”

“是绝症吗？”

“不是。她会回来出庭的，如果你担心这个的话。”

“她一回来就告诉我。我需要和她谈谈。”

“没问题，特鲁伊特小姐。”

我站起身，“还有一件事。在我走之前，我能看看那个房间吗——她遇害的地方？”

“那房间已经被清理过了。真的有必要看吗？”

“是的。在交叉询问之中，每一个细节都很重要。”

“如果你坚持的话可以去看，但你不会有更多发现。”

他带领我经过一堵砂岩墙，走过一条灯光柔和的走廊。把门打开，轻轻按下电灯开关，走到一旁。我独自走入房间。

他说得对，这里没什么可看的。犯罪现场鉴定科离开后，留下来负责清理的人干得不错。崭新的浅色地毯，干净的丝绸羽绒被，蓬松且整齐摆好的枕头。我走到床头板前，一件豪华的簇状绒面革物品，我挪开靠垫，里面有一个小洞是子弹留下的痕迹。我把小拇指放进去，抠了一圈。我拔出手指，盯着指甲上一小片干的血迹。虽然打扫得很干净，但并不完美。

这会是谁干的？为什么要这么做？是痴情的建筑师？是吸毒的男孩？还是被他妻子任意行善和婚外情所逼疯的特鲁萨尔迪呢？

回到大门口，我伸出手，“下周见，特鲁萨尔迪先生。还有谢谢您的小牛肉。”

“很荣幸。特鲁伊特小姐，不用客气。”他自信地说。

我钻进车里，返回耶鲁镇。

第十二章

“太疯狂了。”第二天早上，在我们的小型会议室里，我一边喝咖啡，一边对杰夫说，“他坐在那里向我诉说着他亲爱的、挚爱的、完美的妻子是如何与建筑师发生婚外情的。于是，我问，‘您对此有什么感觉？’”

“他回答道，‘显然我不喜欢这样。’杰夫，我是说真的，不喜欢这样？”

“吉莉，很明显你没结过婚。有时候你只能忍气吞声。这叫作‘挽救婚姻’。”

“你是说你和杰西卡？”

“别。”杰夫说道，“请别。”

我瞅了他一眼。

“抱歉，老板——这越界了。”

“好的，不提这个。”我说。他时不时地使用老板这个词，与其说是对等级制度的认可，倒不如说是一种修辞方式，我对此没意见。他面无表情。看来周末外出不起作用。

杰夫把话题转回到特鲁萨尔迪，“他没哭并不代表他不在乎。如果他继续这样下去，我会更担心。”

我记得当特鲁萨尔迪告诉我婚外情这事时，双手抱着头。“你说得有道理。”我说。

“谢谢。偶尔我也会这样。”

我喝完剩余的拿铁，“我们需要核实那个建筑师——他是谁，他的履历，你懂的。”

“每个谋杀案都需要—— 一个候补嫌疑人。”

“完全正确。他爱她，却失去了她——变得疯狂、粗暴。沉着冷静、彬彬有礼的艺术品收藏家文森特·特鲁萨尔迪会杀害他的妻子吗？这不太可能。一个有着暴力倾向的疯狂的、热恋中的、被抛弃的浪漫主义者会杀死甩掉他的情妇吗？有可能。”

在我漫谈时，杰夫频频点头。

“我会让理查德来。”我说。理查德·博韦是我们至为可靠的私家侦探。他在这个行业里是最好的。

我还把特鲁萨尔迪妻子领回家的那个孩子的事告诉了杰夫。

“吉莉，这无异于大海捞针，不过让理查德查一下也无妨，以防万一。”

“是的，还有一件事。关于赛，我得跟他商讨一下开庭的时间。我并不是特别期待这次谈话。”

“他在切斯基案庭审之后，说得太多了。但他仍是天字第一号检察官。我们只能宽恕与忘记。”杰夫站起身，“我要去缅因街 222 号[1]听候宣判。祝你好运。”

他离开后，我拿起电话打给理查德·博韦。铃声转为语音信箱。“理查德，我接了一个案子，当事人名叫特鲁萨尔迪。”我把特雷弗·肖尔与那个男孩的事情告诉了他，“看看你能发现什么。”

我接着打给赛。当接待员假装在找他时，在电话另一头的我有些烦躁。“这很重要。”我重复说。

最后，他接了起来。

“如果你打电话来是想问切斯基案，我的回答是不会上诉。”

他还在生气，我随它去，“赛，我们得谈谈特鲁萨尔迪。”

“有什么好谈的？”

“开庭时间。你看这个案子怎么安排？”

“我猜你是想把案子拖得越久越好。”

“通常这是我的委托人想要的。你知道传统习惯认为律师应听从委托人的指示行事吗？”

他嘟哝着说：“我们要谈哪种庭审时间？”

“我的客户委托人对此持开放态度，但他是无辜的。站在他的角度来看，疑云越早消散，他就能更好地过自己的生活。”

“疑云，无罪。”赛哼了一声，“请转告他尽情享受他的保释期，越长越好。”

“赛，6 月进行预审，秋季进行审判，怎么样？越快完成披

1 缅因街 222 号，卑诗省（不列颠哥伦比亚省）省法院（Provincial Court of British Columbia）的地址，具体是 222 Main St，Vancouver，BC V6A 2S8。

露越好。”

“你疯了吧。”

“听我说，特鲁萨尔迪希望被无罪释放。越早越好。”

“吉莉，你输定了。但我在乎什么呢？法官们都面临着法庭延期，司法救济，诸如此类的压力。或许我们能在今年夏天得到一个预审机会。只是我很忙，打算去度假，这是三年来首次。”

“因为切斯基案结束后感觉有点沮丧吗？”我回击了他，感觉有点后悔。为什么我要施压？我真的相信特鲁萨尔迪是无辜的吗？相信我们能赢吗？我接着说，“赛，抱歉。我们可以进行得快些，也可以慢些。假如你想尽快处理，就预审环节——叶米利就能应付。或者更好的是取消预审。这或许办不到，但足以告诉我法官会将此案付诸审判。我想要的是全面披露。”

“如你所愿，吉莉。我不介意取消预审，确定审判日期也无妨。说不定还能给我奖金呢。我的司法部主管也热衷于加快审判进程。一周左右定下来。”

“多谢，赛。非常感谢。请告诉我结果。”

我刚说到一半，耳畔就传来他的声音，“吉莉，你在切斯基案上很幸运。但这次，你要完蛋了。”

“随便你怎么说，赛。定好日期后给我回电。”

第十三章

温哥华第十六街上的特拉法尔加是一个不错的小餐厅，坐落于城郊接合处的一个时尚的街角，道路两侧是枝繁叶茂的树木，盛开的鲜花溢出花篮，垂到人行道上。温哥华人对花园情有独钟。曾经的特拉法尔加只在早晨营业，适合和朋友一起在这里品尝糕点和咖啡，但如今，它全天候提供汤类和沙拉。如果你愿意，还可以喝点酒。但咖啡仍是首选。温哥华人也很喜爱咖啡——仅次于鲜花。

伊迪丝·霍尔坐在离窗户不远的角落里的餐桌边等我。在五十五岁时，她已经学会掌握自己的命运。今天她是个幸运儿。今早我绕着斯坦利公园跑十公里时，差点把我淋成落汤鸡的乌云已经向东飘散，现在是春日阳光明媚。

她右手托着咖啡杯，左手翻开报纸。见我过来后，她起身给我一个拥抱。伊迪丝不涂口红，戴着无框眼镜，她看上去和我所了解的一模一样——真诚，体贴，极其得体。我们坐下来，一个身着黑色紧身衣和白色围裙的少年女侍者给我倒上咖啡。

"吉莉，我刚好在报上读到你的消息。"伊迪丝说道，"看来你大获全胜。祝贺你。”她用欢快的语调说。他们一定在社工学校里教会了伊迪丝这些——别担心，亲爱的，一切都会好的。而且，多年来她帮了我无数的忙，包括救了我一两次命。

“我很幸运。但我很高兴我们赢了。达蒙是个好孩子，只是有点糊涂。如果他进了监狱，他将会过着地狱般的生活。”

“报纸上就是这么说的——我是说幸运。没人料到他会被无罪释放。”她抿了一口咖啡，“吉莉，你实至名归。谁能想到你会成为一名成功的辩护律师呢？”

我微微一笑。社工们看到过太多失败。她们应该被允许享受这种难得的成功。我们点了沙拉。她告诉我她正考虑马上退休。

“不久前我看了朱莉娅·罗伯茨的那部电影——《美食、祈祷和恋爱》[1]。”她说，“不管怎样，朱莉娅走入了人生的死胡同，她决定去旅行。她最终来到了印度尼西亚——我不记得她在那里做什么了，但影片中在那里有一个男人。我想，为什么不是我呢？我的意思是，我知道我不太可能找到我的哈维尔·巴登[2]。但我仍想要去旅行，去邂逅……”

1《美食、祈祷和恋爱》，由瑞恩·墨菲执导，朱莉娅·罗伯茨、哈维尔·巴登、詹姆斯·弗兰科、维奥拉·戴维斯等主演的一部爱情片。该片改编自伊丽莎白·吉尔伯特的同名自传小说《一辈子做女孩》，讲述了伊丽莎白·吉尔伯特在感情受伤之后，踏上了全新的发现之旅，在感受不同国度的美好事物过程中重新唤起内心的生活希望与真实自我的故事。

2 哈维尔·巴登（Javier Bardem），西班牙著名演员、编剧、制片人，《美食、祈祷和恋爱》的主演之一，他在影片中扮演吉尔伯特旅行时爱上的男子裴利贝。

我用崭新的目光打量着伊迪丝。我从没想过她可能拥有自己的生活；她可能出于那个缘故对一个男人或女人感兴趣；除了她那栋崭新的大房子和救助被遗弃儿童的工作，她偶尔也会渴望一些别的东西。

我们点的沙拉到了。我把芒果放到芝麻菜里，“伊迪丝，如果您不愿意的话，无须回答这个问题。您的生活中是否曾经有过一个人——我指的是，比如说一个伴侣？”

她那白皙的脸颊发红，“嗯，确实有一个人——很久以前了。不是婚姻，只是私通。但没有结果。”

我试着想象我的社工——中产阶级道德灵魂的象征——和一个男人私通上床。

“是您离开他的吗？”

“应该说是他离开了我。”她的声音降为耳语，“他从不爱我，只是利用我。当他不再需要我的时候，就离开了我，跟别人结婚了。”

“这么多年来我做梦也没想到，”我说，不知道伊迪丝有什么东西使得一个男人可能需要她却突然不再需要，“我是说，我很抱歉。”随后欢快地说，“但是，您是对的——您很健康，魅力四射，应该出去看看世界。这对您有好处。谁知道呢？伊迪丝，并非所有的男人都是无赖。”

“是的，”她回答，“迈克就不是这种人。你拥有迈克，很幸运。”

“是的。”我决定不告诉她是迈克甩了我，或者说是我抛弃了迈克，随便别人怎么想吧。在我柔软而甜蜜的悲伤之外，一个硬壳正在逐渐形成，我小心翼翼，不让不合时宜的承认弄伤它。

我们聊起天气——这个反常的暖春季节，并聊起我对花费昂贵价格购买新车有多愧疚，以及我的右肩膀上仍然有一个用花体刻着“叛逆”字样的文身。每次会面，伊迪丝都会想办法告诉我该把文身去掉了。

“吉莉，你一直依靠自己。”她若有所思地说，“这就是你取得成功的原因。”

“伊迪丝，是您帮我渡过了难关。”

“我做了我认为应该做的事情。但即使在你很小的时候，你始终都明白，与其完美地模仿别人的生活，不如不完美地过自己的日子。[1]”

“哇，”我笑着说，“这句话很深刻。”

她脸红了，“那是哈维尔在电影里说的。”

我去摸她的手，那件我最近一直挥之不去的事也浮现出来。“伊迪丝，您知道我的父母是谁吧？您一开始就在那里。”

“吉莉，你知道我不能告诉你，这是秘密。你现在为什么问这个？以前你对此从来不感兴趣。”

“算了吧。我不想知道。”

女侍者拿来账单，我付了钱，但我还没来得及道别，伊迪丝倾身向前，“我听说你在代理文森特·特鲁萨尔迪的案件。”她咄咄逼人的眼神让我大吃一惊。

1 电影《美食、祈祷和恋爱》中的经典对白。

“是的。”

“吉莉，请你放弃这桩案子。”她用颤抖的声音说。

“为什么？”

“我不能告诉你原因。”她抓住了我的手，“但我知道一些事情。”

“关于特鲁萨尔迪吗？”

“关于他和他的姐姐。”她停住，“吉莉，不要给他辩护了。”

这已经不是我第一次被警告不要接这个案子，但这是我第一次听到伊迪丝这样严肃的警告。“为什么？”我又问道。

“他原本不该娶她，”她低声说，她紧紧地攥着我的手，把我弄得很疼，“别干，吉莉。放弃辩护吧。”

“伊迪丝，怎么回事——”

但伊迪丝已经起身向门口冲去，她的包带在身后摆动。

我跟到外面找她，但不见踪影。我坐上车，使劲关上车门，猛地踩下油门。一系列疑问在我脑海里盘旋。她说特鲁萨尔迪本不该娶劳拉是什么意思？他的姐姐和这些事情有什么关系？最重要的是，冷静、谦逊、镇定的伊迪丝怎么了？

我在心里默记：去见拉奎拉·特鲁萨尔迪，她一回来就去。

第十四章

两周后，我把车停在特鲁萨尔迪家的前院。拉奎拉·特鲁萨尔迪一直细致地要求我这样做。尽管她的房子位于她弟弟住宅下面偏西的地方，而且两处宅子相连，但空间上却是各自独立的，我必须按照她的指示进入。

我按照所给的地图到了一个可以眺望英吉利湾的石头庭院。精心摆放着的花团锦簇的陶瓮间，有一组现代雕塑——有点像布朗库西[1]，几分似阿尔普[2]，在石墙衬托下，又颇有朴素的摩尔[3]风格。接着，在凝视着可能通往这座豪宅的大门时，我被一座大型的裸体雕塑绊倒了，我猜测这是博特罗[4]的作品，这让我想起了《纽约时报》艺术版上的一些趣闻。我转过身，打量起雕

1 康斯坦丁·布朗库西（Constantin Brancusi，1876—1957），罗马尼亚雕刻家，现代主义雕塑的先驱。

2 让·阿尔普（Jean Arp，1887—1966），生于法国，画家、雕塑家、诗人，是达达主义运动的创始人之一，以其大理石和青铜制作的三维抽象曲线雕塑闻名。

3 亨利·摩尔（Henry Moore，1898—1986），英国雕塑家，20世纪世界最著名的雕塑大师之一。

4 费尔南多·博特罗（Fernando Botero，1932—　），哥伦比亚著名雕塑家、画家。

塑的巨腿——该死，这可不是我来的正题。

一阵低沉的笑声把我吓了一跳，我向后退了一步。拉奎拉·特鲁萨尔迪从盆栽棕榈后出现了。她乌黑的眼睛闪烁着光芒，用食指按着按钮，驱动着轮椅向我冲过来。琼·贝兹[1]，这让我回想起童年时代那位身材纤细，黑色秀发，令整整一代人着迷的民谣歌手的照片。

“看来你也喜欢这个雕塑，特鲁伊特小姐。”她说。显然，她觉得好笑，尽管我不确定是在笑我被绊倒，还是在笑我对博特罗雕塑的反应。

“事实上，是的。她具有——存在感。”

“有点轻描淡写？”拉奎拉评论道。

我决定从正面回应她，“特鲁萨尔迪小姐，任何描述，无论多么生动，对于这部作品而言都是轻描淡写。言语根本不足以胜任这项任务。”

她仔细看着我，“特鲁伊特小姐，你令我感到吃惊——不只在这一方面。也许我弟弟雇用你时比我想的更有见识。”

“你什么意思？”

“没什么。”

“特鲁萨尔迪小姐，你的弟弟雇用我是因为他需要律师，而我正好可以提供他所需要的服务。”

“也许是吧，特鲁伊特小姐，不过我劝你千万不要低估了文

1 琼·贝兹（Joan Baez，1941— ），美国民谣歌手、作曲家。

森特。”她把轮椅转向了房屋的方向，“我们进去好吗？”

我跟随着她穿过一扇迎着午后暖阳敞开的大门——门槛与露台齐平，便于轮椅出入。低低的走廊通向客厅。我突然止步，感到头晕目眩。这里仿佛是一片洒满白色阳光的海洋，点缀着三原色的岛屿。这里虽然没有她弟弟楼上的客厅那么大，那么新——小桌上摆满了照片，书堆得到处都是——虽然不气派，但很温馨。在雪花石膏的壁炉墙上，一幅红黄蓝线条组合的纽曼[1]作品轻轻地颤动。

拉奎拉仿佛跟着我的思路，在房间里豪爽地做了个手势。“特鲁伊特小姐，正如你所见，我是一个充满激情的女人，许许多多激情，我兴趣广泛，关心许多事情。从来没有足够的时间来阅读或者看我想看的东西。实际上我也做不了什么。”她轻拍着轮椅扶手说，“但我还是设法过一种有激情的生活。”

所谓身体不佳到国外接受治疗的姐姐的印象到此为止。就像壁炉墙上的纽曼作品一样，我面前的这个女人尽管被束缚在轮椅上，但跳动着充满能量的脉搏。

我坐在她轮椅旁边的沙发上。

“我猜你想聊聊关于劳拉的事情，”她说，“还有我弟弟。”

“这只是一个开始，特鲁萨尔迪小姐。我还想谈一谈你在谋杀当天是否注意到某些情况。”

---

1 巴尼特·纽曼（Barnett Newman，1905—1970），美国艺术家，抽象表现主义的主要人物之一，也是色彩领域最重要的画家之一，代表作为《是谁在害怕红黄蓝》。

她挥动着戴着戒指的修长的手指。“你会发现我帮不上什么忙，但开始吧，把你的问题告诉我。”她一边说，一边向阴影处移动。一个身着黑色连衣裙和白色围裙，身材矮小的人出现了。“安杰拉，请给我们拿点茶来好吗？”

在我们等待期间，我瞥了一眼每个台面上摆放的照片——银色相框、黑色相框、花式相框以及普通相框。角落里的小型白色钢琴上面，一张照片摆在最显眼的位置——我认出那是劳拉·特鲁萨尔迪的笑容。显然已故者对这个女人很重要——这可以解释她对她弟弟的敌意。在我右边的矮桌上放着拉奎拉年轻时运动的各种照片，她吹着雪花，她与一位陌生女子手挽手站在陡坡上，她骑着马，还有她在射击比赛中举着手枪。

她跟着我一起看照片。“也许你不知道。我当时是一名现代五项运动员——准备参加奥运会。”她轻拍轮椅扶手，眼睛望着窗外的大海，“直到意外发生。”

我想知道发生了什么意外。她读懂了我的心思。

“一名疯狂、失控的滑雪者不知从哪里冒出来。我被撞翻了，头撞到一块石头上，把脖子摔断了。”她闭上眼睛，脸上露出痛苦的表情，“一切都结束了。”

“我不知道。我很抱歉。这次事故肯定是一次巨大打击。”

“的确如此。很长一段时间我以为我的世界就此结束了。后来，当我还在努力寻找勇气重启生活时，我的母亲得了癌症，几个月后就离开了人世。两年后，父亲去世了。我孤身一人，茕茕孑立。但不知怎的，我挺了过来，振作起来，决定过一种丰富多彩的生活。我做到了。”

“我理解。”我低声说。

安杰拉返回屋内，递来瓷杯，伯爵茶的薰衣草香味扑鼻。

“那段时间文森特在哪里？”我喝了口茶。

“在欧洲游荡，与亿万富翁航行，同年轻女星约会，过着他们所谓的美好生活。”她的语气由调侃变为苦涩，“我受伤的时候，他给我打了一个简短的礼节性电话，然后迅速地逃回了大西洋彼岸。”

“可是当你的父母去世的时候——”

“是的，最后当父亲生病时，文森特屈尊回了趟家，查看家里的财务状况。他别无选择——因为大西洋彼岸的生意糟透了。所以他全力以赴，摆脱困境。令我吃惊的是，他做得相当不错，直到他玩信托公司玩得过于冒险。”

“但是他东山再起，重新创造了他的财富。”我说。

“看来他已对你发表过他的惯用台词。但的确，你说对了，他确实做到了。”她绷着嘴。

我决定冒昧一问，“你为什么如此讨厌他？”

“我们从一开始就形同路人。”她伸手去拿杯子，“他出生得很晚。那时我已经十岁了，但我的心理年龄要大得多——聪明、能干、强健。一切都是我父母想让我成为的样子。然后他就出现了。从他出生时的欢腾气氛来看，你会以为他是小耶稣。一个儿子。我意识到我什么都不是，只因为我天生就有两条 X 染色体。”她久久地看着我，“特鲁伊特小姐，你是个女人——据说你曾经是一个女权主义者。你猜我是什么感觉？”

我很同情，想起了自己青春期的愤怒迷茫。有一个把我抛弃的母亲，或者从来没有母亲，哪一种更痛苦？

“你一定觉得这很不公平。你一定很愤怒。”

“非常愤怒。父母把家族生意留给了他，因为他是儿子。为我设立的信托——并不吝啬——但仅仅是对女儿而言足矣的信托。我只能无助地靠边站，看着他从欧洲游荡回来，涉足这个，涉猎那个，操纵家族财富。”她在轮椅上向前倾，“特鲁伊特小姐，如果你一定要知道，我讨厌他是因为他很弱。”

她用轻蔑的口吻讲出这个词令我感到吃惊，“我不认为他很弱。”

“他有着迷人的外表——但骨子里却是一个空虚的人。对文森特来说，生活是一段快乐的旅程。不是指庸俗浅薄、恣情纵欲意义上的。我弟弟只追求那些高雅、小众的乐趣——他的艺术、他的桌子以及手挽着美女。即使他做了正确的事情，也只是因为那符合他的人设。但他不知道什么是爱，什么是激情。”

我记得特鲁萨尔迪眺望大海时的呼啸。有些情况并不符合。我又喝了一口茶，把杯子放下，“他从来没有爱过劳拉？”

她轻蔑地转动轮椅，“好像是的。”

“你不喜欢你的弟弟，但是你来这里和他住在一起——接近他。我无法理解，特鲁萨尔迪小姐。”

“我不是为了他。我是为了劳拉。”她缓慢地念出这个名字，劳——拉，像爱抚一样。

“你们俩是朋友吗？你和劳拉？”

“你可以这么说，”她挺直身子回答道，“劳拉对我很好。她和文森特越来越不幸福，在婚姻的荒漠里越发凄凉。她很孤独，所以她开始在下午来看望我。不是这儿。那时我住在西缘[1]社区的一套公寓，就像现在这样，特鲁伊特小姐。我们在一起喝茶，聊聊电影、她的工作以及她所设计的房子。‘在那儿你会有你自己的空间，’她曾告诉我，‘独立但接近。这样我们就可以随时串门。’”拉奎拉摊开双手，“我能说什么呢？我让她继续描绘她的梦想。”

文森特除了偶尔被劳拉的事业所烦恼和她短暂的婚外情所困扰外，向我描述的是一段甜蜜而轻松的婚姻。如今黑色污点正在被披露出来。“她不开心吗？”我掩饰自己所知，问道，“他们的婚姻出现问题了吗？”

“我不知道我弟弟和他妻子之间经历了什么事情。我只知道她来看我的次数越来越多。”

“她从没和你谈起过她的婚姻？”

拉奎拉呆住了，“你为什么这么问？”

我决定坦白，“我听说她有过外遇。”

“劳拉从未爱过特雷弗·肖尔。”她回答道，声音小得我几乎无法听到。

“这么说，你知道那个建筑师。”

---

1 西缘（West End），温哥华市区的一个高档社区。

她沉默以对。

我继续问道，“那个总是四处游荡的男孩呢？”

“劳拉总是救助流浪者——这没什么特别。”

“他叫什么名字？”

她耸了耸肩，“我怎么知道？”

“你知道他住在哪里吗？或者任何关于他的事情？”

她生气地摇了摇头。

“你很了解劳拉。她有什么问题吗？酗酒，吸毒？”

“太荒谬了。劳拉唯一的问题是她太在意了。”

“你是说她的事业？”

“那也是她在意的。”

“她还特别在意什么呢？”

“体面。”她令人费解地说。

我想要继续追问，但她噘着嘴表明这没有意义。我决定瞎碰一下——自从两周前的午餐以来，有个问题一直困扰着我，“你认识伊迪丝·霍尔吗？”

在丢掉伪装之前，我屏住了呼吸。“我知道这个名字。”她盯着我，“特鲁伊特小姐，我没指望喜欢你，但也没想要讨厌你。”

我触到了她的痛处，我无视这种无礼，“伊迪丝和你的弟弟是怎么搞在一起的？”

“这是很久以前的事了。特鲁伊特小姐，你一定要追查他生活中每个不相干的事情的每处隐私细节吗？”她不满地说，“就当成她给他提供过某种服务吧。”

"什么样的服务？"

她把头转向窗外和远处的大海，"特鲁伊特小姐，关于这个问题，我没有什么可说的了。这个可怜的女人与眼前这件事无关。"

我记得伊迪丝逃离餐馆的身影，她给他提供过某种服务。文森特和伊迪丝之间发生过一些可怕的事情，以至于没有人愿意谈论。这听起来不像我认识的伊迪丝，我所信赖的伊迪丝是单纯、高尚、无可指摘的人。

"劳拉的死亡时间大约是 5 月 4 日下午三点半到四点之间。特鲁萨尔迪小姐，你当时在这儿吗？"

"我肯定在。"

"你听到什么动静了吗？看到什么了吗？"

"要是有，我会告诉警方的。"

"没听到哭喊？没听到枪声？"

"没有，我的房屋和文森特家在每一处都是隔开的。劳拉坚持要做到完全隔音。而且，和往常下午一样，我那时正在听音乐。"她指了指唱机，"我会播放严肃音乐，花一两个小时聆听，也可能是一部歌剧。那天播放的是《布鲁克纳第七交响曲》。"

"你怎么能记得你曾播放过什么音乐，而且准确地记得播放了多久？"

"《第七交响曲》持续时间很长。警方到达之际，音乐刚好结束。因此我记得。"

"安杰拉能证实此事吗？"

“不能。安杰拉周日休息，从不在这里。”

“卡尔梅利纳在这儿吗？她来过这里吗？”

“从来没有。我拒绝和那个女人有任何关系。她是去年秋天从卡拉布里亚[1]来的—— 一个出来看世界的小女孩。似乎赖在这里不走了。”

“卡尔梅利纳和你的弟弟……有染吗？也许劳拉不是唯一的婚内出轨者。”

“特鲁伊特小姐，你是怎么打探到的。”她皱紧眉头，“我想这就是你们律师的收费工作。我怎么知道文森特在干什么？”她低声说道：“我们只能说，这种行为没有违背他的原则——或者习惯。”

“请允许我坦白地询问你，只在你和我之间：你认为是你的弟弟谋杀了劳拉吗？”

“当然，”她答道，“还有谁会这么做呢？”她严肃地摇了摇头。

我想知道她为何如此肯定？“也可能是她的前男友，那个建筑师。”我说。

“那个懦夫？”她讥讽地笑了笑，“不，是文森特干的。在他心里，劳拉背叛了他。他不能忍受这件事。”

“但为什么要现在动手呢？我是说，婚外情已经结束了。据文森特说，他们和好了，还希望有个孩子。”

---

1 卡拉布里亚（Calabria），意大利南部的一个地区。

她的手紧紧地抓了一阵子轮椅扶手，然后松开了，“或许她告诉了他一些新的激怒他的事情。因为内心空虚，我的弟弟会大发雷霆的。”

她的话使期许她在庭审中起点作用的任何希望都破灭了。拉奎拉决心毁掉他。

“特鲁伊特小姐，谈话就到这吧。”

“至少让我把杯子拿到厨房去。”我说。她挥手示意让我放下杯子，但我已经把茶杯和茶壶放在托盘上了，“不麻烦。”

我朝着安杰拉曾出现的方向穿过一条走廊，看到了一间厨房——洁净、现代的厨房——并把托盘放到花岗岩台面上。我冒险快速地环顾四周。所见皆为常见的厨房用品——家用电器、黄铜吧台推车——除了角落里的电梯。我走了过去，它只有向上一个方向。这间公寓并不是像拉奎拉所声称的那样和劳拉的房子完全分开。也许劳拉如此设计是为了便于随时下来看望拉奎拉，或者拉奎拉以及其他人可以上去。

拉奎拉推着轮椅跟在我后面，“你可以走了，特鲁伊特小姐。”

她转过身，我跟着她回到客厅。

“还有一件事。”我想起文森特所说的关于劳拉的事情，她拯救过我的姐姐拉奎拉——坐着轮椅，受困于内心的魔鬼——给了她活下去的理由。“特鲁萨尔迪小姐，我了解的情况是这样的。你非常痛苦沮丧，只能坐着轮椅，被剥夺了家族生意的继承权，受到你弟弟的冷落。然后劳拉出现了，一切都变了。她拯救了你，并给了你活下去的理由。使你在她的生命里以及她的家中占有一席之地。你说你们俩亲密无间，你却不能告诉我她和文森特之间发生了什么，她的思想或者生活之中发生了什么？有些事情无法自圆其说。”

她的轮椅突然朝我猛冲过来，我跳到一边。“滚出去。现在就滚。”拉奎拉尖叫着。愤怒？骄傲？或者恐惧？但这是为什么呢？

“谢谢你，特鲁萨尔迪小姐。”我说着找到了门。

在走道的拐角处，我转过身。拉奎拉坐在阳光下，面无表情。我朝她笑了笑。你吓不倒我。不管是这个案子还是其他方面。

她转动轮椅，消失在博特罗雕塑的后面。

第二幕

第十五章

“你的箱子。”黛比指着她操控台边高高的一摞纸板箱说。她的语调传达的真实意思是——赶快把这些东西从我这里拿走。我走向我的办公室时，看了看纸箱上面的标签，写有**总检察长办公室**，然后用小号字体写着 **R. V. 特鲁萨尔迪**，令人印象深刻。根据我们周五的谈话，赛不会浪费任何时间来进行披露。叶米利肯定是周末加班了。毫无疑问，这只是一个开始。增加的数以兆计的字节很快将淹没我们的电子网络。

现在是阳光明媚的周二下午三点半，我刚在法庭上度过艰难的一天，就警方是否需要搜查令来搜寻我委托人电脑中的儿童色情作品进行争论。一个人的电脑就是他的城堡是我坚持的原则。在色情案件中，似乎男性总是有罪一方。面对代表总检察长的年轻检察官拙劣的装腔作势和技术盲的法官——他曾问道，什么是表情包？——我度日如年。

“把箱子拿进来。”我告诉黛比。

“好的。”她回答说，但手指并没有离开键盘，“我们这儿需要一个勤杂工。我没有时间做所有的事。”

“多谢。”我拿起最上方的箱子，把它夹在腋下，心里默记如何把一个勤杂工纳入我的办公室预算之中，如何在满足黛比的要求之后，让她在一天的剩余时间里做其他事。我把箱子扔到办公室角落的桌上，那张桌子放在一个奇特的壁龛里，当时设计师忘记把它处理掉。我在回去拿第二个箱子的路上和黛比擦肩而过，她使劲把箱子重重地扔到桌子上。等所有的箱子都搬进来，我给艾丽西亚打电话。

她来得很快，脸上带着灿烂的笑容。我对她说：“我们需要仔细检查这所有的箱子，并把文件编号。”

我看到她的脸沉了下来。这是例行公事。杰夫和我需要仔细阅读每一份文件，寻找差异和线索，但首先需要给所有的文件编目。我把其中一个箱子朝着艾丽西亚推了过去，“我们先从警方的报告开始，我要查阅一下警方与特鲁萨尔迪的谈话笔录。”

艾丽西亚盯着箱子，“我们要在这儿待到午夜。”

“是的，我知道。这很枯燥乏味。加上他们还在里面放了一些破坏脑细胞的秘密化合物。”她瞪大眼睛看着我，我笑着说，“众所周知。”

艾丽西亚坐了下来。我将另一个装有记录文件的箱子挪到我的桌子上。接着，我用裁纸刀划开胶带，轻叹了一声，箱子打开了。我要查明这个案件从第一天起就在困扰我们的事情——文森特·特鲁萨尔迪在跟警方会见时说了什么（如果不是约瑟夫·昆廷太天真，这场会见本不会发生）？

我伸手去拿最上面的文件。很好。既有日期也有时间。标签上写着：**文森特·特鲁萨尔迪，讯问。**

里面是厚厚的一捆纸—— 一页接着一页都是双倍行距的文字。我感到胃在翻江倒海。这么多的纸里，隐藏了太多让秘密曝光的机会。

我浏览着，忽略细枝末节，寻觅要点。贝蒂下士是一名经验丰富的警探，他时而友好安慰，时而盘问谴责。毫无意外，这种拉锯式方法奏效了。不久之后，冷静如文森特·特鲁萨尔迪，也在发泄他的妻子与建筑师的婚外情给他带来的痛苦和羞辱。

贝蒂觉察到这段披露，“特鲁萨尔迪先生，您很愤怒，对吗？我是说您有权生气——对特雷弗·肖尔生气，对您的妻子生气。”

快啊，我内心里向昆廷派来的年轻律师喊叫着，让他阻止特鲁萨尔迪，但他没有。

“显然，这对我来说很难，”文森特·特鲁萨尔迪说，“但我爱我的妻子。这是我的错——我不是个好丈夫。我愤怒吗？是的，但主要是生我自己的气。”

这招不错，他把婚外情归咎于自己作为丈夫的失败。可是这并不好。他向警方泄露了一段本可以被隐藏起来的婚外情，使得警方有办法来完成拼图，作案动机——嫉妒的丈夫对妻子的不忠行为感到愤怒。我再次诅咒约瑟夫·昆廷，然后想起肖尔在葬礼上悲伤的表情。如果我们能把这位被抛弃的建筑师描绘成凶手，这件婚外情将会对我们有利。

我放下文件。稍后我将会逐行仔细浏览。我拿出与卡尔梅利纳会见的文件夹——杰夫明天将采访她，所以他需要先看一下。我一眼就看出登顿警官是个有经验的讯问者。从文件第一页起，他就对卡尔梅利纳做出判断——一位需要关爱的单纯乡村女孩。

“卡尔梅利纳，你什么时候来的加拿大？有时候一定很寂寞吧。卡拉布里亚真是太美了——你想念那里吗？”他问着，逐渐转到他真正想讨论的话题：文森特和劳拉的婚姻，“特鲁萨尔迪一家对你好吗？”

很快，卡尔梅利纳开始东拉西扯起来，“我爱特鲁萨尔迪太太，她一直对我很好。特鲁萨尔迪先生，也很体贴。他们是如此可爱的一对。打架？从来都没有。当然，我并没有看到太多——我通常是在厨房里，晚饭后回到我的房间。发生这样的事情真是太可怕了。回到家里发现夫人被谋杀了，真是太令我震惊了。”

此时卡尔梅利纳已经泣不成声，登顿提议休息片刻，“我知道这很难。”

她最好的朋友，她的知己。小心啊，卡尔梅利纳。不出所料，当他们恢复交谈时，登顿深挖罪迹。

“你在这所房子里看到过可疑的人吗？你知道谁可能干这事吗？你一定看见过特鲁萨尔迪夫妇吵架吧？这在婚姻中再正常不过了。”

卡尔梅利纳一一否认，“没有，不知道，从来没有。”

好样的，我想，我可能低估你了。

登顿把注意力集中到她和特鲁萨尔迪的关系上，“你们之间有过交流吗？”

“有的。”

“长时间交流吗？”

“是的，有时用意大利语。他喜欢和我谈论卡拉布里亚的生活。”

“卡尔梅利纳，你喜欢他吗？”

“是的，当然了，他是个好人。”

“很喜欢吗？”

“你什么意思？不，不，不。”哭诉，记录用括号标明。再次休息。很明显，卡尔梅利纳一直在流泪——根据时间记录，十五分钟后登顿警官结束了此次会见。

卡尔梅利纳态度坚决地站在我们这边，而且比我想象的还要狡猾。我把文件放到一边，回头看看艾丽西亚，“发现什么有意思的东西了吗？”

艾丽西亚全神贯注地看着文件，用马克笔画着横线，没有抬头就回答我，“一个叫埃蒙德·盖茨的汽车旅馆经理似乎认为，他在谋杀案发生前的一个下午看到过特雷弗·肖尔和一个长得像劳拉·特鲁萨尔迪的女子。”

我的心脏怦怦乱跳。“我现在明白了。赛会说，特鲁萨尔迪知道他的妻子和特雷弗·肖尔在谋杀发生的前一天有过幽会，这表明他们一直在一起，特鲁萨尔迪在失望和愤怒中杀害了那个背叛他的女人。”我检查了一下箱子，“少了一些材料。”

艾丽西亚重新检查了她的箱子，“这里面只有病理学家的报告。”

“病理学家是谁？”

艾丽西亚翻了翻文件，“一个叫克里斯蒂娜·莫耶的医生。”

“一个朋友。但这并没有帮助。还有别的吗？”

“就这些。”

随后我突然意识到。“特雷弗·肖尔，”我说，“缺少了他的材料。他是劳拉的情人，警方至今仍未找过他吗？他的记录应该和其他主要参与者一并放在这里面。”

艾丽西亚一脸疑惑，“如果他们和他谈过，他们便是保密了。”

第十六章

两天后，我和杰夫、艾丽西亚一起开会评估这个案件。我从未感到会议室如此之小。赛的文件箱靠着东墙排列，盖子歪歪斜斜地放着，文件摆得到处都是。一些更重要的警方报告和照片在长桌的中央占有一席之地。到目前为止，我们已经习惯了他们所讲的生动的故事，但没有人注意到劳拉·特鲁萨尔迪胸部瘀伤的信息是从一份无关紧要的电话窃听报告里获得的。

我坐在桌子一侧，心不在焉地翻阅着我刚拿起的病理学家的报告。劳拉·特鲁萨尔迪的死因—— 一颗子弹从脖子底部穿到太阳穴——是确定无疑的。但详细的报告可能会提供一些有用的细节，比如，我的委托人说她怀孕了是否属实。

理查德·博韦从敞开的门走了进来，坐在艾丽西亚旁边的椅子上，“大家好。”[1]

理查德来自蒙特利尔，这个名字的重音落在最后一个音节，

1 原文为法语。

但不是“d”。[1]他的脸很帅，有着典型法裔加拿大人的相貌特征——厚厚的嘴唇，深褐色的眼睛——但并不会引人再多看一眼，这是他干私家侦探这行的优势。他听得多，说得少，当他聆听时，下巴回收，向前轻轻摇晃，给人一种他全神贯注倾听每个字的印象。他确实如此。

“你抓住特雷弗·肖尔什么把柄了？”我问道。

理查德用手理了理他那蓬松的棕色鬈发，“要简短版还是详细版？”

“暂时先要简短的。”

“特雷弗是每个设计师的首选对象。他在时尚家居杂志有专题报道，并拥有一系列环太平洋地区建筑创新奖。创意，艺术鉴赏力，这些都是他的专长。但还未大红大紫。”

“由此推断，有创造力的天才。”杰夫说。

“有创造力的人，但不是合格的商人。在他身后有一系列不成功的合作伙伴。”

“由此推断，不合群的人。”

“他的私生活如何？”我追问。

“很久以前有过短暂的婚姻。有过一些风流韵事，没有孩子。”他瞅了杰夫一眼，“由此推断，要么感情不忠，要么无法相处。”

---

1 蒙特利尔，加拿大的法语区，理查德（Richard）在法语里是“Richer”，因此“d”不发音。

“有暴力行为吗？有没有违法？”我质疑道。

“有几张交通罚单。很显然，他喜欢开快车。”

“就这些？”

“是的，就这些。”

“让我们切入正题吧。他在哪里？”

理查德摊开双手，“不清楚。我去了他在荷马街[1]一座整修过的建筑六楼的小办公室。门上写着他和其他几位艺术家的名字，但是前台女孩说不知道他在哪里。据她猜测，他可能在休假。很明显，他时不时地在项目之间消失，去”——理查德打出引号手势[2]——“‘旅行与充电’。我对航空公司名册进行了初步核实——没有发现他出行的记录。”

“从地球上消失了。”

“似乎是这样。”

“我们或许可以做些文章。”艾丽西亚插嘴道，“特雷弗·肖尔在谋杀案后消失了。这看起来很可疑。你可以把这解释为合理怀疑。他有作案动机和机会。”

“机会是什么意思？”杰夫问道。

“房屋是由他所设计的，他很可能知道如何进去，如何拿到枪支。”艾丽西亚回答说。

“有道理，”我说，“运气好的话，我们可以把特雷弗·肖尔

1 荷马街（Homer Street），温哥华地名。

2 引号手势（air quotes，又可译为兔耳手势），在这里表示引用别人的话。

的失踪推断为他有罪。”我捕捉到杰夫不相信的表情。“那特鲁萨尔迪的不在场证明呢？”

“我已经让我的团队检查那天早上谁在游艇俱乐部吃饭，谁出海了，谁可能看到过他。”理查德回答说，“假设他在那里。到目前为止，我们已经找到他的出海签名记录，但并不清楚什么时候回来。情况不妙。”

“我们需要证人。”杰夫向后一靠，把一张皱巴巴的复印件扔进垃圾桶，“最好是记得在谋杀发生那天下午晚些时候见过他的人。”

“周日那天天气不错。”我自言自语，“游艇俱乐部周边肯定有很多人。”

“大多数人只是摆设。”杰夫插话道，他向来都是个现实主义者。

“特鲁萨尔迪说过有一个男孩过去常在房子附近晃悠。”我说，“有他的信息吗？”

理查德划动苹果平板电脑，眯着眼寻找记录，“花匠说，在二月或三月他曾经多次在花园边的灌木丛里看到一个男孩。他瘦骨嶙峋，留着一头脏兮兮的金发，穿着脏兮兮的衣服，年龄可能是十八九岁。每当花匠问他在那儿干什么时，他总是一跑了之。最后，花匠当着他的面挥舞着橙色的大剪刀，告诉他滚开别再回来。这似乎奏效了。从此以后，再也没见过那个孩子。”

“卡尔梅利纳看到过他吗？”

“她说有一天晚上劳拉带了一个男孩回家吃晚饭，但是他跑掉了。和花匠的描述相同。但卡尔梅利纳从来没有在花园里看见过他。”理查德叹了口气，“没有人知道这孩子的姓名，那就没办法找到他。”

“你还有什么信息，理查德？”

“劳拉。我需要追踪她遇害前几天、几周以及几个月的活动轨迹。”

艾丽西亚拿起一堆文件，抽出其中一份。“披露文件显示，在谋杀案发生前一天，一名符合劳拉特征的金发女郎与建筑师特雷弗·肖尔在北温哥华的一家宾馆里约会。”她举起文件，“小憩汽车旅馆。”

“也许这段婚外情还没结束。”我说。

“也有可能是特鲁萨尔迪在说谎。”杰夫反驳道。

理查德没有理会我们，“我需要和她的熟人谈谈，与她共进午餐的女士们，她在事业上认识的女士们。我要试着弄清楚她和花园里的那个街头男孩发生了什么事。我也要了解一下她在网上做些什么。虽然她的脸书页面看起来毫无危险，但我会追踪每一个联系人，并逐一查看。我们需要找到她的手机。或许手机能够告诉我们汽车旅馆的那位女士会不会真的是她。”

“警方拿走了。”我说，“他们正在申请搜查令来搜索里面的内容。”

理查德扬起眉毛，“搜查令？”

“是的，高等法院刚刚裁定，没有搜查令不得下载手机内容。即使已经去世了，她的手机仍属于隐私。别担心——他们会拿到搜查令。很快我们就会拿到她过去一年左右的通话记录。”我向艾丽西亚望去，“这恐怕是更生动的阅读材料。”

今天早上理查德首次露出微笑，“如果幸运的话，它会告诉我们她是否去了那家汽车旅馆。”

“首席验尸官是我的朋友，”我换个话题说道，“我想我会和她谈谈。”

理查德怀疑地看着我。他知道我在想什么——具体而言，是我们的委托人声称她已怀孕的问题，如果是的话，孩子的父亲是谁。如果孩子被证明不是我们委托人的，这就很危险。

我深吸一口气，“好吧，让我们齐心协力。我们有什么收获吗？”

杰夫扔下铅笔，“没有，啥都没有，什么都没有。没有特雷弗·肖尔的消息，没有不在犯罪现场的证明，没有那个男孩的线索，只有我们那位疯狂委托人的彻底否认。我目前能够看到的是。我们让他出庭，‘陪审团的女士们先生们，我是文森特·特鲁萨尔迪，我是无辜的。这是我的床，我的枪，还有我那背叛的妻子。但是请相信我，不是我干的。真的。’”

“还早着呢，杰夫。我们会继续寻找。艾丽西亚说得对，特雷弗·肖尔仍有作案可能。而且文森特的不在场证明可能有进展。也许我们能找到那天下午看见过他的人。我们必须追踪每一种可能，特雷弗·肖尔、那个吸毒的孩子——我们所需要的只是合理怀疑。”

“我觉得特鲁萨尔迪在胡编乱造，”杰夫坚持说，“就像认定怀孕，我们需要找法子说服赛接受二级谋杀罪。这是唯一的选择。”

“好吧。”我坐直了，“我知道我不时会冒险，但我不是自取灭亡。”我环视桌子四周，“这有一个方案。我们要继续调查。如果我们把每一块石头都翻遍了仍一无所获，那么我们就让特鲁萨尔迪先生坐下来，假设我们能达成协议，我们告诉他经过深思熟虑，建议他应该以二级谋杀罪认罪。如果他拒绝接受我们的建议，我就让他另请高明，这些律师会拿着他的钱让他在陪审团面前出丑。但我们还没到那个地步。还没有。此外，就这样一个备受瞩目的案件能否达成协议，可能需要某种东西——任何一种——能让定罪变得不那么绝对确定的东西。”

“吉莉说得对。”理查德说，“检方对案情的把握太轻率了，我们应该进一步调查，然后重新评价。”

我翻了翻病理报告，开始浏览，“如果我们没有找到什么办法，关键时刻需要和委托人推心置腹。”

“我只希望我可以相信他向我们坦白的内容。”

“我知道——”我刚想说，但停了下来。文件第二页，证据赫然在我面前。

杰夫转动座椅，“我们得去法庭。”

“等一下。”我把报告推到桌子对面给他，看着他的表情消失。怀孕，预计妊娠期，九周。

第十七章

特雷弗·肖尔在水果区和沙拉区之间找到了我，我的胳膊上正挎着一个半满的篮子。虽然我很讨厌购物占用我以小时计费的时间，但一个女孩总得吃东西。

“特鲁伊特女士，我能跟你说几句话吗？”

我一眼就认出了他，戴着宽顶无檐圆帽，围着牛津围巾。他又高又瘦，但当他试着与我对视时，他的眼神——细细的蓝色虹膜环绕着大大的瞳孔在轻快地跳动——吸引住了我。

“肖尔先生，”我说，“你在这里做什么？”

“特鲁伊特女士，我需要和你谈谈。”

这种事有伦理准则。我应该告诉他单独谈话不是个好主意，但我没有。

“隔壁有家星巴克。”我说。我看了看我买的东西，把它放下，跟着他出了门。

在拥挤的咖啡馆里，我尴尬地站在他身边。“去找个座位吧，”他说，“你需要什么，我给你拿来？”

“中杯黑咖啡。”我回答道，然后朝后面长毛绒面座椅走去。

过了一会儿，他把两个纸杯放在我们中间的桌子上，然后坐到他的位子上。他看起来就像一个折纸玩偶，毛衣从他瘦削的肩膀垂落，牛仔裤脚翻折盖在靴子上。自从他买了这些衣服后，体重减轻了不少。劳拉的死已经给他造成沉重的打击，但如果我和特雷弗·肖尔只有一次面谈机会，我得问一些尖锐的问题。

我开始发问，“特雷弗，是谁杀害了劳拉？”

“不是我，如果你是在暗示我的话。”

“我觉得你是最有可能的人。你和她上床，然后当她想回到她丈夫身边时你就揍她。她很幸运，只是被打得鼻青脸肿。”我身子向前挪，“你嫉妒了，不是吗？她要离开你，你感到很愤怒。你了解房屋的构造，知道枪放在哪里。特雷弗，对你来说情况不妙。”

“我爱她。”他嘶哑地低声说道，“你要相信我。”

古老的《奥赛罗》[1]主题，我如此爱她，她不得不死。

他又讲道：“她几个月前和我分手了。她与文森特复合，打算再给他们的婚姻一次机会。”

“她几个月前就和你分手了，”我冷冷地重复道，“请解释一下为什么在她遇害前一天你和她一起去了小憩汽车旅馆。”

他脸色变得煞白，“我从来没——”

1《奥赛罗》，莎士比亚创作的四大悲剧之一，讲述了威尼斯城邦的将军奥赛罗因轻信谗言，以为自己深爱的妻子苔丝狄蒙娜出轨，在妒恨中将其杀死，获知真相后又自杀的故事。

“别忽悠我，特雷弗。”

“我们从来没有——一切都结束了，我只是想和她谈谈，劝劝她。”

“劝劝她？”我的心一沉，“关于文森特吗？”

“不，不是。”

“那是谁，特雷弗？”

他耸了耸肩。

“我明白了。你想提醒她小心你自己。特雷弗，这就是你来这里的原因吗？为了减轻你对文森特代你受罚的负罪感吗？”我接着说，“你很沮丧，失去理智。她告诉你她要回到丈夫身边，怀了他的孩子，而你一无所获。你对她爱恨交织。你再也无法忍受，所以你杀了她。”

“你完全搞错了。现在有危险的是我。”说完，他的眼睛胡乱地扫视着拥挤房间的各个角落。

“为什么？”

“我知道的太多了。”

“关于什么？”

“家庭，生意，这该死的一切。”他目不转睛地盯着我，“特鲁伊特女士，而且我还知道有人在跟踪我。我不能待太久。除非我离开这里，否则我就死定了。”

“谁想要你死？为什么？”我们放在桌上的咖啡已经凉了，都没动过，“特雷弗，我受够了，你为什么在这里？”

“我爱劳拉。我想看到她死仇得报。我想让你把真凶送入监狱，这样我就不用再逃跑了。”

“那请你告诉我是谁干的。”

“如果我告诉了你，无论我走到哪里，我都死定了。如果我什么都不说就离开这座城市，他们会放过我的。你得自己想办法。”

“你为什么不直接告诉我？说实在的，不管他们是谁，杀了你对他们有什么好处？”

“缄默法则。”[1]他低声说。

“报复？”

他点了点头。

“是因为你杀害她而报复？”

“不是，特鲁伊特女士。对泄密进行报复。”

我的头脑一片混乱。谁有这种能力？“你是担心如果你告诉我你所知道的，文森特·特鲁萨尔迪会杀了你吗？”

他摇了摇头，“不，不是。”

“那是谁呢？”

特雷弗在胡言乱语。他说话没有条理，却唠叨不停——这很不理智，但我以前遇见过这种情况。很多事情都能让人发疯，包括内疚。我需要回到案子的关键点。

“警方和你谈过了吗？”

“没有，我一直躲在外面。但如果我再待下去，他们就会找

---

1 原文为 Omert（乌默它），指黑手党之间的规矩，不管是谁都不能向警察告密。

到我的。我打算离开这个国家。”

我静静地坐着。我跟这件事没有一点关系。如果赛查出来，我将会被指控妨碍司法——或许更糟。

“你不该来找我。”我正要起身，但肖尔说的又把我拉了回去。

“我知道你在想什么：‘如果他没有杀了她，他为什么要跑？’我们的谈话就到此为止吧，如果他们找到我或者警察来找我，我就完蛋了。”

“警方会对你进行保护性监管。你需要和他们谈谈。”

“保护性监管救不了我。”

“那你为什么来找我，肖尔先生？”

“你是唯一可以正确处理问题的人。对劳拉与我而言。”

“那对我的委托人有什么帮助呢？”

“如果你搞清楚了——”他突然停下来，站起身，“我已经私下告诉你了。律师务必保守秘密——我在什么地方读到过。我说的是你和我之间的事。你千万不要把这次谈话内容告诉任何人。”

如果我愿意的话，我可以给他上上关于律师-委托人特权的课，告诉他只有律师-委托人关系才能适用保密规则，告诉他保密规则不能用来妨碍司法。但这没有任何意义。

“那栋房子，特鲁伊特女士，你会发现真相的，真相都在那里。”他做了一个吞咽的动作，“我说得太多了。再见。”

他消失在门前涌动的背包客人潮之中。

第十八章

特雷弗·肖尔的到访让我夜不成眠。在我应该向他提出的所有问题里，有一个被我遗忘了。谁是劳拉腹中孩子的父亲？是文森特吗，正如他声称自己所坚信的？是特雷弗吗？还是另有其人？

第二天早上，我睡眼惺忪地坐在办公椅上，手里拿着咖啡，掏出手机。我滑动手机通讯录，按下呼叫键。幸运的是，克里斯蒂娜，温哥华市中心太平间的首席病理学家，可以提供我需要了解的孩子的情况。我刚打完电话，黛比就抱着一大堆文件走进了我的办公室。

“这些是法律援助案件。”她拍了拍这一大堆文件的顶部，“你只需要看一个案件——上周在煤气镇一家酒吧里发生的谋杀案。”

我心想：过去我们靠法律援助谋生，现在我们可以有选择了。

“还有一些电话，以及一两个预约请求。”

“有什么有趣的事情吗？”我问。

“其实没有，但我从来不知道你会对什么感兴趣。”黛比不以为然地说，翻看着这些文件。“一个名字叫凯尔提的女孩在这里寻找一个失踪者。很明显，这个人曾经提到过你，”她认真看着笔记，“特里利亚·詹姆斯什么的。你有印象吗？”

“没有。”

“不管怎样，凯尔提认为皮克顿可能抓住了詹姆斯。[1]但凯尔提没钱委托我们。”黛比做了个鬼脸。

我回想起罗伯特·皮克顿系列谋杀案的调查，看到那些被害者家庭眼中的痛苦，他们的母亲、姐妹和女儿在温哥华东区被掠走，在皮克顿的养猪场被屠杀。报纸上说，他是史上最凶残的连环杀手。

“黛比，有时我们也会做做慈善。请你告诉她，没有 DNA 我们什么都做不了。”

“她明白，她留下了这个。”她把挂在一条金链上的盒式吊坠放到桌子上，“打开它。”

我撬开吊坠，看到一绺黑发，然后啪的一声把它关上。它放在我的手掌上，是一个金色的环镶着小红宝石的椭圆形吊坠。

“这很精致，”我喃喃道，“古老而珍贵。我会给理查德打电话，让他把样本带到调查组，看看 DNA 是否与现场所发现的匹配。”

---

1 这里是指加拿大历史上最凶残的连环杀人案，凶手罗伯特·皮克顿是温哥华郊区的一个养猪场场主，2002 年案发。根据警方调查，六十多名妇女在皮克顿的养猪场失踪，根据一段其与卧底警察交谈的录像，案发前其本打算再杀一人。皮克顿手段残忍，被害人被肢解喂猪。最终皮克顿被判处终身监禁。

“你先忙吧，我替你打给他。”黛比说着，把吊坠拿了起来。

“不，我还有别的事情要同他商量。”

她看了我一眼，像我一样坚持，但我拒绝了她的提议。这是我的私事。也许是失去了迈克，但我所知道的是，这是三十四年来第一次，我需要知道真相。

“不过，你可以替我给文森特·特鲁萨尔迪打电话。我们需要他过来。如果可能的话，就在今天。”

黛比点点头。

一小时后，文森特·特鲁萨尔迪出现在会议室里，坐在我和杰夫对面。

“我们需要问您一些问题，”我开始说，“这可能很难。”

“说吧，我正等着呢。”

“关于您的孩子。验尸官保存了您已故妻子腹中的胎儿。”

文森特沉默了很长一段时间，“这与本案有什么关系？”

“我也不确定。她也许能做个亲子鉴定，查明您是否是孩子的父亲。如果是，这将会支持您所说的，有利于您的案件。陪审团很难相信一个男人会杀死一个怀着他唯一和期盼已久的孩子的女人。”

“如果不是，会怎样？”

“那样的话，就会走向另一个极端。”杰夫说。

“你们认为孩子不是我的。”他看了看杰夫，然后又看了看我。

“我认为我们需要权衡不利的鉴定结果对陪审团的影响。”

“我告诉过你。我爱我的妻子，我们曾一直在努力备孕。那就做鉴定吧。”

“特鲁萨尔迪先生，您应该知道检方有一个证人的证言可能很棘手。”

杰夫紧接着说，“一名北温哥华旅馆的店员声称，谋杀案发生前一天下午，一个看上去像劳拉·特鲁萨尔迪的女人和特雷弗·肖尔住进了小憩汽车旅馆。”

文森特瞬间瞪大了眼睛。震惊？愤怒？还是担心警察发现什么？

“我们还是应该这样做。”他说，声音低沉沙哑而坚定。

“很好。”我给了他一个鼓励的微笑，“您务必明天上午十点到市太平间找莫耶医生。黛比会给您地址。别太担心，只是做一个口腔拭子检测。结果出来后我会告知您。”

“接下来呢？”

“我们带您去作战室聊一聊，还有其他因披露而产生的问题。我们的侦探一直在不停地调查，他也会有一些问题。”我盯着他，“特鲁萨尔迪先生，到那时您需要和我一对一坦诚相见。”

我也有自己的疑问。关于他的姐姐，他的婚姻，特雷弗·肖尔，伊迪丝·霍尔，以及伊迪丝提供的服务。

“现在是怎么回事？”他问道，“特鲁伊特小姐，尽管我们在这所房子会面，但我觉得我几乎不了解你。”

你不需要了解我，我想。我是你的律师，不是你的知己。

“恐怕我没有多少时间。我要跟我的养母一起吃午饭。”我看了看手表，“半小时以后。”

“你有家人吗，特鲁伊特小姐？”

“一个寄养家庭。是的，我有家人。”

文森特清了清嗓子。“我要走了，”他出人意料地说，“但不久后我们将进行一对一交流。”他向我伸出手，“我们找个天气好的日子，坐我的船出去。”

他把这说得像是一次愉快的旅行。他的妻子不忠，他的孩子——可能是他的——在太平间的一个罐子里，可他所能想到的一切是在一个阳光明媚的日子里乘船出游。

第十九章

玛莎·梅恩既是我的养母，也是我的朋友，此刻，在霍恩比[1]的伯爵餐厅[2]里，她微笑着穿过那乱哄哄围坐在吧台边吃牡蛎的人群。我向她挥手致意。一小时前，我还深陷在特鲁萨尔迪的案件之中，现在我所思所想的只有我们的会面。工作与生活的区分——刑事律师保持理智的关键。

“迟来的生日快乐。”我起身拥抱她。玛莎让我过去，我指了指对面装着冰的酒杯，“我叫好了。”玛莎喜欢喝冰镇的干酒，最好在她来之前就准备好。

“谢谢你，吉莉。”玛莎说，当我们在座位坐下时，她那赤褐色的头发来回晃动，“周日孩子们来家里庆祝了，你总是错过我们的周末晚餐。”

我接受批评，“我似乎总是在周日晚上准备案件。直到第二天早上开庭前的最后一分钟才仓促完成。”

1 霍恩比（Hornby），温哥华地名。

2 伯爵餐厅（Earls），一家美式连锁餐厅。

“你要么是工作没有条理，要么是太卖力了。”玛莎用她那双碧绿的眼睛端详着我，只有几道皱纹暴露出她的年龄，“吉莉，我知道你并不是没条理。”

“玛莎，您可能说对了。可是我热爱这份工作。”我想到我将要进行的一桩无聊乏味的毒品案件审判要耗去的漫长时间，“大多数时候是如此。”

“你和迈克在一起我很高兴。他似乎是唯一一个能把你从心系的罪犯身边拽走的人。前不久，《太阳报》头版还刊登了你们俩的照片。”

“我们会的，”我拿起杯子敬酒，“同时，敬您，为我们干杯。”我们碰了一下杯。“您近来还好吗？”我们都喝了一小口后，我问道。

“我很好。每个人都很忙，布罗克投身于酿酒厂，马修忙着经营拖网渔船队，马克在他最新的经济博客上表现活跃，卢克有了自己的诊所。约翰和特里斯坦——好吧，约翰和特里斯坦还是老样子。”她把餐巾放在膝盖上，“他们刚刚在基斯兰奴[1]一起买了房子。约翰的事业开始腾飞。他下个月要在考文特花园[2]皇家歌剧院演唱《费加罗的婚礼》[3]。”

“太棒了。我得祝他好运。”我那年龄最小的养兄弟是一个歌剧演员。经过多年努力，他去年春天在大都会歌剧院首次登

---

1 基斯兰奴（Kitsilano），温哥华的一个社区。

2 考文特花园（Covent Garden），伦敦的一个著名景点。

3《费加罗的婚礼》（*Le Nozze di Figaro*），莫扎特创作的著名的喜歌剧。

台，获得了好评。

“就像你的事业一样，吉莉。差不多每两天报纸上就会有你胜诉或其他事情的新闻。”玛莎若有所思地说，“还记得在法学院的第二年，你常常为能否找到一份工作而苦恼吗？你过去要是知道——”

“我当时就会退学。”我笑着答道，“我想要拯救世界。这就是我选择法学院的原因，对吧？我最终的生活令我感到震惊——我努力为有罪的人开脱，更不用说那套公寓和豪车了。”

玛莎笑着说：“咱们点菜吧，然后继续聊天。”她向巡视的侍者挥手，“鳎鱼和蒸菠菜。”玛莎一直注意体重。我晨跑后感觉有点饿，点了意大利面。

“言归正传，”玛莎身体前倾，“你打算穿什么？”

“穿去干吗？”

“去参加婚礼，安斯莉·马丁与弗雷德·特尔福德的。记得吗，你在法学院的好朋友？昨天我在俱乐部见到了安斯莉的母亲。过了这么久，她简直不敢相信。”玛莎眉头紧锁，“你的意思是你没有接到邀请吗？”

我想起来了，迈克之前在毕晓普餐厅提起过这件事。安斯莉和弗雷德将于7月举行盛大婚礼——“吉莉，我们会受邀参加婚礼。”他们肯定知道我们俩已经分手了。

“没有，看来我没有接到邀请。”我深深地吸了口气，“玛莎，您应该知道，迈克和我不再是一对了。这种情况下，同时邀请我们俩会很尴尬。显然，他们已选择了他。”

玛莎震惊地看着我，“吉莉。”

“没关系。我会挺过去的。”

她护住我的手，“是迈克甩了你吗？我简直不敢相信——”

“不，不，不是那样的，”我反驳道，“更像是分道扬镳。无论怎样——这可能对我们俩都是最好的结果。”

“‘对我们俩都是最好的结果。’吉莉，你当然可以做得更好。”

“这就是实情。”我回答。

玛莎把酒放在一边，“吉莉，请告诉我所有的事情。”

我告诉了她。所有的事情，或者说几乎所有的事情，自打二十年前梅恩一家收留我，我一直这么做。

我讲完后，玛莎靠回座椅上，“这真不幸，太令人难过了。我是说，你和迈克在一起已经很久了。你们一起经历过一些糟糕的时刻。还记得你从法学院退学的时候吗？”

“我怎么能忘记呢？”

“布罗克和我曾设法让你复学，但最终是迈克成功把你拉回来的。吉莉，你当时在做一些事——愚蠢而危险的事情——而迈克把你拉了回来。”

“我知道。”我盯着叉子，用它把意大利面搅成粉色的泥圈。

“第三年，迈克的父母在意大利因车祸丧生的时候？他当时疯掉了——卖掉家里所有的家具，拒绝和任何人说话——就躺在那栋可怕的空荡荡房子的地板上——是你帮助他重回正轨。”

我们静静地坐了一会儿。“你们俩关系牢固，你们是一家人。”玛莎最后说。

“玛莎，他想要的比我能给他的多。”我被自己高涨的愤怒吓了一跳，“我曾尝试恢复联系。发短信，留言，但他一个字都没回我。”

“迈克不善言辞，你知道的。”

“一个不说话的男子和一个话痨的女孩。这多么般配啊！”

“你也设身处地为他想想。他可能花了几个月的时间鼓足勇气去做他所做的事情。他倾力付出，给了你一切——他的爱、他的世界。他也小心翼翼地维护着你的自由——结果你连一声再见都没说就走了。吉莉，你伤害了他，也羞辱了他。”

“没有。我的意思是，我从没想过要伤害他。”

“这和你接了特鲁萨尔迪的案子有关系吗？我是说，劳拉·特鲁萨尔迪是他的堂姐。”

我的养母了解我甚于了解她自己，她瞄准了具有杀伤力的温柔真相，好像在说，*我愿意用迈克来换这个案子*。

“无关。”我回答。

“好的。我从未见过文森特·特鲁萨尔迪——我想也许布罗克在某个时候碰到过他——但我可以告诉你：桑那斯社区的八卦流言已经给他定罪了。”她不安地看着我，“吉莉，你可能会败诉，大败而归。”

我叹了口气，“我知道，玛莎。但无论有罪与否，他都有权得到审判和充分的辩护。这是我的工作。”

侍者过来取我们没动过的盘子。“一切都还好吧？”他紧张地问道。

“很好。”我们异口同声地说。他朝我们阴郁的脸笑了笑，收走了餐具。

第二十章

第二天晚上八点，我终于走在了从办公室回家的路上，在结束我那个无休止的毒品案一天无聊的庭审后，我一直都在办公室忙着处理文件，等着理查德带来特鲁萨尔迪的消息。

我没有往东去耶鲁镇，而是走了很长一段路，穿过喜士定周边的昏暗街道——这里是罪恶中心，无家可归者聚集，瘾君子注射毒品，卖淫者竭力勾引这类客人。在我的黑暗时期里，绝望曾一度使我挣脱梅恩一家的怀抱，我来这里的次数多到近乎失去理智。我有时会回到这里——这次的催化剂是我和玛莎的午餐——提醒自己曾差点被卷入旋涡。

今晚的街道十分安静。在这样一个温暖的夜晚，空气中回荡着年轻人在酒吧外的欢声笑语：一些人互相推搡玩闹，一些人分开走入小巷里。每一条街边，低档的旅馆和出租房从人行道上拔地而起。一群人的边上有一张面孔引起了我的注意。我又看了一眼，胸口一紧——达蒙·切斯基。赛在审判结束后曾说过。*我们很快就会以新的指控逮捕他*。我放慢车速，跟着达蒙，看到他往背包里塞了些东西，然后离开那群人，朝街上走去。到了街角，他转身消失在一块写着**英格尔斯旅馆**的标牌下。

我把汽车停在路边，没有熄火待了一会儿，但他没有出来。我身子一沉，前额向前一倾，撞到方向盘的柔软皮革上。我真是天真又愚蠢。我在达蒙身上投入了时间精力，并且信任他。吉莉·特鲁伊特，你相信自己的幻想，相信让你自己不断前进的救赎神话。我把车挂上挡，往家驶去。

我打开电视，拉出橙色椅子，一屁股坐下来，但我无法安心就座。我站起身，来回踱步。达蒙的命运不归我管，但这折磨着我。我的大胜却造成这个后果。一个好男孩又垮掉了。我从抽屉里找出牛仔裤和毛衣，穿上低帮靴子，拿起皮夹克和钥匙。

我把车停在街道旁边，走过街角来到英格尔斯旅馆——在由同类型旅馆构成的街景中，它宛如一块发黑的砖。不会有人询问，布满划痕的木门和深灰色窗户为见不得光的行为和如饥似渴的幽会提供了隐私保证。

一个有着瘦削长脸，如同《呐喊》[1]中的人物的男子，在破旧柜台后一脸怀疑地打量着我。“需要帮忙吗？”他嘟哝道。

“达蒙·切斯基的房间号。”

“不知道。”

我决定态度粗暴些，反正也没啥损失。我拿出身份证，他还来不及看清就一闪而过。“执法人员，”我说，“紧急状况。”

1《呐喊》(*The Scream*)，挪威画家、20世纪表现主义艺术的先驱爱德华·蒙克的绘画作品，主体是在血红色映衬下的一张极其痛苦的脸。

这并不全是谎言。

他瞪大眼睛，伸手从身旁木板上拿出一把钥匙，扔到柜台上，“287。”

我两步并作一步走上楼梯——这里没有电梯——找到房间。在过道的另一头，一扇门打开，一个没穿裤子的男子摇摇晃晃地从想必是公共浴室的地方出来。他瞧见我，立刻捂住裆部，靠在墙上。我把手指放在嘴边，“嘘……”

我插进钥匙，走进287号房间，然后悄悄地关上身后的门。这个房间很小，家具也很简陋。一张紧凑的单人床挨着墙边，旁边摆放着一张桌子。我的右侧是一张金属梳妆台。唯一的亮光是地上的一支蜡烛，达蒙以佛像打坐的姿势盘腿坐在蜡烛后面的地上。他衣着整洁，穿着牛仔裤和白色带扣的棉衬衫，衬衫的领口敞开着。当他低着头卷起衬衫的左袖子时，金色的头发折射出蜡烛的光芒。

我趴在门上，恍惚地看着他从牛仔裤口袋里掏出一根橡皮筋，用右手把它缠绕在胳膊上方，然后用牙齿拉紧。手臂肌肉绷紧了。他拿起盛满白色粉末的汤匙，然后放在蜡烛上方，注视着药物溶化。他左手拿起注射器，斜着汤匙小心翼翼地将其注满，然后插入柱塞。

我清了清嗓子，“达蒙。”

他猛地抬起头来。我从他脸上读出了惊讶，紧接着是愤怒。“走开。”他怒气冲冲地说。他的语气告诉我他是认真的。我应当离开，但我没有。相反，我蹲到他面前的地上，他手里正拿着注射器。

“达蒙，”我又叫了他一声，“我在你的案子上花了那么多功夫，而你竟然变成了这个样子。”

他直勾勾地盯着我，“我做过坏事，我把人干掉了，我杀了人，我本该进监狱，应该待在监狱里。”

“你回家后发生什么事了，达蒙？”

“他们躲着我。”

这句古老的话语使我一愣，随后意识到这是门诺派[1]宗教教育下的孩子会使用的词。

“不是我父母，是其他人。他们带我去教堂，可是没人会看我一眼。那里没有我的位置。”他的眼睛扫了一眼不远处，“这里也没有我待的地方。凯伦还是想让我死。”

“你又开始吸食冰毒了吗？”

“没有。”

“那么，你现在吸食海洛因？”

“我没有吸食海洛因。”

“那这是什么？”我指着注射器。

他没有回答，我明白了。他打算过量吸食，自杀。

“达蒙，”我说，“你还有选择。”

“我已经做出了选择。”他的声音沉着而坚定。

---

1 门诺派（Mennonite），16 世纪起源于荷兰的基督教新派，因其创建者荷兰人门诺·西门斯而得名，反对婴儿洗礼、服兵役等，主张衣着朴素、生活节俭。

“这种选择已不复存在了。”

“特鲁伊特女士，这是我的事。你不应该在这里。”

“你有两个新的选择。如果我走了，我会报警的。”我摸了摸寸步不离身的手机，“他们几分钟内就到，会带你去圣保罗医院，给你抽血。那会很痛苦，并花费纳税人大约二十五万加元。但你不会死的。”

“那我的另一个选择呢？”

“你跟着我。我们把你的注射器交给毒品安全注射屋[1]——他们会替你保管。明天我们再解决剩下的问题。”

我们沉默地坐着。他的脸抬起来朝着天花板，接着移向墙壁，又看了我一眼。他咬紧牙关，面容扭曲，愤怒无比。我想起他曾杀过人，我感觉到自己的心跳在加速。然后，他一下子扔下注射器，扯掉手臂上的橡皮筋，站了起来。他死死地盯着我，俯身向我扑来。“该死的婊子，离我远点！”他大叫着，猛地把我拉起来。

他把我提起来，用力抓着我的胳膊。我听到我的哽咽声，“达蒙，别这样。”

他突然一把松开我，并转过身去，我倒在了地上。在他透过破窗望着漆黑的外面时，我看到他棉衬衫下面的肩部肌肉紧

1 毒品安全注射屋（Insite），成立于2003年，由加拿大卫生部授权并资助温哥华沿岸卫生局运营，瘾君子们在医护人员的帮助和监管下，可以在这个安全卫生的环境下免费注射毒品，其目的是降低针头重复使用而引起的疾病传播，提高公共秩序且减少毒品犯罪等。

绷着。时间一分一秒地过去，他的肩膀松了下来，朝我转过身，拿起背包，把注射器塞进塑料袋，放到背包里。“好吧，我们走吧。”他说。

我的膝盖发麻，但我尽量不表现出来。我们走到毒品安全注射屋，它位于喜士定北侧一个不起眼的地方，在那里，想注射毒品的人可以在安全监管下进行。它一直被那些认为瘾君子该死的人的所反对，在一个接一个的法庭挑战中艰难维持。但今晚，很幸运这地方有开放。达蒙填了一张表格，把注射器留下，和我一起走向我的车。

回到我的公寓，我把书房的沙发整理了一下，问达蒙需要点什么。他摇了摇头，关上了身后的书房门。我在客厅等着。这太愚蠢了——如果他想走的话，我也无法阻止他离开公寓回到街上。不过，我还是守着。夜里十二点半左右，我走到书房，把门打开一条缝。在从客厅传来的光线下，他的头靠在枕头上。他看起来极为平静，以至于有那么一刻，我担心他已经找到了结束这一切的方法。随后我听到他低沉而均匀的呼吸声，我可以安心睡觉了。

第二天早上，我从房间出来，发现达蒙坐在厨房的凳子上，淋浴后的头发还是湿的。我准备了橙汁、麦片和牛奶。“请自便吧。”随后走向我新买的玩意儿——一台闪闪发光的金色铬合金咖啡机。我加上浓缩咖啡，打出牛奶泡沫，递给他一杯热气腾腾的卡布奇诺。“就当我是你的私人咖啡师吧。”我说。

他捧起杯子，然后轻声问道："你为什么要这么做？"

我感觉胃在收缩，就像我每次想起我的黑暗之地那样，"我也有过和你一样的处境——躺在房间地面上，身边放着一支蜡烛和一匙白粉。我很害怕，事情被我搞砸了。我曾在街上干过一些蠢事。当我清醒过来的时候，我羞于向前走，病得无法回头。那时，我决定结束这一切。但有人拯救了我，一个始终没有放弃我的人拯救了我。十几年来，我一直在寻找一种方法来偿还我欠下的债。"

达蒙疲倦地看着我，"那你就应该知道这还没有结束。"

"达蒙，这永远不会结束，但你已经多赚了一天。这很好。"

"我不能就这样待在这儿。"

你不会再回毒品安全注射屋取包裹了吧，我心想。然后，我听到自己在说话。

"你能接电话吗？"

"是的。"

"会开车吗？"

"当然。"

"懂得基本的电脑操作吗？"

"肯定了。"

"搬箱子没问题吧？"

他抬起胳膊，展示了一下白衬衫下的肱二头肌。

"达蒙，你是我的人了。我们走吧。"

第二十一章

“吉莉，你疯了吗？”

“杰夫，把门关上。小点声。”

今天早上我把达蒙介绍给了团队——没有做任何解释，只是说，这是达蒙，是我们的新勤杂工。黛比听到这个名字，转了转眼珠。杰夫怀疑地瞪了我一眼，但他还没来得及开口，艾丽西亚就谎称有紧急情况，把他拽出去了。现在杰夫从法庭回来了，正在斥责我。

“吉莉，他得离开这儿。你到底在想什么？”他站在我桌子的另一侧，紧握双拳，手指关节泛白凸出。

“我想着拉他一把。”

他翻了翻眼睛，瘫倒在椅子上，“他是我们的委托人。我们不能雇用我们的委托人。”

“过去是。”

“这不重要。”

“这非常重要。我们和达蒙的关系在陪审团宣告他无罪的那一刻就终止了。彻底结束了。我们没有理由不能从现在开始建立一种全新的、不同于以往的关系。”

“吉莉，他的问题成堆。他贩过毒，杀过人——谁知道他在这条道上还干了些什么祸害。你邀请他来我们办公室是为了让他和我们的刑事委托人联系吗？你这样做，会给他一个绝佳的平台，让他来扩展他的犯罪网络。声誉良好的律师事务所不会这么做。”

“重新开始的观点怎么样？古典的刑法语言，康复[1]？”

“康复是一个漂亮的词汇。当他们把一个坏蛋关起来的时候，这个词会让这个制度感觉更好。但你我都清楚，这些人不会改变，咱们的这些委托人。犯罪是他们唯一知道的世界，他们迟早都会重蹈覆辙。”

我双手按着桌面，“杰夫，我不想和你争论。我知道有风险，但无论如何还是要这么做。我们会密切关注他。如果有必要，就让他走。但我必须给他这个机会。”

杰夫咬紧牙关咕哝着：“随你便，老板。但是要看好钱柜，小心为上。”他转身离开。

“杰夫，等一下。我需要你帮个忙。”

他停了下来，“我帮忙？”

“他需要一个住的地方。”

“你不会建议杰茜卡和我收留他吧？天哪，吉莉——”

“不，但你曾说过你邻居已经去欧洲几个月了。也许他愿意转租？”

---

1 根据《元照英美法词典》中的“Rehabilitation”词条，该词有“以恢复伤残者、吸毒成瘾者等重新独立生活并得以从事职业为目的的康复”之意。

“然后，让达蒙把这个房子弄坏？”

“我会赔偿任何损失。”

杰夫停顿了一下。“我试试看。”他离开时喃喃自语。

我深吸一口气，决定去找达蒙。我不用走远——他正背着双肩包，在门外踱来踱去。他把我推进办公室。

“我要走了。”他郑重地说。

“为什么？”我随手把门关上。

“杰夫说得对。这行不通。”

“所以，你一直在偷听。”

“他的声音穿透了墙壁。”

“你认同他的观点吗？你认为改过自新是无稽之谈，重新开始只是妄想？”

“不，是的。我不知道该相信什么。”

“你的家人呢？”

他略显不安地挪动了一下背包。

“达蒙，你应该让自己尝试一下。我相信你能做到。”我直视他的眼睛，“黛比正在前台等着，准备让你工作了。”

他微微一笑。“‘先给我来杯咖啡，再把这堆箱子搬走。’”他用纯正的利物浦口音模仿道。

“不错，达蒙。我是说口音。只要让黛比开心就行了——这是你的首要工作。”

“特鲁伊特女士，这太难办了。”他摘下背包，“但管他呢，我会努力的。”

第二十二章

傍晚的阳光幽幽地透过拱窗，柔和的光线使我狭小的会议室视觉空间变大。我让文森特·特鲁萨尔迪坐在长桌一侧。杰夫、艾丽西亚、理查德和我坐在对面的座位上。艾丽西亚打开了笔记本电脑，手指摆出记录的姿势。我们已准备好开始我们的作战室谈话。

门开了，达蒙用肩膀挤了进来，像呵护生命一样端着咖啡托盘。真想不到，在短短几周内，他已经具备了一名成熟的办公室达人和律师助理的气质。他身穿黑色长裤、淡蓝色衬衫，系着领带，显得干净而又充满活力。

他径直走向文森特，停了下来。手里的托盘颤动着。

“达蒙？”我说。

他马上缓过神来，“特鲁萨尔迪先生，浓咖啡和意大利饼干可以吗？”他热切地瞥了一眼饮料和饼干。特鲁萨尔迪看了他一下，和蔼地点了点头。达蒙给每个人送上点心，然后离开，右手掌高高地举着托盘。

理查德盯着我，好像在说——吉莉，你从哪里弄来这个人？

我摇了摇头，心里默念道——这说来话长。

大伙对达蒙的态度，从他刚来时的震惊逐渐变为有保留的接受，因为他很能干：接听电话，在网上搜索资料，礼貌地劝说游手好闲者离开办公场所，还有就是，用我们这台老古董咖啡机适时地制作出可口的咖啡。当我最终把这些细节告诉杰夫时，他摇了摇头。

“他有躁郁症，”他判断说，“一天想自杀，另一天又成了我们的‘星期五’[1]。还是得说，你疯了。”

“当然，”我回答说，“不管怎样，谢谢你把你的公寓转租给他。”

“吉莉，我可不能让老板活在罪恶中。”

我开始向文森特展示和讲解检方的意见，“他们会主张您知道劳拉在怀了特雷弗的孩子后和他重归于好，您出于嫉妒杀害了她。我们可以根据亲子鉴定的结果，在这一论点上找出破绽，这份鉴定结果现在随时可能出炉。”

“鉴定结果将会证实孩子是我的。”他坚定地说。

我浏览了一下我的笔记，“他们在死者体内发现了安眠药的残留物。特鲁萨尔迪先生，您的妻子服用安眠药吗？”

“是的，她有时会失眠。”

“可能意义不大，”我回答说，“这种特殊药物的半衰期为八到九个小时。如果她是前一天深夜服用的，那就会有药物残留。

1 星期五，《鲁滨孙飘流记》中的人物，这里指得力助手。

否则就没有什么值得注意的。她身体强壮，非常健康。”我拿起警方的报告，“我们已经看过您、卡尔梅利纳、花匠以及清洁女工的所有陈述。花匠谈到了那个在房子周围游荡的男孩。在您的房子外边发现了脚印，但我们靠这证明不了太多。劳拉是否在那天晚上之后讲过她带回家又跑掉的那个男孩？”

“没有，我们从未谈过。”

“除了那一次，您还见过那孩子吗？”

特鲁萨尔迪犹豫了一下，“还有一次。我叫他走开。”

“他说什么了？”

“他说——”他停了下来，“都是一些毫无意义、荒诞不经的胡言乱语。那男孩也许是迷恋上了劳拉，可是他为什么要杀害她呢？”

我控制着自己不断增加的挫败感，“特鲁萨尔迪先生，我们不是在寻找凶手，而是在寻找合理怀疑。”

“他不可能知道枪在哪里，也不可能知道如何拿得到。他不可能干成这事。”

杰夫决定推进话题，“特鲁萨尔迪先生，我和您的管家聊过。她对我所说的与她在警方询问时说的一致。特鲁萨尔迪太太给她放了一天假。她去本拿比[1]看望朋友——她说的话得到了证实。”

“还有餐具。”我说。

---

1 本拿比（Burnaby），温哥华地名。

“餐具？”特鲁萨尔迪问道。

“这有点牵强，”我回答说，“但其中一份警方报告称，厨房水槽里有两个盘子、两个玻璃杯和两副刀叉。也许劳拉和某人共进了最后一餐——那个杀她的人。”

杰夫笑着说：“也可能是她独自吃的午餐，沙拉和煎蛋卷，一杯水和一杯白葡萄酒。”

“劳拉从不独自喝酒，”特鲁萨尔迪回答说，“而且，她怀孕了。”

“不过，”杰夫说，“餐具在水槽里？这可能有很多解释。”

“我同意。这可能说明不了什么问题。”我放下文件，“理查德，你能给我们汇报一下你的工作进展吗？”进展——就这周而言，实属言过其实。

理查德挺直身子，进入工作模式，“第一项任务，特鲁萨尔迪先生，就是要证明谋杀发生时您在船上或在俱乐部里。女侍者证实您在那里吃早餐，然后，上午十点左右，朝您游艇的方向走向码头。然而，她已经记不起见到您那天的其他情况。我们与一些出海航行的人进行了交谈。只有一个人记得见过您——他叫奥利弗·森普尔。他说自己下午五点左右从他的船上出来，好像看见您正朝您的车走去。”

特鲁萨尔迪抬起头，眼中充满警惕，“我认识奥利弗，这有问题吗？”

“他可能不是最佳证人。他承认整个下午都在喝酒，所以检方将会质疑他。况且他只看到了您的背影。但这是个开始，我们会继续寻找。”理查德接着说，“我们下一条调查的线索是您已故的妻子。我们检查了所有的东西——她的日记、她的手机、房间的座机——并且尽可能地重建她被谋杀前上周那段时间的生活图景。收获是——在她的通信和出行记录中，没有任何迹象表明她与特雷弗·肖尔有过联系，更不用说在小憩汽车旅馆和他幽会了。”

我解释了这一发现的意义，“幸运的话，我们可以说服陪审团相信那天下午与肖尔先生见面的金发女郎是另外一个人——至少我们可以提出怀疑。”

“婚外情已经结束了。”特鲁萨尔迪像是在自言自语，又像是在对我们说。

我没有告诉他我见过特雷弗，以及特雷弗并未否认在汽车旅馆见过劳拉。我把和特雷弗在超市里相遇的记忆深深地锁在律师个人的秘密记忆匣子里。没有人知道此事，连理查德也不知道。

理查德把话题转回到那个男孩身上，“特鲁萨尔迪先生，我知道您不认为这个无家可归的男孩会这样做，但是找到他可以回答很多问题。您能告诉我们更多关于他的信息吗？只要能在每天流落在这个城市街道上的孩子堆里把他找出来。”

“我没怎么注意。我告诉过你们，他很瘦，病恹恹的，留着蓬乱的金发。不过——我记得他的眼睛，总是四处打量，不知道他接下来会盯着谁。这令人不安。”

“他吸毒了。”理查德点点头，“也许他是将毒品送到这所房子的那个人。”

我们都抬起头。

“什么毒品？”特鲁萨尔迪问道，响应每个人心中的疑问。

“在您妻子被谋杀前不久，我曾听到街头传闻说有人把可卡因送到您家里。这可能是子虚乌有。”他瞥了我一眼。相信我，我有所发现。

“那不可能，”特鲁萨尔迪说，“劳拉厌恶毒品。”

理查德向后靠了靠，然后继续说：“那就剩下特雷弗·肖尔了。他似乎已经从地球上消失了。”

“检方在特雷弗·肖尔身上遇到了更大的问题。”我说，“他们需要解释为什么警方没能传讯他并拿到证言。目前，特鲁萨尔迪先生，他的失踪是唯一能为您辩护的理由。”

特鲁萨尔迪把目光转移到不远处，就像我们谈论的是其他人的生活一样。我向理查德点点头，谢谢你——他把苹果平板电脑和报纸收了起来。艾丽西亚关掉笔记本电脑，跟着理查德走了出去。只剩下杰夫和我单独和委托人在一起。

“特鲁萨尔迪先生，我们还有一件事需要讨论。”我说。

“是吗？”

“我们想探讨一下检方接受二级谋杀辩护的可能性。”我想到了那些照片——公众永远不会接受过失杀人。

“那么，二级谋杀辩护有什么后果？”

“少于十五年的刑期。”我回答。

他挺直了身子，马上脱口而出：“我没有杀人。我绝不认罪。”

杰夫皱眉蹙额。

“特鲁萨尔迪先生，二十五年刑期且不得假释[1]是很长的一段时间。”我压低了声音，“很有可能是您的余生。”

“我已做好了败诉的准备。”

“终身监禁，”我再次强调，“说起来容易，但是做起来难。”

“特鲁伊特小姐，如果你是无辜的，你会接受辩诉交易吗？”

“或许会。”我回答说，一时吃了一惊——我不习惯委托人质询我，“监狱里可能到处都是无辜的无期徒刑犯。”

“特鲁伊特小姐，我很钦佩你，但我不相信你说的。你既聪明又果断。如果我没弄错的话，还很骄傲。假如你是无辜的，你就不会承认犯了杀人罪。你会战斗到底的。”他停顿了一下，“我也会的。”

“您说得对，特鲁萨尔迪先生，我会这样做的。但我会怎么做不是问题的关键。作为您的律师，我有义务建议您怎么做。”

他微笑着站了起来，点了点头。“谢谢你的忠告。但我的答案和你给自己的答案是一样的——不接受辩诉交易。”他扣上西装外套，“会议结束了吗？”

“当然。”

“特鲁伊特小姐，我们什么时候再见面？”

---

1 如果特鲁萨尔迪不同意二级谋杀辩护，根据加拿大刑法，一级谋杀应判处终身监禁，且至少服满 25 年刑期后，才能申请假释。

我站起来，“特鲁萨尔迪先生，请允许我提醒您，我是您的律师。如果有需要为您的辩护会面，我们就会相见。”

“当然。”他说。

我突然意识到我听起来有多傻。*吉莉，没必要这么粗鲁，委托人可是位绅士。*

“下周我要和家人去奥肯那根[1]度假。等我回来，我们就一对一地谈谈。”我说。

他轻轻鞠躬，“我期待这次会谈，特鲁伊特小姐。”

---

1 奥肯那根（Okanagan），位于加拿大卑诗省（不列颠哥伦比亚省），这里盛产葡萄酒。奥肯那根湖则是落基山脉的六大名湖之一。

第二十三章

几个小时后，理查德打来电话，“吉莉，我能过去吗？有关特鲁萨尔迪的消息。”

现在是7月中旬的晚上八点钟，天气炎热。玛莎刚给我发完短信，列了一长串要带到湖边去的东西，我正在收拾行李。我抱着手机，望着窗外的福溪，船在晚风中轻轻摇曳，“当然可以，理查德，过来吧。”

十分钟后，他身穿牛仔裤和米黄色衬衫出现在我的门口，这是他今晚蛰伏的装束。

“理查德，你加班了。”我走到冰箱前，给他开了瓶啤酒，给自己倒上一杯冰镇的雷司令[1]，“有什么关于特鲁萨尔迪的新消息？”

他深吸一口气，“我知道特雷弗·肖尔在哪里。”

“在哪？”

“似乎在巴西的某个地方。前几天他乘飞机去了里约热内卢。”

---

1 雷司令（Riesling），一种白葡萄酒。

“如果你能查出来，那么警方也能查出来。”

“未必如此。”

我承认存在这种可能性，理查德和我达成过共识：他向我提供信息，而我从不过问其来源。不过，检查航空公司的记录并非难事。除非，我拼命转动脑筋，特雷弗·肖尔伪造了护照，使用了假名。

“如果我们知道他们掌握的信息，这对我们有利。如果我们掌握了他们没有掌握的信息，那对我们更有利。我们可以向法庭出示飞行记录，让他们看起来像是只盯着特鲁萨尔迪却忽略了真凶。或者，如果他们曾尝试但失败了，我们会让他们显得无能。这两种情况都是有利的。”

理查德点点头，喝了一口。

“理查德，请继续调查他在离开温哥华之前都做了什么。只要能发现特雷弗·肖尔就在警方眼皮底下而他们却让他跑了。我们需要补充我们的辩护理由——警方眼光狭隘。”

“明白了。”

“我跟你说一说我这边得到的消息。”我边说边放下酒杯，“我正要离开办公室时，亲子鉴定结果出来了。孩子的父亲是特鲁萨尔迪。”

“这再好不过了。关于这起谋杀案，他说的是真的吗？”

“理查德，正如我一直讲的，我们需要的只是一个合理怀疑。”

我躺在我的橙色椅子上，打量着我牛仔裤下的运动鞋。世界看起来明亮了一些。

“理查德，我很感谢。你做得特别棒。但是我应该让你走了，你的家人在等着你。”

“我知道。”他放下喝了一半的啤酒，朝门口走去，“顺便问一下，凯尔提，那个带着盒式吊坠的女孩？”

我抬头看了看，“我忘了。”

“有个坏消息。我发现她的朋友死在皮克顿的养猪场。我查了受害者的背景，她住在缅因街一间卧室兼起居室的房子里，那里虽然便宜但也体面。她时不时做些铤而走险的事情来满足她的毒瘾。不过好像是她让凯尔提离开那条街，让凯尔提走正道。”

又一个受害者，我心想。目前统计有多少人了，四十三还是四十四？皮克顿在监狱里吹嘘自己要杀五十个人。几乎做到了。

“你和凯尔提联系过吗？”

“是的，她会没事的。吉莉，还有一件事。”他把肩膀靠在门框上，“你知道你说过的——关于你父母？”

“忘了这件事吧，理查德。我那不是认真的。”

“当然。不过，我还是查了一下1983年10月3日在温哥华综合医院出生的女婴记录。为了保险起见，我又浏览了前一个月和后一个月出生的女婴记录。”

“你想告诉我什么？”

“没有任何记录。就像你从未出生，不存在一样。”

“理查德，我有社会保险卡，我有护照。我是存在的。”

“这个我明白。在某种程度上，这些记录肯定是存在的。只是现在，记录不见了。”

我的胃突然收紧。

“可能只是办事员的错误，”理查德说，“但很明显，吉莉，父母的事一直困扰着你，这种困扰甚至大到你让我来调查。”

“我不是认真的。”我重复说。

“吉莉，我担心你。”

“可你不必这样做，我没事儿，我不应该提这件事的。我们手头要解开的特鲁萨尔迪的秘密就已经够多的了。”

理查德用一只胳膊用力地抱了抱我，我感觉到他脸上的胡楂扎着我的头发，“保重，吉莉。”

第二十四章

远离我那由法庭和案件组成的世界，我和玛莎在奥肯那根湖的码头边闲逛。我望着离开的船只在水面划开的波纹，本能地感到紧张。我的养兄弟和养父在中午便餐后决定必须去一趟三十英里外的基洛拿[1]。约翰在船尾朝我们大声呼喊。我懒洋洋地挥了挥手。

“希望他们有足够的汽油。”玛莎说。

“他们可以把船开到基洛拿，再靠睾丸素返回。”我回答说。玛莎笑了笑，回到她的书上。

我和玛莎有个习惯，就是从当前畅销书单中挑选一本带着去度假。她选了一本拉赫曼[2]的书，拉赫曼住在温哥华时玛莎就认识他，该书的书名不太吉利，叫《你在我心中的崛起与衰落》[3]，我拿的书是唐娜·塔特[4]的《金翅雀》。

---

1 基洛拿（Kelowna），奥肯那根湖畔的一个城市。

2 汤姆·拉赫曼（Tom Rachman，1974— ），加拿大著名作家。

3 该书有中译本，[加]汤姆·拉赫曼著：《你在我心中的崛起与衰落》，张思婷译，台湾地区木马文化出版社 2014 年版。

4 唐娜·塔特（Donna Tartt，1963— ），美国当代著名女作家。

在她即将读完时，我问她，“这本书写了什么，是关于‘二战’的吗？”

“不是，是一个女孩——一个年轻女人——在寻找自己的父母，以及她自己的真实身份的故事。”

“这挺有趣——我这本也是这类。但是，主角是个男孩，他在一次恐怖袭击中失去了母亲，然后，他转而爱上了一幅黄色小鸟的画像。我不是在开玩笑。一直以来，他很讨厌自己卑劣的生父，上帝保佑，他父亲刚刚死了。”我拍了拍书，“然后，他又找了一个新的父亲。”

“这是父亲主题。我们现在能说说母亲主题吗？”

“不。这是不同的含义。有些事情就是不公平，包括英语。法语好一些——有些真正重要的东西是女性化的。”

我们又看了一会儿书，然后放下书，游到沙洲上，在那里我们只能踮着脚站着。我们很惬意——在水中漂浮，当波浪打来，我们就抬起身子蹚水。达蒙、特鲁萨尔迪以及我工作中的琐碎问题都消失了。

“吉莉，你想过你的父母吗？我是说你的亲生父母。”玛莎出乎意料地问。

“不，几乎没有。”我撒谎说。

“我是说，现在很多人都想找到他们的亲生父母。我只是好奇而已。”

“您和布罗克就是我的父母，再说了，”我开玩笑地说，“我也不可能再换了。”

玛莎笑着说："多谢，吉莉。"

我们慢悠悠地游回码头，看到门房兼管家威廉站在露台上挥着手，"特鲁伊特小姐，有您的电话。索洛斯基先生打来的。需要我告诉他晚点打过来吗？"

我想说是，但又不能这样。我走进屋子，坐在花岗岩厨房吧台沿上，艾尔弗雷德递给我电话，脸上写满了对工作打扰度假的不满。

"杰夫？"

"吉莉，很抱歉在你度假的时候打扰你，但我认为你应该想知道。卡尔梅利纳住院了，因为服用了过量药物。"

我难以接受这一消息。卡尔梅利纳，一个狡黠、果断和坚强的人，想结束这一切？这讲不通啊。

"吉莉，你在听吗？"

"是的。服药过量？她没事吧？"

"我想是的。"

"你知道她为什么这么做吗？"

"不知道，但是赛好像去找她了。"

"妈的！她告诉他什么了？"

"不知道。"

"特鲁萨尔迪怎么样了？"

"不清楚。他在医院里一直等到她苏醒过来。现在他正坐在他的顶层复式公寓里端详着曲木盒，还有一张身着白色飘逸长裙的黑发年轻女子的照片。我会让理查德盯着他，确保持续关注。"

“那也许是他姐姐？我是说照片里的人。”

“不是，是另外的人。”

“我应该回温哥华吗？”

“你在这儿什么也做不了。抱歉，吉莉，我现在意识到不该打扰你。”

“不，你打电话是对的。假如你不这么做，我会生气的。联系艾丽西亚，让她告诉赛，我对他没有经过我感到非常恼火，我现在就需要解释。还有，让理查德查明照片里的女人是谁。”

“没问题。”电话嗡嗡地响了好一会儿，“吉莉，记住，这只是个案子而已。”

在我动身前往温哥华的前一天，布罗克在汉堡午宴时宣布他要带我去看葡萄。尽管布罗克已经五十多岁了，他还是轻盈地跳到一辆小型久保田 RTV 的驾驶座上——不是那种轮子大、噪声大的车，更像是一辆小卡车——他斑白的短发在午后阳光下熠熠发光。我坐到他那瘦削的身躯旁边，车子开上一个斜坡，来到他的葡萄园。我们望着这一大片土地。“这些是三年前刚种植的霞多丽葡萄，”他告诉我，“我们希望能酿出一种纯正的起泡酒。”

“像香槟？”

“是的，但你们律师不会让我们这么叫。”[1] 他责备我当律

1 香槟特指在法国的香槟葡萄酒产区出产的气泡酒。这段对话中布罗克有调侃吉莉作为律师的意思，他种的霞多丽虽然是酿造香槟酒的葡萄品种，却用了 bubbly 这种香槟的非正式称谓。因此，我翻译为“起泡酒”。

师，但我知道他私下里对我的成就很满意。他需要赢，就像我一样。

这些葡萄挂在整齐的架上，一排排伸展到山顶。当我们从它们中间经过时，布罗克指着那一串串依偎在叶子中间的绿色小葡萄。“长势良好，”他说，“今年不利于森林防火——炎热干燥——但对葡萄来说，却是个好年份。”他停下脚步，从一串葡萄里摘下两颗小葡萄球，递给我一个，自己吃了另一个。

我如法炮制，做了个鬼脸，“酸的。”

“很好。糖分将会随着夏末的阳光而增强。就像生活一样，酒是酸和糖之间的平衡。今年应该不错。”

我们前往种植雷司令的葡萄园，沿一条小路往下走，然后又爬上另一座小山，来到另一片地，他告诉我这里种的是品丽珠[1]。每隔一会儿，他就会停下车，解释风土、坡度和太阳光照射到葡萄园的方式是如何共同作用来产出制造佳酿的好葡萄，以及这个过程中他如何提供帮助——修剪、除尘和灌溉，最终在 10 月迎来大丰收。

“我从前不知道您要干这么多活。”我说。

“是的，我希望打造出自己的品质上乘的雷司令的品牌。为了确保葡萄酒的品质，或者说尝试一下，我已经从德国雇了一个新的酿酒师，薪酬不菲。”

太阳西下，我们准备返回房屋，男孩们和他们的另一半已

1 品丽珠（Cabernet Franc），法国波尔多地区最重要、最古老的红葡萄品种之一。

经开着雪佛兰到奥索尤斯[1]的穴鸮酒庄[2]吃晚餐。玛莎的宝马车也开走了。

“这是一个疯狂的行业。”布罗克在西边阳台上喝着冰镇雷司令葡萄酒说道。当你拥有自己的葡萄园时，家酿一词就有了新的含义，“你花了一大笔钱，投入了你全部的爱心、呵护和智慧，但仍然可能失败。这种酒口感很好，但不是你梦想的那种特别的、独一无二的琼浆玉液。气候、温度以及难以言表的因素——或者说运气——都将决定尚可与非凡的差别。你竭尽所能，却无法控制结果。”

“听起来很像抚养孩子。”我揶揄道。

“我在那方面很幸运。”他凝望着湖面，“有你们五个。”

我侧身看了他一眼。

“是的，吉莉。你知道我把你看作我们的一分子。坦白讲，事实上，玛莎和我一直想合法收养你，只是存在阻碍。但这没关系。”

什么阻碍？我对此很好奇。这又不是符合条件的家庭争着要收养我。也许除了梅恩一家，没人想要我。过了这么多年，布罗克为什么现在提起这个问题？我正要一探究竟，但他的嘴部表情告诉我不要追问。我改口说，“法律上的认可可能被高估了。”

“你说得对，吉莉。有时候该死的法律一点都不重要。”

---

1 奥索尤斯（Osoyoos），加拿大卑诗省（不列颠哥伦比亚省）的沙漠区，拥有天然湖等自然风光，旅游度假的胜地。

2 穴鸮酒庄（Burrowing Owl），1997 年建立的一家现代酒庄，拥有餐厅和宾馆。

我考虑摸摸他放在椅子扶手上的手，但还是决定不这样做。布罗克从来没有碰过我，起初，这让一个女孩得到了解脱，因为她之前的养父认为父亲理想的问候方式是紧紧搂抱和亲吻；后来，我开始不假思索地接受保持舒适距离的看法。

“吉莉，说到法律，你的工作怎么样？”

“很好。事实上，比我想象的还要好。我和一群志同道合的人开了一家不错的律师事务所，赚了些钱。最近打赢了一些官司，接到了一些引人关注的案件。”

“比如，对我老朋友文森特·特鲁萨尔迪的谋杀指控。”

我被酒呛了一下，勉强回应道：“我不知道你们关系密切。”

“关系不近。我在大学时就认识他了。”

我清了清嗓子，“这是个棘手的案子。他看上去是个好人——表面上彬彬有礼，内心却郁郁寡欢。但后来我听到了一些事情，我搞不懂他。”

“他不是个坏人。他只是过着不真实的生活。”

不真实的生活？我不管这个。“好吧，我的工作就是在证据和法律允许的情况下为他提供最好的辩护。就像您的酒一样，我无法控制结果。”

布罗克大笑道，“干得好，吉莉，如果你能做得到。”

第二十五章

回到温哥华后，杰夫和我隔着会议室的桌子打量着卡尔梅利纳。她脸色苍白，身体瘦削。我们最初相遇时所见到的，她那种活力四射的性感已消失不见，被药片、排毒剂或可能是其他东西所吞噬。

我们仔细看了她的陈述后才知道，赛给她打电话，当时她正在文森特的顶层复式公寓里拆箱子，赛邀请她下楼到第二杯[1]咖啡馆喝咖啡，随后真相便浮出水面——是的，她和文森特·特鲁萨尔迪上过床。

“在太太去世之前从来没有过，从来没有，”就像她对赛所说的，她对我和杰夫申辩道，“但是后来，是发生过——但只有一次，在她遇害的当晚，他很悲伤，需要安慰。”我悲伤地想，这是人性的弱点。

一旦赛得到了他想要的东西，他就离开了——谢谢你，卡佩利女士，非常有帮助，没事了。后来，当卡尔梅利纳完全领

1 第二杯（Second Cup），一家咖啡连锁店。

会到她被出卖的事实之后，她走到了装有劳拉药物的柜子，拿起她曾在劳拉失眠时给她的药瓶，吞下了大量药物。文森特和希尔德加德见面，到很晚才回来，发现她躺在包装箱之间，奄奄一息。

“卡尔梅利纳，”我握住她的手，“你不应该感到自责。你只是说了实话，这没那么严重。你和特鲁萨尔迪先生之间在劳拉死后所发生的事情，与她是怎么遇害的以及是谁杀害了她没有任何关系。”

我忍住没说的是，一个悲痛的丈夫，在他妻子尸骨未寒之时，却到管家的怀里寻求慰藉，很难招人喜欢。

“卡尔梅利纳，你住在哪里？”杰夫问道。

“跟我的朋友埃米莉亚和她的家人住在本拿比。”她感觉到我们准备问什么，“我不能再为特鲁萨尔迪先生工作了。他在埃米莉亚家附近给我租了一间小公寓。我下周搬到那里去。”

我领她出门，下了楼，送她上出租车，递给司机两张二十加元的钞票。

我回来时，杰夫正在接待区徘徊，“这个案子越来越黏人，特鲁萨尔迪在守丧期间给很多女性带去了痛苦。”

“你说得对。”

在黛比度假期间，达蒙一直在前台工作，他从电话前抬起头来。“赛·肯奇，”他盖住话筒说，“打给你的。”

“我来接。”我关上办公室的门，拿起了电话。

“是赛吗？”

"吉莉，怎么是男接线员？"

如果他知道这个男的是谁会更惊讶。"赛，您难道没有注意到，平等时代已经到来了。"

他笑着说："就当你说得没错吧，吉莉。"

他现在心情很好——毫无疑问，他对让卡尔梅利纳改变证言的事情很得意。我把他晾了一会儿。

"吉莉，我就开门见山吧。艾丽西亚向我转达了你的意思。如果你想要的是一个道歉，你不会得到。我有权询问任何同意做证的证人。"

"我想你也有权毁掉另一个人，从她那儿得到你想要的东西，然后扬长而去？"我叹了一口气，"如果你让我知道你的计划，我会把她交给你，然后在那里收拾残局。事实上，我们差点失去她。我几分钟前刚见过她。她现在像是一具行尸走肉。而所有这一切只是为了一个无关紧要的披露。"

"这很重要。"

"你和我都清楚，谋杀发生后她是否和他上过床，与谁杀了劳拉·特鲁萨尔迪以及为什么杀了她没有关系。"

"我们让陪审团来决定吧。"

"也许吧。但在你接触陪审团之前，你得说服法官。法官会看其相关性——没有——然后与潜在的偏见进行平衡，就像法律规定的那样，决定不予采纳。"

"会采纳的，吉莉。你知道的。后续的行为，总是有相关性的。"

他说得有道理，但我不想让他知道，“不论采纳与否，我都能确保法官知悉你是如何从被告的公寓里引诱一个天真的女人，得到你想要的东西，然后把她单独留下。可能我会增加一些那之后发生的事情的内容。你在陪审团眼里将不那么善良了。赛，我也不想这样对你。”

他嗤之以鼻，“别可怜我了，有些事你好像不明白。我过去曾多次放过你，这次我绝不手软。”

“赛，这是威胁吗？”

“不，这是事实。”

他突然话风一变，“吉莉，洛伊丝和我将和往常一样，举办开庭期启动派对，在9月27日星期六。洛伊丝叫我一定要邀请你来。”

他打算干什么？“我去看一下我的日程表。”我含糊其词地说，“顺便问一下，洛伊丝还好吗？”

“就在我们通话之际，她正在医院准备器官移植。等到派对那天，她应该在家并且恢复健康了。”

“赛，替我向她问好。”我挂断了电话。

我的桌上纸张堆积如山。我刚接手的过失杀人案的警方报告，没完没了的毒品共谋案的记录，以及理查德对那个失踪女子的正式报告：我们遗憾地确认，在罗伯特·皮克顿养猪场发现的DNA与样本相符。这时达蒙走了进来，我放下这份文件。

他扫了一眼我桌上的文件，“你没事吧，特鲁伊特女士？”

“只是很忙。”我翻阅报告，“达蒙，你可以叫我吉莉，像其他人一样。”

我端详了他一会。要不是有我和一个同情他的咖啡店员，他现在可能在监狱里。抵抗强奸，争夺毒品，以罪犯身份绝望地生存着。但是现在，他奇迹般地坐在我对面的椅子上，充满活力和智慧。然而，他的微笑仍带有些紧张。他在担心什么，是毒枭凯伦吗?

“达蒙，你来这里已经一个月了，你做得很好。”

“多谢，吉莉。”

“不只是接听电话和煮咖啡，”我说，“杰夫告诉我，你昨天救了他。他正要去上诉法院开庭，找不到先例可循，你坐在电脑前给他找到了一个案例，一个能让他打赢官司的案例。这很了不起。”

达蒙身体向前倾，“吉莉，我喜欢这里。我是说，这是我有生以来第一次找到我喜欢的东西。这里的人是真实的，工作也是真实的。我知道我的过去很愚蠢，这是我以后人生想要做的。”

“你想做什么，达蒙?”

“律师。”

你杀了一个人，我心想。你来这是因为偶然的运气和怜悯，而你竟然想成为一名律师。理智告诉我这想法很疯狂，但内心告诉我，我愿意竭尽全力帮助他成功。

他挪了一下椅子，“吉莉，我得告诉你一件事。”

“没问题。”

“如果你愿意，可以赶我走。但我必须告诉你。”

“告诉我什么事？”

“我认识劳拉·特鲁萨尔迪。”

“什么？”

“我给她送过毒品，可卡因。不止一次。”

我屏住呼吸。所以理查德的小道消息是对的。劳拉，在东区慈善机构工作；劳拉，抢救生病和失足的男孩；劳拉，吸食可卡因。有些事并不合乎情理。

“达蒙，劳拉有没有告诉你为什么她需要毒品？”

“没有，我无法理解。而且，每次去她家，我都要提前打电话确认她丈夫不在家。”他在寻找能解释得通的理由，“也许这些可卡因是给女仆的吧？”

“卡尔梅利纳？我对此表示怀疑。”

我记得特鲁萨尔迪说过的那个男孩的事情。“达蒙，你进过那个房子，是不是？”

他点了点头，“有天晚上她邀请我进去。她说他不在屋里。我拒绝过，但她让我无法动弹，她是那么可爱，那么纯洁。她给我倒了茶，让我洗个澡，为我准备了干净衣服。我知道这听起来很疯狂，但在当时并不疯狂，我不这么认为。我的脑子一团糟—— 一边感到害怕，一边不知如何拒绝，一边为她谱写诗篇。这就是那时我头脑的状态。”他沮丧地抬起头，双手放在膝盖上，“我不该告诉你这个。”

我真不敢相信我所听到的信息。每次见面我们都会问：那个男孩是谁？我们怎样才能找到他？而他一直在这里，坐在我的接待处，帮我搬箱子，替我煮咖啡。这个案子一直以意想不到的方式返回到我这里。

“达蒙，接下来发生了什么？”

“她的丈夫特鲁萨尔迪先生走了进来，他只是看着我们。她说，‘这是我的朋友。’他走到阳台上。当我洗完澡下楼，餐桌上已经准备好了晚餐。我应该是吃了晚餐并讲了一些话。我不太记得了。晚饭后，她说我应该留下来，好好睡一晚。然后她把我带到火炉边的长沙发上，就消失了。我坐在那张白色的长沙发上，但头脑无法安静下来——我产生了恐惧、偏执的想法。安非他命会对你造成这种伤害，即使你认为自己是清醒的。”

“后来呢？”

“我记不准确了，只记得在某个时刻，那个人——特鲁萨尔迪先生——不在那里。壁炉墙后面似乎有一条走廊。”达蒙咽了一下口水，“我一定是站起来了，因为我看见他在他的办公室里。他站在一堵镶板的墙前，推开了一扇门，出现了一个保险柜，然后他推开下面的一段，一个隔层滑了出来。他拿出一张纸，一边看着它，一边往保险柜输入数字。门打开了，他从中取出一把左轮手枪—— 一把我此前从未见过的锃亮的黑色左轮手枪——并开始用布擦枪，像仪式一般。当他感到满意了，就把子弹放进去——咔嗒，咔嗒，咔嗒，每个枪膛都放入一颗子弹。他手里拿着枪走进了屋子，直到我再也看不见他了。”

我向后靠在椅子上，大惊失色。达蒙描述了房子，房间，手枪。他记得他当时就在那里。

“突然，我明白了——这是一个阴谋，他俩的阴谋。她的任务是引诱我，他的任务是杀了我。于是，我转身就跑，跑上台阶出了门。我找到了我的货车，加大油门冲到车道上。”他停了下来。“我现在知道是安非他命一直在扰乱着我的思维。这并没有什么阴谋，他也不会杀了我。但我当时就是这么想的。”他停顿了一下，“可是如果特鲁萨尔迪先生真的杀了他的妻子呢？”

“这不是我们来决定的。”我深深地吸了一口气，“达蒙，你把这件事都告诉谁了？”

“没告诉谁。我甚至都不打算告诉你。但自从端咖啡那天我看见特鲁萨尔迪先生之后，这件事就一直困扰着我。根据现有的情况推断，他可能会认出我。”

“就算他认出了你，他也没说什么。”

“我希望你能听我讲。很抱歉，特鲁伊特女士，我知道我把你的案子搞砸了。”

“也许吧。”

“我现在就收拾我的东西走。”

“不，达蒙。你要留下来。”这里比外面好。“我要问的是：你有没有再见到过劳拉·特鲁萨尔迪？”

“没有。”

我想相信他，但我禁不住觉得他并没有告诉我一切，没有告诉我最坏的情况。他看见过保险柜，看见过密码藏在哪里。这些达蒙都知道。我的案子从没有犯罪嫌疑人变为多人都有作案可能。有一件事可以告诉陪审团，特雷弗·肖尔安全地藏匿在巴西，很容易就能推断出这可能是一个无名的街头小孩干的。但是达蒙？我感觉很不舒服。达蒙、劳拉、毒品，这到底是怎么回事？我发现得越多，就越不能理解。我感到疲惫不堪，我深陷此案，陷得太深了。

第二十六章

周一，我还没从达蒙披露的秘密中恢复过来，就早早地赶到了办公室。我想告诉达蒙离我远点——他知道得太多了，基于利益冲突的考量，中国墙[1]制度要求我们屏蔽信息。与此同时，我需要让他离我近点——我最不想看到的事就是他和赛交谈。上午十点，当我溜达到黛比的位置时，心里一直在研究如何调和这两个相互冲突的目标。

“达蒙在哪里？”

黛比耸耸肩，“我怎么知道？”

杰夫刚进门，手里拿着星巴克的拿铁咖啡。我转向他，问道，“达蒙周末都做什么呢？”

“尽管我和他住在同一所公寓，但我不是这伙计的保姆。”

1 中国墙（Chinese walls），原是英美证券制度中的一个术语，指证券商将其内部可能发生利益冲突的各项职能相互隔离，以防止敏感信息泄露。法律界用该词比喻律师事务所为防止利益冲突，保障诉讼公平采取的信息屏蔽措施。达蒙和特鲁萨尔迪分别是吉莉前后两个案件的委托人，达蒙又是特鲁萨尔迪案的证人，吉莉作为律师，需要忠诚于自己的委托人，保守委托人的秘密，在委托人之间可能存在利益冲突的情况下，她希望避免与达蒙接触，以免陷入职业伦理上的困境。

杰夫看到我脸色不悦，变得严肃起来，“跑步，在健身房举重，上跆拳道课。他似乎是热衷于健身，塑造自卫状态。”

“我希望这只是消遣。”我想起了凯伦，他对枪杀他手下的孩子逃脱惩罚感到不快。我告诉自己，这已经过去一个多月了——如果凯伦想抓达蒙的话，他现在就已经采取行动了。或者是其他原因，我心想。直觉告诉我达蒙并没有告诉我关于劳拉的全部情况。

接下来的一两天，我假装进行一个新的毒品共谋案的背景调查，在混乱中度过，可是，到了星期三，达蒙还没出现，我便开始给他打电话。他的手机没人接，公寓电话也没人接。我试着把注意力集中在我面前的警方报告上，但一切徒劳。我拿起电话拨给理查德。

“达蒙失踪了。”他接电话时我脱口而出。我把达蒙周五晚上说的告诉了他。

“该死。”理查德低声说。不需要我多讲，他便明白这其中的含义。出于某种原因，他像所有人一样，关心着达蒙。“我来处理这件事。”他说，然后挂断了电话。

我从文件堆里拿出另一份报告，继续埋头苦干。我能做的只有等待。

下午五点钟，杰夫走进来，整个炎热的下午他都在上诉法院出庭。他在那儿待了一周，我得告诉他达蒙和劳拉的关系。我关掉了苹果电脑，“我们去喝一杯吧。”

我们沿街走到泛太平洋酒店，乘电梯来到大堂楼层，在高耸的玻璃墙外的露台上找了张桌子。在我们下面，细小的人儿斜靠在游船的栏杆上，穿过海港，西温哥华的斜坡融入群山之中。我喝着灰皮诺[1]，跟杰夫聊起最新的情况。

“我们找到了那个男孩，”我说着，长抿了一口酒，“现在他不辞而别了。”

杰夫用他那长长的手指轻敲着桌子，“我们需要掌控这个案子。谜团太多了。”

我注意到杰夫不再谈论辩诉交易了——因为他已经接受了这个事实，即使我们愿意认罪，特鲁萨尔迪也不会同意达成协议。他也没有提到退出此案，现在已经太晚了。

他从杯子下面拉出餐巾，开始写字。问题，他在这个词下方画了两条线。

“问题一，”我说，“谁在吸毒？”

杰夫记了下来，然后列出名字，“劳拉？卡尔梅利纳？还是文森特？”

“别忘了拉奎拉。”

“为什么给拉奎拉的药要送到劳拉手里？她的公寓有一个单独的入口。”

“我不知道。问题二，”我继续说，“拉奎拉和文森特之间发生了什么？”

---

1 灰皮诺（Pinot Grigio），一种白葡萄酒。

“你是什么意思？我们知道他们彼此不太喜欢对方。但这又有什么关系呢？”

“不知道。但我的直觉告诉我，可能有更多事情发生。首先，她很乐意接管家族生意。把文森特送入监狱也许对她来说很合适。或许我应该和希尔德加德谈谈，试着弄清楚任何接管意图。”

杰夫怀疑地看着我，“你不会从希尔德加德那里得到任何东西。再说，这也不符合情理。为什么要杀了劳拉来扳倒文森特？此外，拉奎拉坐在轮椅上，事实上不可能做到。”

我叹了口气，继续说道：“问题三：警方为什么不努力找到特雷弗·肖尔并和他谈谈？而且，如果特雷弗是无辜的，他为什么要跑到巴西去？警方是否掌握我们不曾了解的信息？”

“吉莉，永远不要低估警方的无能。他们选定了文森特，就没必要做长远打算了。井底之蛙。”

“问题四：达蒙。”

“比如，这是他干的吗？”

“我不想走到这一步。可是他知道枪放在哪里，知道如何拿到它。他精神恍惚，偏执多疑，并迷恋着劳拉。可能是他们之间发生了什么事情，触怒了他。”

“他杀死了利珀特，”杰夫说，“他可能也杀死了劳拉。毕竟，在她遇害时，他还在保释期内。”

“我不想相信。”

“这确实让我们陷入了尴尬的境地。我们可以告诉陪审团，有这么一个疯狂的男孩，希望这有助于提出合理怀疑。但现在我们知道了这个男孩是谁，我们是否有伦理问题？”

“比如说，误导法庭？杰夫，我不知道该怎么做。我们引导证明有个男孩在附近晃荡，辨认他的身份并不是我们的工作。”

“叫他出庭做证如何？”

“让他来唠叨特鲁萨尔迪擦枪的事？还是让他否认他杀害了劳拉？最好还是把这个男孩当作一种神秘的可能性。”我划着酒杯的边缘，“还有一个问题。有些事一直困扰着我。有人一直警告我不要插手这个案子，我不知道为什么。”

“比如谁？”

“比如伊迪丝·霍尔，我的社工。”

杰夫左边的眉毛翘了起来，“你的社工跟这个案子有什么关系吗？”

“只是这样。没啥关系。”

“你问过伊迪丝原因了吗？”

“我试过，可她跑开了。是真的跑开了。”我摊开双手，“她还提到过特鲁萨尔迪的姐姐。我得在这件事上多下点功夫。”

“好的，”杰夫说，“还有一件事。”

“什么事？”

“那张照片。”

“什么照片？”

“特鲁萨尔迪在他的公寓里盯着看的那张照片，那个身穿白裙，年轻漂亮的黑发女子。照片已经褪色了，看起来很旧。”

"旧欢？还是将要身陷牢狱之灾而激起的对往日的遗憾？"

"理查德也这么想。但我觉得这可能很重要。我再回过头来看看理查德的进展情况。"

一架水上飞机起飞了，打断了我们的谈话。我们的目光追随着它向西转弯的飞行弧线。

"那么，我们就有了一项计划，"随着飞机从我们视野中消失，我说道，"我去找伊迪丝谈谈，或许还有希尔德加德。理查德从照片中深入挖掘信息。而且我们还要密切关注达蒙。"

"'去伪存真'。"[1] 杰夫说着，喝完杯中酒。

---

1 去伪存真，原文是 Ring out the false，ring in the true，出自丁尼生的诗《辞旧迎新》（*Ring out the Old*，*Ring in the New*）。

第二十七章

我回到公寓，把金枪鱼和莴苣丢到盘子里。这是单身女孩的美好晚餐。夜幕阴郁地笼罩着我。我打算看看电视，浏览脸书上的争议话题。我像弹簧一样蜷曲着。我用完餐，下楼开车。这是跟伊迪丝沟通的最好时机。弄明白她为什么警告我不要插手这个案子，为什么出生统计数据显示我不存在，为什么唯一知道我身世的人却不愿告诉我。

我把车停在伊迪丝的联排别墅对面。街上空荡荡的，只有一辆黑色的面包车停在街角。樱桃树后的窗户黑乎乎的。也许她出去了。我小跑到门口，按下门铃，等了一会儿，又按了一次。

门带着门链打开。伊迪丝透过门缝凝视着我。

“伊迪丝，我需要跟您谈谈。”

“走开，吉莉。”

走开？她从未这样对我说过。“伊迪丝，怎么了？能让我进去吗？”

她当着我的面把门关上了。

我应该离开，但我不能这样做。我绕着房子走到餐厅的玻璃门前，推了一下。门滑开了，我走了进去。我发现她站在前门附近，身体僵直地靠在墙上，“伊迪丝，请告诉我发生了什么事。”

“我不能告诉你。”她低声说。

“您病了吗？”

一颗豆大的泪珠顺着她那苍白的面颊滑落下来，“吉莉，求你了，你走吧。”

我双手抱住她的肩膀，“因为特鲁萨尔迪，是不是？”

“太荒唐了。”

“您和他是什么关系？”我追问道，“他姐姐曾告诉我，您为他做了一些事情——她是这么说的：‘为他提供某种服务。’”她陷坐在沙发里，我坐到她旁边，“伊迪丝，您不能瞒着我。”

“如果你一定要知道的话，我是在我工作过程中同他接触的。我做了我的工作。就这样。”

“如果只是这样的话，伊迪丝，您为什么告诉我不要接他的案子呢？”

“因为他没干好事。”她话语里的怨恨令我感到震惊，“很久以前，我接触到一份卷宗，文森特·特鲁萨尔迪是涉案的父亲。我不喜欢他的所作所为，事实上，我对他产生了深深的厌恶。我有好多年没见过他了，但我永远忘不了他是怎样对待他的孩子的。所以我求你不要为他做事。”

特鲁萨尔迪有过孩子？他还隐瞒了过去其他什么秘密呢？

伊迪丝继续说道："但现在，有人向我发出警告。不是文森特·特鲁萨尔迪。我与许多被遗弃的孩子和家庭合作过，无论是穷人还是富人，我逐渐了解了一些事情。有人不想让我透露他们案子的细节。当然，我绝对不会这么做，但他们不理解这一点。他们不可理喻。"她看着我，眼神充满了恐惧，"这与劳拉·特鲁萨尔迪的谋杀案无关。相信我。"

我相信她说的话。我已见识过儿童保护案件能有多丑陋，不只是在法庭上。

"您应当报警，寻求保护。"

"也许吧。但可能我夸大了这件事，这种威胁，如果这是威胁的话。"她勉强笑了笑，"这要归因于中年。更年期的情绪。"伊迪丝的泪水再次涌出，"吉莉，我试图过一种帮助他人的人生，但有时我觉得一切都是徒劳的。"

我伸出胳膊，她无力地靠在我的肩上。

"伊迪丝，您曾帮助过我，帮我渡过了难关。如果我当时直接去惩教中心，也许会更糟，但您为我找到了一个家。您为我找到了梅恩一家。"

"不是，我没有——"

"别说了，伊迪丝。"我和她保持一臂之距，端详着她的脸，"我不想给您添麻烦，所以我还是走吧。但是我明天会给您打电话。"

"不，吉莉，别给我打电话，也别来看望我。如果他们看到我和律师在一起，他们可能会——"她停了下来，"求求你了。"

事情有点不对劲，如果她不让我帮忙，我就帮不了她。“好吧，伊迪丝，但如果您需要我，我会在这里。”我转身离去。

不是很严重，但至少有些事不太对劲。我一边想，一边发动汽车。我对自己的出身仍然一无所知，但我现在明白了为什么伊迪丝不想让我给特鲁萨尔迪辩护。他是一个隐藏着过去的人，一个做了错事并给他人留下痛苦的人。可这并不意味着他就是杀人犯。

当我转过拐角前往布拉德[1]时，我瞥了一眼后视镜。交通平稳。后面的三辆车之间出现了一个空隙，一辆黑色面包车驶到我的车后面，并一路尾随我回家。

1 布拉德（Burrard），温哥华地名。

第二十八章

我坐出租车去见希尔德加德，本来打算开着奔驰前往，但我现在是小心第一。自从我和伊迪丝见面后，妄想症已从我的梦里移出而进入了我的生活。吉莉，现实点吧，你已经失去理智了。我这样告诉自己，但根本听不进去。

当我下出租车时，那座高楼赫然耸立在我面前——它不是这个街区最高的建筑，却是最漂亮的，最符合我委托人的审美。它的正式名称是 TEC［特鲁萨尔迪集团公司（Trussardi Enterprises Corp）］大厦，但当地人简称其为特鲁萨尔迪大厦。我把目光投向楼顶，瞥了一眼露台和树木——在顶层复式公寓里，我的委托人对着一张黑发女子的照片陷入沉思。

“真是浪费了一个阳光明媚的周四早上，”杰夫在我出门时说道，“当我因为保释问题见希尔德加德时，想从她身上打听些什么。但没有任何机会。教父的顾问，永远保持缄默。”

但是我有疑问，决心至少要试着得到一些答案。

位于二十九楼的等候室低调雅致，墙上挂着一幅汤姆·汤普森[1]和一幅亚历山大·杨·杰克逊[2]的画，一名身穿剪裁考究的套装和黑色高跟鞋的年轻女子在路易十四式办公桌后等候。我进去时，她抬起精心装扮的头："我想您是特鲁伊特小姐吧。"她的态度不冷不热。她带领我走过一段短短的走廊，打开一扇门，走了进去，"布雷姆纳小姐，特鲁伊特小姐到了。"说完她后退离开，并轻轻地关上了身后的门。

这不是一间办公室，而是客厅，里面摆满了玛莎·梅恩过去经常放在她的咖啡桌上的古董目录中的物品——奥布松地毯、锦缎窗帘、大理石壁炉旁的丝绸太师椅。希尔德加德·布雷姆纳从精致的写字台上抬起头，放下手中的万宝龙钢笔，站起身迎接我。她的面庞雍容华贵——抹粉的皮肤，鲜艳的嘴唇，精致的鼻子——最上方是一头银光闪闪的白发。当她向我伸出白皙的手时，那双敏锐的蓝眼睛一眼就记录下了我在那儿的一切。一条简单的淡蓝色连衣裙勾勒出她贵妇般的身材，抵得上我半间公寓的钻石胸针在她的左肩上幽幽发光。我心想，她像一位女王，或者至少像海伦·米伦[3]那样。

"特鲁伊特小姐，我们终于见面了。请坐。"她的声音响亮且清晰，还带了点日耳曼口音。她朝我示意壁炉旁的一把太师椅，然后坐在了另一把椅子上。我把我破旧的公文包放在我的椅子旁，它孤零零的，同这个雅致的房间格格不入。"谢谢您同意见

1 汤姆·汤普森（Tom Thompson，1877—1917），加拿大画家。

2 亚历山大·杨·杰克逊（A. Y. Jackson，1882—1974），加拿大画家。

3 海伦·米伦（Helen Mirren，1945— ），英国女演员，女爵士，曾饰演英国女王。

我——”

“这件事真糟糕。”希尔德加德打断了我的话，并朝我摇了摇头，好像我也是问题的一部分，“当然，文森特是无辜的。但是，我恐怕在他的辩护方面帮不了什么忙。”

门开了，前台的年轻女子走了进来。她在我们中间的小桌上放了一只银盘子，弯腰往麦森瓷杯里倒茶。当她端给我牛奶和糖时，我摇摇头，然后她又离开了。昨晚我花了大半夜的时间考虑如何向这位女士提出特鲁萨尔迪集团公司前景的问题。但出乎我意料，她竟然先发制人。

“特鲁萨尔迪先生被定罪的可能性有多大？”她问道。

“我无法给您一个精确的数字。在这一点上，两种情况都有可能发生。”我端起茶，轻轻地啜了一口，“布雷姆纳小姐，您问这个干什么？”

“这关系到公司接班人的安排。特鲁伊特小姐，别误会。我对文森特绝对忠诚，我也非常期待他能被无罪释放。可是我的职责是确保家族企业的延续。万一——”

“万一文森特进了监狱，您得做好安排，”我接着她的话说完，“比如，让拉奎拉接管？”

“那会是一种选择。”她用冷冰冰而轻蔑的目光打量着我，“我原以为他的律师会对他案件的前景有更多的帮助。”

“那就帮我个忙吧，”我说，“布雷姆纳小姐，我猜您和特鲁萨尔迪家族来往的时间不短了吧？”

“是的。我出生于慕尼黑。我的家族与特鲁萨尔迪家族有着密切的商业往来和姻亲关系。我的父母在战争中丧生。1945年，当老文森特·特鲁萨尔迪移民加拿大的时候，也带上了我。我那时只是个孩子。从那以后，我就一直和他的家人在一起。”

“您都认得这些孩子——拉奎拉，以及后来出生的文森特？”

“当然。”她用一把小银勺轻轻地划动茶面，然后把勺子放回茶碟里。

“您很了解他们吗？”

“你觉得呢？”

“那么，请您告诉我，文森特和劳拉的婚姻状况如何？”

“我没有窥探过他们的私生活。据我所知，他们很幸福。”

“特鲁萨尔迪太太有过外遇，”我追问道，“您知道这件事吗？”

希尔德加德放下杯子，不慌不忙地回答：“文森特曾跟我说起过。”

“他说了什么？”

“正如你能想象的，他为此很难过。我劝他耐心一点——暗示他劳拉会厌倦那个男的。她也确实如此。”

“您有没有跟他讨论过离婚的代价？离婚会给家族财产带来什么后果？”

“特鲁伊特小姐，如果你是在暗示文森特可能为了避免一场昂贵的离婚而杀害了他的妻子，那你就错了。”

“布雷姆纳小姐，我并没有暗示什么。我只是在探讨检方可能想调查的事情。我们需要了解一切，我们承受不起任何意外，您比任何人都了解这个家庭，这就是我在这里的原因。这个家族有没有我应当知道的仇敌？”

“不，没有。”

对这个自称忠于我委托人的女人，我抑制住了想要告诉她恰恰是她毫无用处的冲动。杰夫说得对——询问希尔德加德是在做无用功。

“请跟我讲讲文森特的事，”我说着，拿出了一张宣传单，“他的露水情缘。很久以前，他深爱着某个人。”

希尔德加德的茶杯在碟子里叮当作响，“你为什么扯这些老黄历？是的，他年轻时和很多女人有过关系。但以今天的标准来看，这没什么特别或者错误的，而且他结婚后就不再有瓜葛了。他全心全意爱着劳拉。”

“但是有一位姑娘与众不同。”我强调道，“一个身穿白裙的黑发女子。他一直盯着她的照片。您知道她是谁吗？”我没有告诉她理查德曾把这张照片拍了下来，我把它放在我的桌子上，一直盯着它，好像我应该知道她是谁。

“你去问他吧。”希尔德加德怒气冲冲地说，“我对黑发女子的照片一无所知。”

希尔德加德对杰夫也这么凶吗？还是说她只是不喜欢我？我还有几个问题要问，但没有一个能赢得她的好感。

“文森特有孩子吗？我听说文森特有一个私生子。”

“特鲁伊特小姐，你的无礼令我震惊。”希尔德加德站了起来，她从脖子到脸上涨得通红，“特鲁伊特小姐，你打听这些流言蜚语是在浪费你的时间和文森特的钱。我必须让你离开。”

“您所谓的流言蜚语对特鲁萨尔迪先生的案子可能至关重要，”我说着站起身，“我的职责是为他提供法律允许范围内的最好的辩护。如果您想到任何可能有用的东西，请告诉我。”我停顿了一下，“这是为了他，不是为了我。”

我们轻蔑地瞪着对方。

“你应该知道，我劝过他不要雇用你。我告诉他这是个错误。你也应该知道，这次会面并没有改变我的看法。”

我泰然自若。这已经不是我第一次被告知不能胜任这份工作了——因为我是一名女性。

希尔德加德走到门口，打开门，“再见，特鲁伊特小姐。”

第二十九章

周四晚上八点，理查德坐在我的客厅里，身穿牛仔裤，跷着二郎腿，“事关达蒙。吉莉，请做好准备。”

达蒙已经失踪六天了。我很清楚，我掰着手指头过日子。我一直告诉自己，他只是决定离开。幻想着他乘船前往亚洲，向东前往阿尔伯塔省。现在我知道事实并非如此。夜深时分，这几个字——吉莉，请做好准备——让我做好最坏的打算。

“说吧。”

“坊间传言说凯伦发布了追杀达蒙的协议。达蒙杀了他的手下却被无罪释放，重拾自由。这给那些觊觎他地盘的人传递了一个坏消息。达蒙隐匿了一段时间，打算往东走，但没能成功。今天一大早，一名垃圾车司机在倒垃圾桶时发现了一些东西，他觉得是肉，并断定这可能是人的，于是报了警。警方发现了金色的头发。目前没有其他人失踪，至少没有金发的人失踪。吉莉，我看到了那张照片，和达蒙一样的发色，同样浓密。”

“不。”我低声说道。我把头埋在两膝之间，瘫倒在地，啜泣起来。他们说，不要和委托人走得太近，他们是对的。我违反了刑事辩护中的基本准则——做好你的事，然后继续前行。可那时候我必须尝试着去救他。现在，他只是另一个死去的街头仔，另一个统计数字。还不如我当初输掉他的案子，让他安全地待在监狱里。

理查德在我身边，搂着我的肩膀，“吉莉，你已经尽力了，尽你所能了。”

同情的套话本应带来安慰，却使我反感，“我做得太多了，这太折磨我了。”

我们沉默地坐了一会儿。一种新的负罪感向我袭来，“理查德，你能相信我确实考虑过达蒙杀害劳拉·特鲁萨尔迪的可能性吗？我觉得恶心。”

理查德不安地耸了耸肩，“凯伦抓住了他，并不意味着达蒙没有杀死劳拉。”

“不，我不相信。劳拉不是他杀的。他爱她。”

理查德皱眉看着我，“如果验尸官可以的话，她将在下周确认尸体的身份。”

我受不了怜悯。我长出一口气，把注意力重新集中在特鲁萨尔迪身上。

“我去看伊迪丝了。”

“然后呢？”

“特鲁萨尔迪似乎在年轻时有个私生子。她说这不相关，但你可能还是要去核实一下。赛可能会在交叉询问中提出这个问题。俗话说，‘凡事预则立’。”

理查德朝我微微一笑，“吉莉，我会四处打探消息。但别抱太大希望。如果孩子被收养了，其亲生父母身份就会难以确定。找到了又如何呢？甚至赛那里也有同样的信息。但这和劳拉的死有什么关系？”

“你说得有道理，”我说，“希尔德加德就是这么说的，还有伊迪丝。不过，我的内心告诉我这很重要。”既对于这个案子，亦对于我。

“你是老板。”

“还有一件事。伊迪丝正被她之前的一起儿童保护案件所困扰，说有人威胁她。我知道你的资源有限，但你能否调查一下？”

“当然能。这就是我来这里的目的。”

“多谢。”我想起了凯伦的报复，决定不能只有我一人知道最新的进展，“理查德，还不止这些。我觉得有人从我在伊迪丝家起就在跟踪我。是一辆黑色的面包车。后来，我在车后视镜里看到过几次。”

“吉莉，你为什么不早点告诉我？你记住车牌号了吗？”

“离得不够近，这可能只是个巧合。杰夫说我变得疑神疑鬼。”

我站起身，示意他该走了。快晚上九点了，我还得顺便去趟办公室，看一下明天危险驾驶审判的细节，“我会去调查一下那辆面包车。吉莉，小心点。”

我点点头，“理查德，有时候我不知道我为什么要这样做。

为什么我这么在乎。”我叹了口气，“该死的无罪推定。他们都是坏人，都有罪。奇葩的无罪释放是司法不公。”

“吉莉，我可不那样认为。”

我勉强笑了笑，“我有时候就是这么想的。晚安，理查德，谢谢。”

理查德离开了。我坐在沙发上，双手抱着头。疯狂的画面交织在我的脑海中：达蒙在垃圾桶里；特鲁萨尔迪在抚摸着他的枪；黑色面包车在追逐我。我抬起头，试图理清思路。可我陷得太深了，没有任何头绪。我看了看手表。吉莉，你能搞定的。明天早上一切都会好起来的。我关上身后的门，走到电梯里，按下了标有“P”的按钮。女人的工作永远干不完。

这里变冷了，夏末夜晚的凉爽让汽车挡风玻璃披上了一层水珠。我把手伸向车门，向后退了一步，盯着玻璃上的东西。气体凝结成水珠，形成凹凸不平、不规则的斑点。它们开始流淌，在停车场昏暗的灯光下，我几乎辨认不出来。不过，我所看到的足以让我感到震惊。

上面有一行字，写着：吉莉·特鲁伊特，停止调查。

第三十章

我病了，命令我住院的年轻医生说我感染了最新的亚洲禽流感病毒，但我对自己的身体更清楚。我是因为心灵、精神的压力，以及我要解开的、我到底是谁的谜团而倒下的。我时而清醒，时而混沌，半梦半醒，不停做梦。我的梦里都是故事——我想要的故事，让我自己相信的故事，我人生的故事。充斥着无辜、虐待、忽视。但绝不会有悔恨的故事，不，从不后悔。梦中人可能贫穷，或是迷茫，但从不后悔。我会证明这一点。我靠在枕头上。那么多的故事。过去与现在荒谬地交织在一起——伊迪丝、文森特、拉奎拉、活着的劳拉、免于刑罚的达蒙。现在这两人都死了。

那几个毫无保留地爱我的人来看望我——他们的样子在我的梦里进进出出。身材高大的玛莎和布罗克面戴口罩；我的兄弟们也是如此；我和理查德聊了一会。每个夜晚——我的梦中一直是晚上——一位名叫黛安娜的老朋友为我朗诵诗歌，就像我们年少时因精力充沛而无法入睡那样。她读了一首关于树的诗，大树的颜色随着季节而变化，从绿色到黄色再到深红色。

“你在哪里找到的这首诗？”我喃喃地问。

“在《纽约客》里。”她回答说。

“这是关于死亡的。”我说，看到她睁大的眼睛里满是恐惧。“没关系。优美的诗歌。”我又回到了梦中。

迈克尔·圣约翰没有来。

那是我住院的第八天（他们后来告诉我），我醒来时感觉到有人在房间里。

“特鲁伊特女士。”有个声音在叫我，一个我熟悉的声音，曾经熟悉的声音。

我抬头看。*这不是真实的，这是在做梦。*

一个人影正站在门口。一头浓密的金发闪着光。我努力想说点什么，听到微弱而遥远的声音：“你死了，死在垃圾桶里了。”

身影慢慢地移到我的床头，梦境转变为现实。这是达蒙的面庞。我听到我在哭。我还活着，我还清醒着，“达蒙？你——在这？你不是——”

“杰夫说你病了。”

“可你——你已经死了。尸体还在垃圾桶里。”

“那是别人。”

我的药物还在发挥药效，让我的思绪混乱。“凯伦。”

“吉莉，一切结束了。”

“你怎么知道的？”

他喉咙里的肌肉在颤抖，“吉莉，我不想对你撒谎。别逼我。”他走到我身边，找到床边的椅子。

“你现在打算怎么办？”

“重新回归我的生活。”

“什么？”我的双手摸着床，找到金属栏杆，我环顾房间。我在这里待多久了？

他看起来很失落，“如果你不想让我去办公室，我能理解的。”

“达蒙，”我说，“你消失了。那股暗流，那个街头，要把你拉回去，要让你永不翻身。”

他咬紧下巴，“吉莉，结束了。”

“这永远不会结束。”我虚弱无力，手臂从被单上滑落下来。

我感觉到他的手放在我的额头上，感觉到他抬起我的手，把手放回被子里。

我进入了深度、无梦的睡眠之中。

第三十一章

我花了两周的时间才康复过来。

“你到底想干什么？”卡恩医生来我的公寓看望时问我。他看着我强迫自己从床上爬起来，挣扎着想比前一天走得更远一点，“一个健康稍差一点的人早死了。”

在不满的脸色、批评和啧啧吐槽声中，我的小家庭欢迎我重返办公室。在我缺席的日子里，他们挺了过来。一些案件被延期，其他案件多亏杰夫和艾丽西亚承担了双倍的工作。

“艾丽西亚一起来吧，”杰夫说，“拾起困难，沉着应对，取得胜利。每一朵乌云都有一道银边[1]，至少会有希望。”

我们重新步入正轨。一种限定条件的新常态。达蒙和我达成了共识。我们不谈垃圾桶里发现的尸体，也不提在特鲁萨尔迪家的那个晚上。谁知道呢，我可能需要让达蒙出庭进行辩护，或者通过证明劳拉购买过毒品来指出她德行有亏，但一想到赛可能会就保险柜和手枪的问题对达蒙进行交叉询问，我就不寒

1 原文为 Every cloud has a silver lining，是一句谚语，意为天无绝人之路。

而栗。

我又开始自己驾车，尽管有时我还是觉得身后有辆黑色面包车。到目前为止，我的挡风玻璃上还没有出现其他警告。我决定继续调查——让后果见鬼去吧。

黛比在大厅里的大声喊叫，驱散了人们对仍未恢复以往工作的疑虑："吉莉，赛·肯奇打给你的，在2号线。"没有"如果"、"但是"或者"你想接电话吗"，只有"你接电话"。

我拿起电话，"赛，我能为你做什么？"

"吉莉，听说你离开了一段时间。"赛的语气令我紧张。

"赛，如果你认为我去做了收腹整形手术，那你找错人了。对不起，只是普通的H7N9流感。现在我们已经寒暄过了，你的正事是什么？"

"有两件事，"他说，"一件关于工作，一件关于娱乐。"

"那先从娱乐说起吧。"

"不行，吉莉。"

我叹了口气，"好吧，赛。谈工作吧。"

"我准备接受特鲁萨尔迪关于二级谋杀的辩护，如果他表现良好的话，十年之后可以获得假释。我得补充一句，我是违心的。高层似乎有人在支持你的人。"

没有开场白，没有磋商，只有报价，一个在一个月前我会欣然接受的报价。

"赛，抱歉。"我回答道，"坦白地说，我和我的委托人讨论过这种可能性，可是他拒绝此类辩护。当然，我会转达你的报价。”

“愚蠢至极。”他在电话那头转到了娱乐的事情上，“洛伊丝和我还是希望你能来参加我们的派对，就在这个周六。”

“多谢。洛伊丝恢复得怎么样？”

“好极了，吉莉。她移植了新的肝脏，现在已经出院一周了，感觉一天比一天好。你周六就会看到。”

“我会尽量去的。”我正要挂电话，他的声音再一次响起。

“吉莉，既然我找到你，有件事我得告诉你，关于特鲁萨尔迪。”

现在我们才开始谈到正题。

“什么？”

“关于特雷弗·肖尔的消息。”

我的胃突然攥紧。

“他在圣保罗[1]附近的一个小镇遇害，是被枪杀的。看起来像是黑帮暴力案件——发生在合适的时间、错误的地点。尽管你一无所知：他已经被盯上了。也许他知道得太多了，也许是你的人告的密。”

我真愚蠢，还以为警方不知道特雷弗·肖尔在哪里，而他们一直在监视他。一场游戏一直在上演，这是一场我搞不懂的游戏。如果赛认为特雷弗·肖尔的失踪和我有关，那他为什么要向我提出辩诉交易？他是不是打算让特雷弗回来做证？客观

1 圣保罗，巴西圣保罗州首府，也是巴西最大的城市。

地看，检方的案件证据十分单薄：枪、床，还有一缕我希望能戳穿的作案动机。如果特雷弗站在证人席上，将会加强作案动机的说服力，可能提供一些不为人知的细节，更有助于定罪。

“我们一拿到警方报告，我就给你送过去，”赛爽快地说，“派对上见。”说完就挂了电话。

我抬起头。杰夫正在门口徘徊，“那么？”

“你听到了？”

他坐到我桌子对面的椅子上。

“特雷弗·肖尔被枪杀了。巴西警方正在进行调查。赛暗示特鲁萨尔迪是幕后黑手。”

“疯了。”

“杰夫，我们这个委托人怎么了？你认为他会雇人杀了肖尔吗？他为什么要这么做？”

“谁知道他脑子里想的是什么？他只是坐在那里，对着黑发女子的照片沉思。”

“与此同时，他也在密谋怎样干掉特雷弗·肖尔？真搞不明白。也许我们的警察告诉巴西警方离肖尔远一点，这样他们就有可能将特鲁萨尔迪定罪，而巴西警方做过头了。”

杰夫扬起眉头。

“或者可能是我们不认识的人杀了他。”我改变话题，“赛刚刚提出要把指控降为二级谋杀。十年后假释。我们有义务告诉委托人。”

杰夫站起来，走到窗前，“我们的义务，吉莉。我们的义务？这是我们的救生索。我们要完蛋了，你的口气就像是你不想把它扔给委托人？这是个案件，可不是血圣杯[1]。吉莉，在这个案子上你已经失去了客观判断力。”

“杰夫，请冷静一下。检方的证据并不是那么有力。”

他笑了，“如果你忘了婚床和手枪的话。如果特鲁萨尔迪不接受这个辩诉交易，那他就是疯了。这可不像达蒙的案子——好孩子吓得魂飞魄散，达蒙的案子如果再来一次，也许是过失杀人。犯下这一罪行的人是故意犯罪。”他靠在铺满纸张的桌子上，向我俯下身来，“吉莉，请告诉我，你打算让他接受二级谋杀指控。”

“我会建议他接受。”

杰夫瘫坐在椅子上，“感谢上帝。这个案子就像一列即将脱轨的高速列车。谁说快速审判好，谁就是傻瓜。”

---

1 圣杯，传说中耶稣在最后的晚餐中所使用的酒杯，其被用来盛耶稣伤口流出的血。在亚瑟王的传说中，寻找圣杯是骑士们的最高日标。圣杯在这里指代一种崇高的理想。

第三十二章

文森特·特鲁萨尔迪坐在船尾的白色真皮长凳上。我们乘单桅帆船，当我打电话要求一对一的交谈时，他说。我很好奇他到底拥有多少艘船。

他用双筒望远镜对准了虎鲸出没的天际线。夕阳勾勒出他的侧影，我明白为什么有那么多女人爱上了他。他放下望远镜，遗憾地对我笑了笑，“看不见了。”

我身子前倾，手肘放在膝盖上。“我们需要谈谈。”我在伊迪丝和希尔德加德身上失败了，我心想。今天运气好的话，我会弄明白。或者至少更接近。

我决定先谈辩诉交易，可能我在这个案子上举步维艰，但你不能怪我的尽职调查工作。如果文森特同意的话，我们将干杯并返回港口。

“检方提出了辩诉交易。您如果接受二级谋杀定罪，将在十年后假释出狱。您目前面临指控的一级谋杀罪名，是判处终身监禁，二十五年不得假释。我们的案子看起来情况不妙。我经过慎重考虑后认为您应该接受这个提议。”

他友好地看了我一眼，“特鲁伊特小姐，我尊重你的意见。但正如我之前告诉过你的，凡涉及我妻子死亡的指控，我都不会认罪。”

我可以告诉他我放弃了，但那是在撒谎。尽管有这么多秘密，但在我的内心深处埋藏着特雷弗·肖尔的话：把真凶送入监狱，这样我就不用再逃跑了。

“很抱歉我又问了一遍。”我说，我是真心实意的。

“特鲁伊特小姐，我有个问题要问你。”

“什么事？”

“你——我该怎么说呢——你身体完全好了吗？”

我被激怒了，“我当然很好。几周前我得了流感，但现在好多了。”

“你瘦了。”

“特鲁萨尔迪先生，您担心我没有力量打赢您的官司吗？如果是这样的话，我很乐意为您另请一位律师。”

“不，我不担心这个。一点也不。作为我的律师，你会干得很出色。”

“那您是什么意思，特鲁萨尔迪先生？”

他迎着风，耸了耸肩，转过身来，“特鲁伊特小姐，我是在关心你。”

我僵住了，“您不该这样。我是您的律师，您是我的委托人。在另一个世界，我们可能会成为朋友。但在这个案子里我们不能成为朋友。这样会妨碍我。”

“我明白，特鲁伊特小姐。但生活很复杂，比你能想象的还要更复杂。”他清了清嗓子，“没关系。我们开始谈正事吧。律师和委托人的事。”

“我们先从拉奎拉开始谈起好吗？我知道你们一直不太合得来，而且劳拉和她很亲近。”

“特鲁伊特小姐，你为什么要蹚我家事的浑水？”他戒备地问道，“这对我来说很痛苦，而且与本案无关。”

“让我来评判是否有关。”我把他拉回到这个问题。

“如果你坚持的话，”他回答道，声音发紧，“劳拉对拉奎拉很好。太好了。”

“拉奎拉有没有试图破坏过您和劳拉的关系？您是否曾感觉被冷落过？也许是嫉妒？”

他眺望着大海。

“特鲁萨尔迪先生。”

他转过身，“我的感受有什么关系吗？”

我想说，这可能很重要。

“拉奎拉很孤独。劳拉成了她的朋友，帮她摆脱了抑郁。拉奎拉开始依赖她，迷恋她。”他痛苦地说，“但这已经过去了。劳拉和我又在一起了，她还怀孕了。”

“拉奎拉不愿意看到你们和好。”

“是的，她不喜欢那样，但她也不会为此杀了劳拉。”

“她嫉妒您掌管家族生意，”我强调道，“把您关在监狱里也许更合她意。”

“我知道你已经和希尔德加德谈过这件事了。但如果你认为拉奎拉是出于这个或其他原因杀了劳拉，你就错了。她非常喜欢劳拉，并且早就接受了自己在家族生意中没有地位这一点。”

我试着把这些碎片拼起来。即便他知道，他也不会说任何不利拉奎拉的话。这是古老的家族忠诚准则。我调转方向，“我们已证实劳拉确实在购买毒品。如果不是买给自己，那会买给谁呢？”

“我不知道，但是成千上万的人购买毒品，他们不会因此而被杀害——至少不会像她那样被杀。”

“那卡尔梅利纳呢？”我问，“您和她关系亲密。也许她嫉妒了，想让劳拉离开。”

特鲁萨尔迪的脸色变了。“卡尔梅利纳跟我并不亲密，”他愤怒地说，“是的，凶案发生当晚我们在一起。这是一种绝望、混杂着悲伤的愚蠢行为。卡尔梅利纳热爱劳拉，我亦如此。”

我想大叫，*如果每个人都爱劳拉，那到底是谁杀了她？*

我没有这样做，我朝他走去，盯着他的眼睛。“特雷弗·肖尔死了，”我说道，“头部中弹，在里约热内卢。”

我看到他脸上震惊的表情。那么，他不知道这事。

“您觉得特雷弗会杀了劳拉吗？”我问。

“可能吧。也许她告诉了他怀孕的事，说孩子是我的，于是他失去理智杀了她。”他突然停了下来，“我不知道。我真的不知道。”

我从他脸上看到了痛苦和疲惫。他不是坏人，至于他们强加给他的罪名，他很可能是无辜的。我鼓起勇气坚持下去。

“特鲁萨尔迪先生，您公寓里有一张女人的照片。您能告诉我她的情况吗？”

“特鲁伊特小姐，你打探得太多了。”他眉毛间紧蹙的线条揭穿了其平静语气的假象，“照片中的女人是我深爱的人，也是我背叛的人。最近，我开始反思我的人生。也许前景黯淡让我现在回首往事，才意识到我对她太不公平了。”

“她是谁？”我尽可能柔声地问。

他望向大海，“她是我的初恋。不说了。”

“她和一个叫伊迪丝·霍尔的女人有什么关系吗？”

“我不认识叫这个名字的人。”

“我知道您有个孩子。伊迪丝·霍尔负责收养的事。”

当他再次开口时，他的声音变得沙哑，“是的，我有过一个孩子。她母亲和我同意别人收养她。是的，伊迪丝·霍尔就是负责这件事的社工。”他咽了一下口水，“如果我能重新来过，我将留下这个孩子，珍惜她，永远把她留在身边。但那时我年轻、愚蠢、软弱。”

一个对曾经失去孩子感受深切的男人，是不会杀死怀着他第二个孩子的女人的。

“对不起。”他一边低声说，一边咳嗽并尽力镇定下来。他低着头坐回长椅上。一种深深的悲哀笼罩着我。

“他说您过着不真实的生活。”

他抬起头来，“谁说的？”

“布罗克·梅恩，”我说，“我的父亲。养父。”

“我听说他和玛莎接受了一个寄养的孩子。”

接受，如此冰冷的话语。我凝视着西边的大海。落日在地平线上画出红色和金色的条纹。他的目光跟随着我的视线。

“美不胜收，”他说，“繁华已尽。[1]世间的辉煌就这样消逝。”

“光阴似箭。[2]”我应和道。

“特鲁伊特小姐，无论发生什么事情，我要你知道这一点。我佩服你。很高兴——非常高兴——和你在一起度过了这段时间。”

我可以说，我认为他没有跟我坦白；我可以说，我仍然不相信他，但这一次我没有责怪他，“谢谢您，特鲁萨尔迪先生。”

“谢谢你，特鲁伊特小姐。你不知道这对我有多重要。”

他启动马达，我们驶回了港口。

1 繁华已尽，原文为 Sic transit gloria mundi，是一句拉丁谚语。

2 光阴似箭，原文为拉丁语 Tempus fugit。

第三十三章

第二天下午，我再次来到特鲁萨尔迪的家，今天我那桩没完没了的毒品案庭审提前结束了，在和特鲁萨尔迪一起出庭前，有些事情我需要跟他核实一下——时间紧迫。我摆脱自我困扰的决心落空了。我一边对自己说，面对现实吧，你已经失控了，一边不由自主地整理本案剥离出来的每一条纠缠不清的线索。

屋子里的家具都在，达蒙吃晚饭的那张长玻璃桌和他坐过的白色长沙发纹丝未动，但房间里毫无生气。没有人，没有画，也没有曲木盒子，现在只是一块荒芜废弃的舞台。我坐在长沙发上，把目光投向壁炉和远处。我看到了达蒙曾看到过的：灰色的墙。我朝那里走去。

我发现自己所处的书房内，除一张桌子、一张沙发和几块浅色嵌板之外，什么也没有。我推了推其中一块，它顺势向后滑动，出现了一个保险柜。门半开着，我往里看了看，发现里面空无一物。我把手伸进下面隔层之间的缝隙里，没有那张纸，密码不见了。特雷弗曾说过，那栋房子，特鲁伊特女士，你会发现真相的，真相都在那里。这就是他所说的真相吗？

我回到客厅，在长沙发旁走来走去。是的，达蒙可能见到过特鲁萨尔迪取回密码，看到过他打开保险柜拿出手枪。但我怎么才能利用达蒙的证言来制造合理怀疑且不给我的委托人或者达蒙定罪呢？陪审团会推断是他们其中一人干的。任何一种结果我都不喜欢。

我感觉房间里有人，便转过身，“拉奎拉。”

“真巧，”她说，“我正要叫你。”她推着轮椅走到用餐区后面的走廊。我跟着她进了电梯。

回到她的房间，她直奔主题：“特鲁伊特小姐，别再打探那些与你工作无关的事情了。”

我想起我生病那天晚上在车的挡风玻璃上看到的一句话：停止调查。

她身体前倾，“特鲁伊特小姐，有些事情最好还是留在过去。我明白，他也明白。”

“他昨晚和你谈过吗？”这姐弟俩是不是在搞什么阴谋？

“你的问题太多了，特鲁伊特小姐。你得学会放手。”

“这是威胁吗？”

“随便你怎样想。”

“你是担心我会发现什么可以让你弟弟开脱，让他无罪释放。如果他去坐牢对你来说更合适，是不是，拉奎拉？”

“荒谬。”她低声呵斥。

“你知道给劳拉的那些毒品吗？”

拉奎拉不以为然地说：“我怎么知道？”

我看着她驼着背坐在轮椅上，突然明白过来，“你这么多年来一直坐在轮椅上。一定很痛苦。”

她没有回应。

“拉奎拉，也许劳拉给你买过毒品吧？用点可卡因来减轻痛苦。”

“滚！”她举起胳膊大声喊道，“马上。”

我走到门口转过身来，“拉奎拉，这是你第二次把我赶出去。我不会再回来了。但我要你记住：在这个案子结束之前，我会知道一切的。”

她的脸上掠过一丝恐惧。我心想，很好。

在花园里，博特罗的雕塑赫然出现在我面前——粗壮的大腿，悬垂的乳房，空洞恶意的眼神。她曾经让我发笑，但现在，不知何故我感到厌恶。

第三十四章

最终，我决定去参加赛的派对。我需要从被我的办公室同侪称为“吉莉的特鲁萨尔迪困扰”的混乱中解脱出来，需要澄清关于我遭受近乎致命的打击的谣言。我已经恢复了大部分失去的体重，今天早上我预约去了美容中心，剪了头发，并把指甲涂成了我新的标志性黑色。在浴室镜子前，我在依旧苍白的脸颊上抹了一点腮红，涂上鲜艳的口红，然后告诉自己，我穿黑色低胸连衣裙和高跟鞋看起来不错。

我把奔驰停在一辆宾利和一辆福特之间，大步穿过停车场的砾石路，在落日长长的余晖中，沿着赛蹒跚走过的小路前进。我双肩后展，甩甩头发，按响门铃。我回来了，会一直在这儿。

洛伊丝在门口迎接我。她整个人焕然一新——黄疸消失了，容光焕发，穿着优雅的红亚麻布直筒连衣裙和凉鞋。“吉莉，我们热切地期望你能来。”她欢快地说，“最近还好吗？赛说你出了点小意外。显然，你已经没事了——你看起来棒极了。”洛伊丝一边说，一边把我拉进挤满人的大房间，穿过它，来到后面的露台。

按照温哥华的标准，赛的房子是座老房子。大而简陋，有一个两层的客厅，以此为中心延伸到其他房间。真是一座不同寻常的房子；自从半个世纪前他的父亲建了这所房子以来，除了更换几条管道外，其余什么都没变。然而，这座房屋所在的土地却很壮观——沿着悬崖往下到太平洋的两英亩优质地产。赛开玩笑说这片土地就是他的退休计划。他将来会用得着它。检察官的收入并不是很高，即便是最好的检察官。

人们和我打招呼，朝我微笑，靠过来吻我。不管他们曾听说了什么，见到我，大多数人看起来由衷地高兴。同我在法庭上辩论的检察官，同我一起坐在辩护席上的律师，还有几位法官——很高兴再次见到他们。

在外面的露台上，赛在一群崇拜者的簇拥下进行烧烤。我知道他的秘密——他让专门的厨师准备好牛里脊肉，所以他所需做的只是把肉加热——但我永远不会说出来。我看着他蹒跚地走到一张铺着白亚麻布、摆满沙拉的桌子跟前，一只胳膊在支具里，另一只拿着盛着一大块肉的大浅盘。他把盘子整齐地放在沙拉旁边，没有一丝颤抖。我对他的这番表现惊叹不已。

他看见我，走了过来，摆动着戴着支架的假腿，手里拿着切肉刀。

“赛，你不会从背后捅我一刀吧，对吧？”我笑着问，他伸出手到我背后来拥抱我。

“不会，吉莉，绝不会那样。很高兴见到你。我告诉过洛伊丝你会来的。”他的圆脸朝我笑着，仿佛说的是真的一样，“好极了，吉莉，好极了。”他放眼看到吧台后面的调酒师，以一己之力应对成群要酒的人，“给特鲁伊特女士来一杯白葡萄酒。”他大喊。调酒师摇了摇头，好像赛是个笨蛋。

“我都可以，”我说，“美好的夜晚——来了很多人。我只想去转一会儿。”

我从一堆人转到另一堆人。不一会儿，本，一位来自内地的检察官，彬彬有礼地给我找了一杯酒。我微笑着接受了，并礼貌地和他聊了一会儿。在我们谈话的间歇，我环顾四周。这时，我看到了他。

他站在露台门口，和别人谈话。我寻找挽着他手臂的女性，一个也没有，只有男士。他到底在这里做什么？这是赛无耻的安排吗？他看见了我，朝我走了一步，然后停下来，好像改变了主意。我决定主动处理这件事。当我走近时，他离开了人群。我走到门边的一处僻静角落，他跟着过来了。

“你好，迈克。”我说。在我眼里，他依旧迷人，就像一直以来的那样。我真傻，竟然抛弃了他。

“吉莉，你最近怎么样？”

“关于我死亡的谣言太夸张了。”

他的脸上露出了我记忆中的那种鸟喙般的笑容。“吉莉，我们本该一起吃午饭什么的。看在过去的分上。”他若有所思地看着我，“你的案子进展如何？”

“特鲁萨尔迪？只在我们俩之间说，没有我希望的那么好。但很快就会结束的。我们几周内就要开庭了。”

“我听说了。我的各种阿姨们让我消息灵通。”

“好吧。”我转回到我想待的地方，“迈克，我想和你共进午餐。我想你。”

我感觉到有人碰了碰我的胳膊，但不是迈克。他是我看到和赛一起站在烧烤架前的人之一，一位在俄勒冈工作的便衣警察，我曾无意中听别人说过。他高额头，尖下巴，身着一件时髦的皮夹克。

我回到迈克身边，但还没来得及，这位便衣警察就抓住了我的手，往我的手里塞了一杯白葡萄酒，暧昧地对我笑了笑，他的目光顺着我裙子的线条看去。这是赛让他送来的吗？他正要告诉我，但此刻我没兴趣听。“谢谢。”我打断他，转向迈克。但是迈克已经走了，他穿过人群向前门走去。我转身朝向那个警察，准备训他一顿，但他也不在了。“这到底怎么回事？”他肯定听见了我的话，因为他转过身来，懒散地挥了挥手，然后继续朝着烧烤架那头的赛走去。我听到他和赛分享东西时发出的低沉笑声。他们在玩什么游戏？

派对不欢而散，我没有胃口再吃了。我把那个男人强塞给我的酒杯放在一张小桌子上，随后往里走。走到房间中间，我停了下来。我至少应该感谢洛伊丝，并祝她早日康复。我扫视着人群。“您是在找洛伊丝吗？”有人问道，“去厨房找找看吧。”

作为一座老式住宅的特色，去往厨房的唯一途径是通过管家的食品储藏室。我推开双开式弹簧门，所看到的一切让我一下子呆住了。洛伊丝站在厨房柜台前，背对着我。她的头向后仰，右手拿着一个瓶子放在嘴边。她感觉到了有人，带着指责的眼神转过身来——仿佛在说，那又怎样？我的手离开了门，它自己关上了。

随后，我听到她的声音从那边传来，“进来，吉莉。”

我走进去。那个瓶子放在了柜台上。

“我明白，我知道。”她说着，朝我走来，“我就喝几口，明天我就戒酒。我已经做了所有的辅导，所有的戒酒事宜。可是恢复——很难，吉莉，太难了。”

“洛伊丝，别这样。”我抓起瓶子，把它扔进为派对准备的垃圾桶里。

“吉莉，你是个好人。我不能让他这样对你。”

谁？是赛？我一定是听错了。“洛伊丝，您在说什么？”

“赛。他留了一手。关于特鲁萨尔迪的案子。”

“比如什么？”

“一份警方报告，事故的报告，我记得他是这么说的。”

我感到一阵寒意，“上面写着什么？”

“我不确定——就在前几天，我偶然听到他的一个电话。关于劳拉·特鲁萨尔迪在被害前几天在她家外面的街上哭泣的事。”

为什么在谋杀发生前劳拉会在街上哭泣？一个女人能把多少秘密带入坟墓？

我深吸一口气，拥抱了一下洛伊丝。“谢谢。我很感激您的提醒。但我不太担心。赛不能用这份报告作为证据，除非他事先向我披露。”我强颜欢笑，“我得走了，洛伊丝。您不送我出去吗？”

“好的，当然可以。”她拉着我的手，“我们走吧。”然后她踉跄着走向一边，步履蹒跚。

“洛伊丝，您不太舒服，”我说，“我带您上楼吧。”

她憔悴地点了点头，斜靠在我身上，我们走用人们的专用楼梯，避开了人群的视线。我把她放在大厅尽头房间里的大床上，给她盖上一条毯子。

“吉莉，别告诉任何人楼下发生了什么，也别把我所说的报告跟赛讲。拜托。不然他会杀了我。”

“别担心，洛伊丝。我一个字也不提。”这已经不是我第一次遇到害怕自己丈夫的女人了。不过，她还是令我震惊。当然，她喝醉了，可是为什么要告诉我某个虚幻的报告？为什么要出卖她的丈夫？我拍拍她的胳膊，“休息一下吧。”我走下楼梯，穿过楼下和外面的人群。

我一屁股坐到汽车方向盘后面的驾驶座上。迈克不自然的笑容浮现在我的脑海里。

洛伊丝说得对。恢复比他们所说的更难。

第三幕

第三十五章

庭审的第一天拂晓，天气晴朗，空气中弥漫着秋日清新的气息。我很早就从断断续续的睡眠中醒来；在和特鲁萨尔迪见面之前，我穿上阿迪达斯鞋和莱卡紧身衣前往海堤步道跑步。我已经感觉到每一次新庭审都会带来的那种肾上腺素激增。这是我唯一保留的瘾——冒险成瘾。尽管我知悉所有的信息披露，了解所有的庭审规则，但总是会有意外的事情发生，这个案件也不例外。证人会说过了头；交叉询问进程的推进总是被仔细推敲过的，但有时会超出轨道。哈姆雷特说，“好戏马上开始”[1]。我即将入戏——它的每一场、每一幕、它的高潮、它最终的结局——以其种种不确定性在我面前展开。跑步可以避免陷入崩溃，能将其置之脑后。

早上九点十五分，文森特·特鲁萨尔迪和我在办公室见面，他身穿深色西装和笔挺的白衬衫，系着低调的黑色丝绸领带。

1 好戏马上开始（The play’s the thing），哈姆雷特的独白，出自《哈姆雷特》第二幕第二场。

乍一看，他显得自信而高贵，但眼睛下方有深深的黑眼圈。我在黑色西装外面披上一件外套，和他一起坐上了在街上等候的豪华轿车。杰夫开着他的面包车，载着案卷走在前面。我的工作是把委托人安全地交到正在等候的法警手中，然后再送到刑事被告席上。

“眼睛直视前方，不要眨眼。”我坐在豪华轿车后座上建议道，“记住，你是被推定为无辜的。”

他拉长脸，露出一副傲慢矜持的神情。做得并不好。

我已经警告过他，但是史密斯街800号外面的人群仍然像海啸一样拥向他。他退缩了一下，随后想起了我的嘱咐，扬起了下巴。好奇的观审者挤在照相机和喧嚣的记者之间。“杀妻者！”有人大喊。其背后，几块粗糙打印的标语牌在风中摇晃，上面写着：**又一位女性遇害。结束杀戮**。当他从车里走到路边时，他的肩膀越来越僵硬。

人群分开让我们通过。镁光灯在四面八方闪烁，记者们把麦克风塞到我们面前。我们无视他们，推开玻璃门进入大楼，那里有两个穿制服的人在等候我们。我点点头，看着他们护送我的委托人经过上锁的大门进入牢房。

我在第20号法庭里找到杰夫，他正在将文件整齐叠放在我们的律师桌上。这是位于法院内部的一个大房间，装有技术设备、屏幕和防弹玻璃以防万一。我听到过道里传来了赛的脚步声，转身向他打招呼。洛伊丝在派对上的警告浮现在我眼前，但必须保持礼仪。

"吉莉，我们确实要较量一番了。"赛说着，转动着他庞大的身躯，看着法庭席上众多备选的陪审团成员。

"赛，看来确实如此。'共赴战场。'"

他还没来得及安顿下来，法庭书记员——一位名叫玛丽昂的和蔼的金发女士——放下电话，从她的席上起身，向我们走来。她告诉我们："莫尔顿法官希望在传讯和陪审团挑选之前，在他的办公室里和你们见面。"

我们系好长袍[1]，跟着她走出法官席后的大门，乘坐电梯，走到一段铺着红地毯的内部走廊。在我们的右手边，一排长长的浅色木门一直延伸到我们视线的尽头。玛丽昂在其中一个木门面前停了下来，敲了敲门。从房间深处传来一个低沉的声音："门开着。"玛丽昂推开门，让我们跟着她进去。

艾伯特·莫尔顿法官坐在他那张金色山毛榉木办公桌后面，靠在一把高背红色皮椅上，英俊的脸庞上飘动着一缕威严的白发。他似乎自我感觉良好，却有一种莫名不适的气氛——嘴唇低抿，皮肤上布满胆汁斑，两边嘴角深深下垂，现在塑造成一副怒容。他漫不经心地朝我们示意。我和赛坐在他办公桌对面的椅子上，杰夫和叶米利则不安地坐在靠墙的红皮沙发上。

没有问候，也没有礼节寒暄。莫尔顿法官直奔主题："很遗憾，我们在这件事上举行审前会议没有任何好处。"他瞪着我们，好像是我们的错，而他却是取消审前会议的人。法官认为

---

1 长袍（gown），律师和检察官在法庭上身着专门的长袍服饰。

这是一桩简单的案件，玛丽昂曾在电话里郑重地说。“更令人遗憾的是，”他现在继续说道，“这次审判看来会吸引一定数量的媒体的关注。这两种情况使律师承担了沉重的责任。必须维护对司法审判的尊重。我觉得最好告诉你们，在我们就证据可采性的细节斤斤计较时，我不会容忍把陪审团打发到一边太长时间。”

最后一句话是在针对我吗？还是说只是我的想象？

“正如你们可能知道的，我的做法是宁可全盘承认——让陪审团看到一切，然后加以解决。”他特地狠狠地瞪了我一眼，“特鲁伊特女士，如果你坚持质疑检方提交的证据，你的异议将在常规庭审以外的时间处理。”

“好的，法官大人。”我回答说。

“很好。现在我希望我对陪审团的开庭致辞持续整个下午。我们明天上午九点开始动议。我不能容忍在媒体上哗众取宠。我讲清楚了吗？”他又瞥了我一眼。

我点点头。你还想对我暗示什么吗？

莫尔顿法官把双手放在桌上，不分青红皂白地对赛和我皱起眉头，“律师，你明白我的意思。我们现在继续审判吧。”

沉重大门的隆隆声响，引起了我的注意。我看着法警把文森特·特鲁萨尔迪带到刑事被告席。一旦大门砰的一声关上，即无处可去。这预示着他的余生不会按照他设定的方式发展。我给他一个鼓励的微笑。

我们身后的旁听席上座无虚席：记者坐在前排长椅上，家属、朋友和旁听者挤在后面的长椅上。我看到了坐在远处的洛伊丝，她来这里见证赛大获全胜。她看到我，向我点头致意。在过道里，拉奎拉坐在轮椅上，脸上挂着神秘莫测的表情。全世界都认为她是来这里支持她弟弟的，但我知道她是来看他败诉的。

“法庭肃静。”玛丽昂喊道。内殿的大门打开，莫尔顿法官走上法官席，他宣布本案开庭。现在是挑选陪审团的时候了。

游戏很复杂，有陪审员排除和无因回避规则。[1]我们必须从六十位好公民——可能会多一些，也可能会少一些——组成的池子中挑选出十二名陪审员。候选人一个接一个地走上前来，说出他们的姓名和职业。我们问一些人问题。很多人说他们看过这个案子的报道，或者对这个案子有看法，或者认为他们可能认识某些涉案人有关联的人。法官承认，他们通常这样做的目的是逃避陪审员的责任。其他人表现得很热心，他们的笑容告诉我们他们渴望被选中。对此，我们也很警惕。

杰夫和我准备好了。我们已经研究过他们的职业，检索过他们的在线聊天记录和博客。我们需要一个富有同情心的陪审团，年轻人、自由主义者、大学教授、社会工作者、教师——是我们喜欢选的人。赛则正好相反，他想要的陪审员来自愤怒

1 陪审员排除（stand-asides，又称“靠边站”），检方有权排除其认为不合适或者对其有敌意的陪审员。无因回避（peremptory challenges），检辩双方可以不说明理由要求一定数量可能对己方不利的陪审员回避的程序性权利。

的右翼，他们抱怨法律和秩序，以及《六点钟新闻》告诉他们的随处可见的犯罪。整个上午，赛和我都在尽力阻止对方的选择。我们起立，我们坐下，我们争执。但最终我们得到的结果和往常差不多——一个双方都不能完全满意的混合陪审团。

我们设法争取到一名学校图书管理员（之前嫁给了一位富商）、一名商业教授、一名在格兰维尔岛[1]开店的肖像艺术家、一名房地产经理、一名会计和一名杂志出版商。检方最终选择了一名面粉厂工人、一名出租车司机、一名护士、一名戴着头巾的杂货商、一名随处可见的码头工人和一名木工。六男六女，六个来自右翼，六个来自推定的左翼。双方势均力敌。

杂货商最后宣誓时，已经是上午很晚的时候了。莫尔顿法官看了下表，随后又看着陪审席上的陪审员说："陪审团的女士们先生们，我现在请你们退庭，从你们当中选出一位作为你们的主席。"

陪审团在休息十五分钟后回来——莫尔顿法官说话算数，精确地掌控庭审时间——贾纳斯·卡斯米尔斯基，这位木工艺人起身宣布，陪审员们已经选举他为主席。

很好，我心想，向杰夫点了点头。

贾纳斯·卡斯米尔斯基，面部棱角分明，身材消瘦。在父母离婚后，他随母亲从拉脱维亚移民到蒙特利尔。移民根基，

1 格兰维尔岛（Granville Island），原来是温哥华的一处工业区，在将废弃厂房重新设计修建之后，现在已经成为一处文化、艺术、商业和娱乐中心，类似于北京的 798 艺术区。

艺术才能，这跟文森特·特鲁萨尔迪很像。我浏览了达蒙编的研究报告，最初的热情消失了。调查进一步显示，他的父亲是犹太人，在战后波兰共产党中的级别很高。

下午两点，我们回来面对莫尔顿法官对陪审团单调乏味的开庭指示。早上占据后方座席的媒体已经撤离，他们有比聆听例行公事的司法过程更好的事情去做。莫尔顿告知陪审员们身负的职责，提醒他们注意自己的誓言。

“检方的责任是超越合理怀疑，证明文森特·特鲁萨尔迪有罪。”他告诉他们，“任何存疑都应当以有利于被告的方式进行处理。”

合理怀疑，我们最佳的亦是唯一的希望。

第三十六章

现在是周二上午九点，文森特·特鲁萨尔迪案庭审的第二天，我们在空荡荡的法庭上就证据问题进行预备动议。我们需要解决哪些证据该留下，哪些证据该舍弃。赛和我都知道，本案的结果很可能取决于陪审团能听到的东西。这个过程由一个复杂的，有时甚至是模糊的，简称为证据法的法律领域控制。它是令每一个二年级的法学院学生头痛的事情。赛以他老派的训练模式，教我努力把不利的证据排除在外，这门课我学得很好。

胜负取决于两项关键的证据——汽车旅馆职员埃蒙德·盖茨从一组照片中辨认出劳拉·特鲁萨尔迪，以及赛能否询问卡尔梅利纳是否在谋杀案发生后与文森特·特鲁萨尔迪上床。莫尔顿法官听着我讲话，时不时地插话打断我的意见。随后，当我认为一切都完了的时候，他宣布他要到明天早上才公布决定，这让我们大吃一惊。

“这是个好兆头。”我们整理文件时，我对杰夫说。

“他只是害怕把审判搞砸了。这位法官并不站在我们这边。”

十点整，通往内走廊的大门正好打开，玛丽昂叫大家肃静，莫尔顿法官大步走上台阶，坐到他的椅子上，他翻开法官手册，手掌跟置于崭新的页面上。

“肯奇先生，”他扬起他的方下巴说，“开始审判。”

全力以赴进行报道的媒体顿时鸦雀无声。在陪审团席就座的陪审员们，满怀期待地挪了挪身体。文森特·特鲁萨尔迪在他的位子上挺直腰板。真正的诉讼就要开始了。赛从他的椅子上站起身，向陪审团走去，腿大幅度地摆动，低垂着头，好像很痛苦——他可能确实很痛苦。我看到陪审团对这个陌生的大块头男人感到惊奇，观察到他们的脸上掠过同情。赛还一言未发，他们就已在其掌控之中。我在我们俩和睦相处的日子里就知道他所有的把戏。现在我唯一能做的就是坐下来欣赏了。

对于特鲁萨尔迪而言，情况没能好转，因为赛的开场白很成功。赛表现得难过、悲伤，因为接下来十天左右我们将被恐怖的罪行所占据。他告诉陪审员们，他们将会遭受可怕的打击和经历艰难的体验。他们将听到的证言会使其感到不安；犯罪现场的照片将向他们揭示其从未想象过的暴行。然而，他们作为公民有责任研究证据，考虑是什么样的人可能实施犯罪。

到目前为止，情况还不错，我心想。文森特·特鲁萨尔迪，一个没有暴力史的文明人，不可能以这种方式犯下这一罪行。

可是赛继续说：“你们会听到有关死者劳拉·圣约翰·特鲁萨尔迪同设计特鲁萨尔迪住所的建筑师有染，以及她怀孕的证据。”陪审团关注到这一点。一个婴儿，一个未出生的生命。筹码提高了。“事实上，皇家检察官将证明劳拉在案发前一天与她的情人见面。检方认为，被告得知这段婚外情并未结束，而且他的妻子怀了另一个男人的孩子，被激怒了，杀害了自己的妻子——故意并且通过可以想象的最残忍的方式。遗憾的是，”他告诉陪审团，“你们将不会听到这位建筑师的消息，他在逃往巴西后神秘地遇害了。”

赛转动着巨大的脑袋，盯着像石头一样坐在刑事被告席上的文森特·特鲁萨尔迪。他没有说出来，也没有任何记录可以让上诉法庭看到，但鼓动的意图很明显——你们自行推断谁最有可能从建筑师之死中受益。这种无声暗示的力量，是赛教我的另一件事。

“你们将会听到，”赛选了一个新主题，“死者是被用登记在被告文森特·特鲁萨尔迪名下的枪所发射出的子弹杀害的。你们会听到，根据法律，这把枪必须锁在特鲁萨尔迪先生住所保险柜里的证据，以及警察发现保险柜是锁着的证据。你们还会听到”——赛为了发言效果故意停顿了一下——“那把左轮手枪不见了，尽管对住所进行了短暂的搜查，但始终没有找到。”

赛继续说道：“陪审团的女士们先生们，你们可能想知道，一个没有正式暴力记录的文明人，怎么会以如此残忍和施虐的方式犯下这一罪行。”

这就是他将要表演的内容。抓住指向有罪的链条中最薄弱的一环，继而把它锻造成铁环。

“我只是想提醒你们——不要急于下结论，认为只有存在暴力史的人才有能力犯下你们将看到的、由本案证据所揭露的罪恶。罪恶有着多种面孔。”

我站起身。法官看到了我，急忙说：“肯奇先生，向陪审团陈述时可以有一定的自由，但请仅限于证据，避免对被告的人品进行猜测。”

“是的，法官大人。”但种子已经种下了。他转向陪审团，“女士们先生们，你们肩负着国家赋予的一项重大责任——为一位美丽而充满活力的女性，劳拉·圣约翰·特鲁萨尔迪被残忍杀害一事伸张正义。我相信你们不会辜负对加拿大国家和人民的责任。”

图书管理员点了点头，护士同情地身体前倾。我从律师席上的位置，向刑事被告席望去，想看看委托人如何看待这些诉讼程序。如果此刻他忧心忡忡的话，那他隐藏得很好；文森特·特鲁萨尔迪镇静地审视着第20号法庭。我落座时，他斜着头，我们的目光短暂相遇。他笑了，也许他没有笑。然后，他又恢复他疏远和保持距离的姿态。

“我请求传唤伯恩斯警官。”赛说。随后一个穿着黑色西装，肚子上的纽扣凸出来的壮汉，大步走向陪审团席。“警官，请陈述你在谋杀案调查中的角色。”

“我是CSU的负责人。”伯恩斯自豪地回答。

“你能告诉陪审团CSU代表什么吗？”

“犯罪现场鉴证科（Crime Scene Unit）。包括房子、房间、尸体。”

“请继续。”

伯恩斯用机场安保人员对旅客开包检查时的那种冷冰冰的声音——可能令人厌烦，却是家常便饭——给我们提供了有科学精确性的细节。

“尸体显示出有多处袭击的迹象，”他说着，出神地抚摸着他修剪过的橘色胡须，“左眼下方的面部有一处瘀伤，两只前臂有多处瘀伤，右臀处有一大块瘀伤。请注意左乳下方的损伤，以及由于绑扎所造成的手腕和脚踝的损伤。”他继续陈述着令人痛苦的细节，死亡被化约为可怕的数据。

四十八张逼真的图片——每张都有描述、盖上印章和记录在案——发出了最后一击。四十八次，我看到陪审员们震惊地睁大眼睛，恐惧地闭上眼睛。现代谋杀案的审判是一种技术性的事务。指甲屑、头发、血液、血液以及更多的血液——所有这些都必须被收集、储存、分析，随后，当审判终于来临时，向哈欠连连的陪审员们进行详细解释。化学家解释血液的成分，弹道学专家解释枪和子弹的关系。通常情况下，这个过程需要数周时间，但在本案中，我们已经同意把专家的报告立即作为证据。

“可能我终究还是教会了你一些东西。”当我们在一周前把事情安排妥当时，赛勉强地笑着说。

“可能吧，也许是我自己想出来的。”检察官喜欢沉湎于不良事实；辩护律师得击败他们。

尽管我们都做出了让步，但鉴定、标注以及向陪审团解释报告这一过程仍耗尽了当天剩余的时间。下午晚些时候，我看到陪审员们鱼贯而出，他们在震惊和无聊之间摇摆了一天，精疲力竭。到了明天，我们只有几个问题要问伯恩斯警官——让证据自己说话，同理，我们的辩护立足于其他地方 ——但我在听了他的证言后愈发担心。

“不好，一点也不好。”我们收拾东西的时候，我对杰夫说道，“恐惧滋生责难。愤怒需要发泄，陪审员们将会把他们的矛头指向文森特·特鲁萨尔迪。”

“法官会告诉他们冷静地考虑证据，”杰夫向我保证，“他会提醒他们不要被情绪左右。”

“说起来容易做起来难，”我说，“但我喜欢你不寻常的乐观。”

第三十七章

我关上办公室的门，关闭电脑屏幕。我仔细检查着艾丽西亚起草的对文森特·特鲁萨尔迪进行主询问的材料。在隔壁的房间里，杰夫正研究着他将要进行的模拟交叉询问的问题，以便让特鲁萨尔迪为真正的询问做好准备。如果我们传唤他的话。外面的天色渐渐暗了下来。黄昏已过。

我把艾丽西亚的笔记推到一边。空词，空词，空词。[1]空词掩饰了恶行。审判才刚刚开始，但我已经感觉到它正盘旋着朝灾难而去。文森特·特鲁萨尔迪，这个我自己已确信为无辜的人，即将要被定罪，而我所能提供的只是一堆空词。

赛的证人名单浮现在我眼前。这跟我们预想的一样，除了他在结尾加入了根据情况传唤突击证人的可能性。我抑制住忧虑。这招高啊，赛，但抱歉，我们需要其名字。

在事件通报中没有提及劳拉·特鲁萨尔迪遇害前不久在街

1 出自《哈姆雷特》第二幕第二景中哈姆雷特与波洛尼厄斯的对话。该场景中哈姆雷特正在读一本书，波洛尼厄斯问："殿下您在读什么？"哈姆雷特的回答是："空词、空词、空词。"

上哭泣的事，让我感到如释重负。也许洛伊丝那时候只是喝醉犯糊涂，胡言乱语。

杰夫从门里探出头来，“我要走了。”

“晚安，杰夫。”我说。

我现在孤身一人，才意识到自己有多么疲惫。律师做的事情看上去很轻松——坐在柔软的椅子上，不时做做笔记、发发言，但这只是一种假象。紧张、专注、提问与回答的不确定间隔，所有这些都令人身心俱疲。

我保持头脑安静也无济于事。那辆黑色面包车不见了，但自从我拜访拉奎拉之后，一辆浅褐色的丰田车频繁地出现在我的后视镜里，令我很不习惯。温哥华有成千上万辆浅褐色的丰田车，但这还是让我感到困扰。而且，我很担心伊迪丝，她已经不接电话了。我让理查德去她的别墅看看。她的车在那儿，却没有应门。或许我应该叫警察来。

办公桌上的电话机红灯在闪烁，那是我的私人专线。我犹豫片刻，拿起话筒。

“我是吉莉·特鲁伊特。”

没有应答。我的大手表过了五秒钟，我听到咔嗒一声，然后是空线的嗡嗡声。

又是一通骚扰电话。这已经是本周第三次。别抓狂，这只是一个误拨的电话。然而，直觉却传递给我一个不同的信息：有人要来抓你。他或她就在这里，等待着合适的时机出手。我的手指紧紧抓住桌子边缘。我熟悉的椅子、玻璃工作台突然变得陌生，不安全起来。我得走了，我得逃离。

停车场空无一人，除了我的车。车子仍停在我离开时的地方，这一次车身锃亮，干净，挡风玻璃上没有任何信息。

在回家的路上，我评估了各种可能性。

第一，我多疑了。

第二，有人想让我停止调查。

第三，有人试图扰乱我的思路，让我输掉官司。

如果是我多疑，那没什么好担心的。如果有人想让我停止调查，很遗憾，我不会退却。如果有人试图扰乱我的思路，我绝不会让他们得逞。

第三十八章

周三早上八点五十六分，特鲁萨尔迪案庭审的第三天。杰夫和我坐在辩护席上。法庭后面的观众照旧——媒体、围观者、洛伊丝、拉奎拉——等待着演出开始。在过道的另一边，赛和叶米利在低声商议。我们全部就位，以防莫尔顿法官的手表走快了，他提前三分钟带着他对证据的裁决进来了。

“你还好吧？”我打开平板电脑，杰夫问道。

“是的，我很好。”我说。

我撒谎了，杰夫察觉到了。他正要追问，赛在过道上俯身过来低声说：“吉莉，你看起来很疲惫。工作太辛苦了。”他尖刻的语调掩盖了话里的同情心。赛和那些电话有关吗？不，他绝不至于龌龊到使用违反职业道德的伎俩。我可能真的被这个案子搞得心烦意乱。

玛丽昂大喊——“法庭肃静！”——把我从过度猜测中解救出来。莫尔顿法官走上台阶，打开他的红皮法官手册。

他开始说道：“第一个问题，关于是否排除卡尔梅利纳·卡佩利和被告在谋杀案后有过性关系的证据。”他概述了我的理由，又提到了赛的理由。但是，一如既往，最重要的是结果。“特鲁伊特女士认为该证据没有证明价值。肯奇先生辩称，犯罪后的行为总是有关联性，而且在一夜情普遍的时代，这方面对被告的任何偏见都可以忽略不计。”

赛向我投来一个会意的微笑，但我没有理会。

“我接受肯奇先生的论点，”莫尔顿说，“该证据将被采纳。”

我们完了。正如我所担心的，这位法官对我们不利。我想起了一则神秘的辩护传说：你可以赢得一个持怀疑态度的陪审团，但如果法官反对你，那你就输了。

“第二个问题，”莫尔顿法官继续侃侃而谈，“关于汽车旅馆职员埃蒙德·盖茨的证据可采性，他声称在谋杀案发生前一天下午到小憩汽车旅馆的女性就是死者劳拉·圣约翰·特鲁萨尔迪。根据既定的法律，如果照片上的人不像当事人，那么通过照片列队辨认身份是不能采纳的。”他深入分析了照片列队辨认，“这里给证人看了十二张女性的照片。有三位可以说有着一头金发，就像被害人一样。然而，这两位金发的比对者与死者不同—— 一个长着一张丰满的圆脸，另一个虽然有点像被害人，却长着粉刺。其他照片都与已故的劳拉·圣约翰·特鲁萨尔迪相去甚远。因此，照片列队辨认不公正，以此为基础的身份指认证据不被采纳。”

赛没有表露出任何沮丧的迹象，但我看到叶米利的嘴唇短暂地张开，随后又恢复到面无表情。我怀着新萌生的敬意打量着莫尔顿法官。这是针对关键证据的重大裁决。总的来说，我们已经领先了。

“我们将进行短暂休庭，”他宣布道，“庭审将于早上十点钟准时重新开始。”身着红色长袍的他退出了法庭。

午饭前，最后一位犯罪现场专家完成了她对床、尸体以及房屋的说明。我们坐在那里听着，别无选择，只能接受这些证据，以及由此而来的一切。很不妙，房间里只有劳拉·特鲁萨尔迪的血迹；很不妙，她被捆绑的时候没有挣脱的迹象，意味着我们可推断她同意这么做，很不妙，这些无可争议的事实都径直指向她的丈夫。杰夫在交叉询问过程中做了一些尝试，甚至试着解释洗碗槽里恰巧有两个盘子，可是他无法找出其中的联系，也没有得出任何结果。在适当的时候，我们会提出其他可能出现的情况，但现在，我们只能听着，注意保持我们的表情镇定自若。

下午，赛转向负责外围搜索小组的科斯塔什警官。科斯塔什身材魁梧，光头，穿着一套像罩衫一样的廉价西装，牛气哄哄地昂首站立。当他解释自己和其手下（包括两位女警）所进行的细致搜索时，他那浓眉下如甲虫般的大眼四处扫射。他告诉陪审团，他们搜查了房子和地面的每一寸地方，并出示了精心制作的画有“×”标志和线条的现场平面图来证明这一点。他们发现了许多东西——破陶器，园艺剪，三个腐烂的避孕套，但没有枪支的踪影。在随后的几天里，他们把搜索范围扩大到邻近的房屋，仍未发现枪支。

杰夫没有理会这些证据——更准确地说是证据不足，转而另辟蹊径。“警官，你是在花园里还是在邻近的院落里检查脚印呢？”他从座位上起身问道，重整了一下肩上的长袍。

“这是例行公事。如果我们看到任何脚印，我们都会记录下来。”

“警官，请你检查一下你的笔记，看看是否记了什么？”

这位警官肥硕的前额上堆起了皱纹，他舔了舔粗大的拇指，把它放到面前厚厚一摞材料的第一张上面。杰夫对着天花板转动着眼睛，耐着性子。

“警官，也许我可以帮你，”他最后说，“你能翻到第 126 页吗？在那摞材料底部的很后面。”

科斯塔什费劲地翻着页码，找到了第 126 页。

“警官，你能把倒数第二段读给陪审团听吗？”

科斯塔什警官开始念道：“‘在房屋东部边界以西大约五英尺处。’”

“没错，警官。请告诉我们，根据笔记，在那里发现了什么？”

“上面写着，‘脚印，两个，男性留下的鞋印’。”

“警官，你们测量过这些脚印吗？”杰夫走到法庭中央。我心想，这只是个开始。

“没有。”

“你们拍过照片吗？”

“没有。”

“为何没有呢，警官？”

“我们看不出它们能与本案有什么关联性。我的意思是，那个地方可能很多人都走过。那是一片树林，其实不在事主的地产上。”科斯塔什猛地呼了一口气，“我们一直在找枪。”

“你有没有想过，问一问谁有可能进入过这栋房屋会有效果？坦率地说，这个人或许就是你们一直在寻找的使用这把枪的人？”

“我们知道——”

“你以为你们知道。”杰夫轻蔑地说。

我看到有些陪审员在做笔记。

“你同意吗，警官，这些脚印有可能是在谋杀当天进入特鲁萨尔迪房屋的人留下的？”

“我想是的，但可能性很小。”

“你只需要回答这个问题。是或者不是。”

“是的。”科斯塔什警官说，他的声音几乎听不见。

“并且，那个人可能继续进屋杀了劳拉·特鲁萨尔迪？”

赛站了起来，“我反对——律师是在要求证人进行猜测。”

“反对无效。”莫尔顿法官庄重地说，我强忍住微笑。我们需要赢下所有这些力所能及的小胜。

“我觉得留下这些脚印的人可能进入房屋。”科斯塔什最后回答道。

“警官，然而你却懒得去仔细检查这些脚印。你甚至连照片都没拍？”

过了很长时间终于听到了回答：“没有。”

“没有其他问题了。”杰夫说着坐了下来。我立刻向他点了点头——干得漂亮。坐在刑事被告席里的文森特·特鲁萨尔迪点点头，捕捉着杰夫的目光——亲切致谢。

第三十九章

“我请求传唤克里斯蒂娜·莫耶医生。”当我们周五继续开庭时，赛告知法庭。

克里斯蒂娜·莫耶，留着闪亮的波波头，自信地走下过道，进入证人席，一身蓝色套装裹着她矫健的身材。她环视了一下法庭，向陪审团致意，抬头看了看莫尔顿法官。她小心翼翼地避免与我目光接触。她是专业人士。

赛引导她逐行检阅她的报告，确认死因。然后，他转身回到自己的桌子上，拿起一沓尸体的照片，向书记员点点头，递给每位陪审员人手一份相同内容的材料。我知道他的伎俩。他准备通过谋杀的细节让陪审员毛骨悚然，激起他们对唯一现成靶子文森特·特鲁萨尔迪的愤怒。

“莫耶医生，我想你一定仔细检查过死者的尸体了吧？”他问道。

“是的，肯奇先生。”

我决定让他继续说下去。如果我过早反对，莫尔顿法官只会阻止我。此外，过分逼真的细节可能会让赛适得其反。他处理完第一张照片，就已经花了五分钟时间，我观察陪审员的反应，大多数人都感到厌恶，有些人试图转移视线。护士和码头工人很感兴趣。但我们的陪审团主席卡斯米尔斯基先生已经把照片放下了——好像在说，你不能强迫我一直看这些东西。

当赛开始处理第二张照片时，莫尔顿的脸上掠过一丝愠色，他看了看时钟。

我起身，“法官大人，我通常不愿冒昧地打断我那位博学的朋友对证人的询问。但恕我直言，纠缠于劳拉·特鲁萨尔迪身体上遭受的伤痕，不会有太大的收获吧？这些伤痕的性质从照片上看一目了然，辩方也承认这些内容。”如果赛继续要把戏，我们明天中午还会在看这些照片。

“特鲁伊特女士说的有道理。肯奇先生，你说呢？”

“我同意，法官大人。不过，有两张照片我觉得必须提请陪审团注意。”

“很好。就两张。”

“莫耶医生，能麻烦你找一下第 46 号和 47 号照片吗？”赛请求道。

杰夫已经把照片找了出来，但我无须再看。每处伤痕，每处等级，我都了然于胸。

“你能否向陪审团描述一下，我们在第 46 号照片中看到的是身体哪个部位，以及伤口的性质？”

“我们看到的是一位女性的乳房。”克里斯蒂娜回答说。

“那伤口的性质呢？”

莫尔顿法官举起大手，雷鸣般地一击桌子。“肯奇先生，”他近乎大喊，“我想你已经完成了对这位证人的提问。”

成功了。赛只好闭嘴并且不能记录在案向上诉法院控告。尽管如此，残酷的图像还是造成不良的影响。在法庭的另一头，文森特·特鲁萨尔迪身体耷拉着，头侧向一边。从眼角的余光处，我瞥见拉奎拉·特鲁萨尔迪坐在轮椅上，僵硬得像一尊雕像，她的脸色苍白，目光凝滞。她认识劳拉，爱着她；当我看着她转动轮椅朝门口走去时，我能感觉到她的痛苦，但我也有自己的心事。

那辆浅褐色的丰田车仍然潜伏在外。深夜的电话铃声一直未停。而伊迪丝仍然下落不明。警方已经检查过她的联排别墅，并没有发现任何可疑之处——她可能只是去度假了。他们派了一个低级警官过来当面告诉我——内容是：我们很重视你，而你正失去理智。但这并不能阻止我过度紧张而胡乱想象。我烦躁不安，既过分担心，又反应过激。我需要从这个案子中解脱一下。我得做个决定。该死的审判。本周末我要回家去找玛莎。

赛站了起来，打断了我的幻想。“法官大人，关于另一件事，我还有几个问题要问这位证人。”他转向克里斯蒂娜，“莫耶医生，你做过彻底的尸检吗？”

“我做过。”

“包括腹部区域的内部检查吗？”

“是的。”

“请你告诉陪审团你发现了什么？”

“死者已经怀孕了。”莫耶医生查阅了她的笔记，“大概两个月吧。”

“谢谢你，医生。”赛说。

我站起身，“莫耶医生，你当时是否有机会做亲子鉴定来确定这个胎儿的父亲？”

“是的。”

“你能跟我们讲讲吗？”

我听到赛起身时假肢发出的咔嚓声。“我不知道这个。”他抗议道。

“法官大人，这是我最后核查时发现的，辩方没有义务告知检方将在交叉询问中对证人提什么问题。”我反驳道。

“特鲁伊特女士是对的，”莫尔顿庄重地说，“证人可以回答这个问题。”

“我从一个男子身上取了一个口腔拭子，我确认这名男子是文森特·特鲁萨尔迪。”克里斯蒂娜说。

“就是你今天在这里看到的那个人吗？”我指向刑事被告席。

“是的。然后，我把拭子上的 DNA 与我之前从死者身上提取并保存下来的胎儿 DNA 进行了比对。”

“莫耶医生，请告诉陪审团你的检测结果。”

“检测结果显示，文森特·特鲁萨尔迪是这个胎儿的父亲。”

我坐了下来。

身后又响起了嗡嗡的低语声，还有进出门的嗖嗖声。*哪个男人会谋杀怀着自己唯一孩子的女人？*

辩方得了一分。

第四十章

星期五下午，卡尔梅利纳在证人席上望着坐在法庭对面的文森特·特鲁萨尔迪。自从她自杀未遂后，特鲁萨尔迪就再也没有见过她，他瞬间睁大了眼睛，看着眼前这个消瘦的人。他微微颔首，而她转过脸去，拿起纸巾擦拭眼角。

赛温和地开始询问，在进入努力探查死者在案发前的活动情况之前，他先请卡尔梅利纳向陪审团讲述她是如何来到特鲁萨尔迪家，以及她在那里做什么。当卡尔梅利纳在讲述特鲁萨尔迪家的日常琐事时，坐得比较放松。虽然花费的时间较长，但结果很简单——没有什么不寻常的事情。

法庭了解到，在谋杀案发生的前一天，特鲁萨尔迪太太购物去了，回家时，带着一件淡紫色的礼服和一双新鞋，准备参加一场即将到来的晚会。“美丽[1]，高贵，普拉达举办的。太太很高兴。”卡尔梅利纳告诉陪审员，回应赛的问题。

那天晚上，特鲁萨尔迪夫妇出去参加了一个派对——卡尔

1 原文为意大利语 Bella。

梅利纳不知道地点，只知道他们在十点前回到家，在火炉旁共饮了一杯普罗塞克[1]，随后便就寝了。

“那发生谋杀的当天早上呢？”赛问道。

“在我起床之前，特鲁萨尔迪先生便已经走了。他前一天告诉我们他要去航海，所以我并不感到惊讶。太太来到厨房时，我正在那里擀意大利面。”

“那是什么时候？”

“我想大概是九点。她说那天我休息。通常我乘坐公交车去本拿比看望朋友。但那天特鲁萨尔迪太太主动提出开车送我。”卡尔梅利纳擦了擦眼泪，“她对我很好。”

“你是否注意到她有什么不同，她的心情有什么异样？”

“她和往常一样。只是比平时更放松。很开心。”

赛伸长脖子看了看背后墙上的时钟，显示是下午两点五十三分。莫尔顿法官点点头，愉悦地决定下午休庭。赛的脸上掠过一丝微笑，然后装出一副若无其事的样子。我的拳头紧紧地握住笔。赛留有后手。

“卡佩利女士，你知道特鲁萨尔迪太太和建筑师特雷弗·肖尔有染吗？”当我们都回到第 20 号法庭时，赛询问卡尔梅利纳。

我可以站起来反对这种诱导性询问，但我知道卡尔梅利纳会说的。

---

1 普罗塞克（Prosecco），又名普西哥，一种意大利起泡葡萄酒。

"不，不，"她回答道，"我是说，肖尔先生来过几次——他是建筑师，知道房门密码，所以他能够了解具体情况。我给他们做过一回午餐，然而，他们的行为举止总是很得体。"

"让我们回到案发当天。你是什么时候回来的？"

卡尔梅利纳身心俱疲。她的眼圈发黑，瘫坐在证人席上。但她很有自尊，随即挺起身子回答赛的问题。

"大概七点钟左右，埃米莉亚的父亲开车送我回来，埃米莉亚也一道同来。他们让我从特鲁萨尔迪家外面的路上下了车。我沿着车道走着，看到了警车。我就知道出事了。"

"你进去了吗？"

"是的。门口有一个警察，但当我告诉他我是管家时，他让我进去了。"

"你进屋时看到了什么？"

"到处都是警察。我从他们身旁经过，来到客厅。特鲁萨尔迪先生正坐在沙发上。他看了我好一会儿，好像他无法起身。然后他开口说话了。他的声音断断续续，我几乎听不清。'卡尔梅利纳，发生了一件可怕的事情，'他说，'特鲁萨尔迪太太已经遇害了。'我一定大哭大叫了。但我不记得了。接下来，我知道的事情是，他们正搬着一个袋子—— 一个长长的、块状的黑色袋子。我知道那就是特鲁萨尔迪太太。我一定又尖叫了。"

"劳拉·特鲁萨尔迪，你所崇拜和喜爱的善良女性，被装在一个粗笨的黑袋子里搬了出去。"他同情地向卡尔梅利纳靠过身去，"对你而言，太可怕了。"

卡尔梅利纳轻轻地抹了抹眼睛。

“但恐惧还没有结束，对吗，卡佩利小姐？警方最终离开后发生了什么？”

我抬头看了一眼时钟——下午三点半了。我心想，他在尽力延长这个询问，我的胃在发紧。

“不过，他们没有都立即离开——其中有两名警察留下来看守房间，因为他们还没有完成该做的事。特鲁萨尔迪先生仍然坐在客厅的沙发上，惊魂未定。我走到留守的女警前，告诉她我需要给特鲁萨尔迪先生拿一些东西，这样他就可以去另一个房间睡觉了。她说可以。于是，她掀起隔离带，我从他的浴室拿了他的睡衣、睡袍和一些东西，把它们带到一间客房。然后，我回到客厅，告诉特鲁萨尔迪先生他需要睡一会儿。他似乎不明白，但当我拉他起身时，他跟着我走了，我把他留在客房里，然后就回了自己的房间。”

“接下来发生了什么，卡佩利女士？”

卡尔梅利纳结结巴巴地说：“没有了。”

“得了，得了，卡佩利小姐。你在调查过程中不是这样告诉我们的吧？”

“我，我……”卡尔梅利纳的身体在抖动。我们等着她擦拭眼泪。我抑制住内心的叹息。这很糟糕——她应该迅速而平稳地渡过难关；她却搞砸了——突出和强调，让一切更加引人注目。

我捕捉住卡尔梅利纳的目光，她镇静了下来。“我睡不着，”

她最后讲，“我开始想特鲁萨尔迪先生和他的神情，我担心他会做一些蠢事，对他自己做一些蠢事。于是，我穿上睡袍，去了客房。”

“你看到了什么，卡尔梅利纳？”赛的声音很低，这是他第一次直呼证人的名字。

“他穿着睡袍躺在床上痛哭。哭声很大，就像——怎么说呢？——呜咽。我走到他身边。”她又擦了擦眼睛，“我搂住了他。”

“就这些吗，卡佩利女士？”

“没有了。”

“让我们抓住重点吧，”赛突然咄咄逼人地说，“请告诉陪审团，你和特鲁萨尔迪先生发生性关系了吗？”

“是的，”她低声说，“我们做爱了。”

陪审员们盯着卡尔梅利纳，然后又看了看刑事被告席里的特鲁萨尔迪，图书管理员和护士的脸上都露出了厌恶的神情。尽管文森特·特鲁萨尔迪对卡尔梅利纳所说的话，对法庭上盯着他的每一只眼睛，都没有一丝反应。但赛的叙述正在把他塑造成一个丧心病狂和道德败坏的人。

“该你问了。”赛说完，转身回到他的座位上。

“今天的审理到此结束，现在退庭。”莫尔顿法官说。

我看了下我的大圆表。正好下午四点三十分。这是精心的安排，赛给陪审团留下了文森特·特鲁萨尔迪在谋杀案发四小时后就躺在卡尔梅利纳怀里的深刻印象。陪审团将会怀着对他的厌恶感度过这个周末。等到周一我们交叉询问卡尔梅利纳的时候，他们将已下定决心了。我狠狠地瞪了赛一眼。他以最快的速度回以微笑，然后抬起沉重的身躯，对法官的退场致意。这是一场比赛，他打得很好。

我查了下我的苹果手机，调出理查德发来的一条短信：**有关特雷弗·肖尔的信息。警方抓住了他，然后就突然离开了。我想你会感兴趣的。**

我回复短信：**五分钟后在南门见。**

第四十一章

现在是下午五点半，我回到了我的办公桌前。楼下的街面上，傍晚的交通非常繁忙。出租车停了下来，挽着手的情侣们穿过仿制煤气灯下的鹅卵石路，和朋友们聚会饮酒。我已经把杰夫送回家，这次是动真格的。“带杰茜卡出去吃晚饭吧。”我告诉他。我独自坐着，望着街景陷入沉思。

“我现在要走了。”黛比喊道。我让她走时把门锁上。我继续阅读我负责的那桩毒品案的研究报告，但无法集中精神。我把材料推到一边，拿起包准备离开，这时我听到外面的门锁发出咔嗒一声。我愣住了。

这并不只是我的幻想——他们已经找上门来了。我伸手关掉了台灯。在黑暗中，我的手找到了因纽特熊雕塑，很沉，很结实。我屏住呼吸等待着。什么都没有。紧接着一阵吱吱声，门缓缓打开。我本能地开始俯身，然后挺直身躯。来找我吧。即使我必须倒下，也不会卑躬屈膝。

灯咔嗒一声亮了。

“达蒙。”我顿时松了一口气，“你吓了我一跳。”我放下了我的石熊。

“对不起，特鲁伊特女士。我不是故意吓唬你的。杰夫让我调查一宗抢劫案。”

“当然可以。”我感觉自己缓过劲来了。

他斜坐在对面的椅子上，“特鲁萨尔迪案怎么样了？”

原来这就是他来此的目的，“达蒙，我们不能谈论这个案子。事实上，你根本就不应该出现在这里。”

他扯着衬衫上一根松脱的线。也许是不安或者内疚？

“达蒙，你没有把所有事情告诉我，对吗？你跟我说那天晚上你看到文森特·特鲁萨尔迪掏枪的事。但是，你可没告诉我，后来你回去了。”

“你什么意思？”

“花匠说那个男孩——也就是你——不断回到那幢房子附近。”

他更用力拉扯衣线，“我太疯狂，太痴迷，她既善良又美丽。所以，我回去过一两次，希望她能走到阳台上。可是她从来没有出现过。”

我做了一个大胆的直觉的跳跃推理，“谋杀案当晚，你也在那里，对吗？”

他开始摇头，然后停了下来，“赛传唤我出庭做证。”

所以，达蒙是赛的神秘证人。他到底是怎么发现毒品和达蒙的事情的？

“你不在证人名单上，”我说，“而且这次来访，你已经确定我不会感到意外。”

“对不起，吉莉。我没想到这一点。”

“我曾试着不让你插手这件事。”我边想边用手指敲桌子。赛想让达蒙谈谈送毒品的事。我不知道为什么。也许他想暗示特鲁萨尔迪还有另外一个理由杀她。不仅仅是通奸，还有毒品、她的事业，所有的一切——逐渐积累，直到他再也无法忍受，于是杀了她。

达蒙忧郁地站了起来，“对不起，吉莉。”

我看到他懊悔的脸。我相信他，但我不会让他毁掉我的案子，“达蒙，还有一件事。”

他在门口处转过身来。

“你应该知道。你做证的时候，我会狠狠地对你进行交叉询问。而且，不仅仅是毒品的问题。”

我看到他的脸色变得苍白，然后关门而去。

第四十二章

天空灰蒙蒙的，狂风阵阵。玛莎与我在户外度过这个周末，收拾冬天的花盆。我们一边干活，一边聊天，家长里短地随意闲谈。一连好几个小时，我能忘掉特鲁萨尔迪和他的审判。

“约翰和特里斯坦要结婚了。”玛莎说。

“我为他感到高兴，”我认真地说，“作为一名艺术家，生活是孤独的。特里斯坦会支持他，陪伴在他左右。”

玛莎放下她的小铲子，看着我，“你和迈克谈过了吗？你有想过跟他复合吗？”

“是的，”我说，“可是，有一些问题。”

玛莎用戴着园艺手套的手驳回了我的借口。“吉莉，唯一真正的问题在于你。”她苦笑了一下，“这么多年来，辗转于一个又一个寄养家庭。在内心深处，你太害怕做出承诺。在内心深处，你仍然不能信任别人。”

“看我多么信任你。”我为自己辩护道。我心想，有时我也会信任别人。比如达蒙。

玛莎放下小铲子，环抱住我。她说得对。在内心深处，我很害怕。害怕伤害别人以及被别人伤害。

“也许你说得对。”我低声说。

第四十三章

周一，我走入第20号法庭的辩护席。赛诡计多端，达蒙潜伏在暗处。而此时，在我的眼前，卡尔梅利纳正在证人席上，为她剩余的尊严，或许还有生存而战。我走近她，向她投以微笑。*你会没事的，我们站在你这边。*

“卡佩利女士，我知道这对你来说很难。我只有几个问题。我想请你回想一下案发前的时光。你是否经常看到特鲁萨尔迪夫妇在一起？”

“是的，如果特鲁萨尔迪先生没有去旅行或者会议没有开得很晚的话，大多数夜晚他们都在一起。当他不在家时，特鲁萨尔迪夫人会去拉奎拉的公寓，和她共进晚餐，有时还会过夜。”卡尔梅利纳转向陪审团，“拉奎拉是特鲁萨尔迪先生的姐姐。”她变得热情起来，恢复了一点昔日的活力。

“告诉我们特鲁萨尔迪夫妇在一起的那些夜晚是怎么样的——如你所讲，大多数夜晚——当他们在一起用餐时。他们会有交流吗？”

“是的，一直如此。”

“他们都聊些什么呢？”

“我没怎么听，但都是些日常细故，比如，他们日子过得怎么样，食物怎么样，诸如此类的事情。”

“他们吵过架吗？”

“我没看到过。”

“特鲁萨尔迪先生有没有威胁过她，或者对她说过脏话？”

“从来没有。”

“他们会一起大笑，分享故事或笑话吗？”

“有时候会。”

“据你所知，特鲁萨尔迪夫妇相处得好吗？”

“是的，非常好。就像我们意大利人说的那样，不是演戏。”

“他们睡在一起吗？”

我本以为赛会跳起来反对说，在这个特殊问题上，证人没有资格作为专家回答，但他只是在座位上怒视着我。卡尔梅利纳脸红了，但还是回答了这个问题：“是的。管家能看得出来，你知道的。”

“他们在一起很自在。”卡尔梅利纳寻找合适的词语，“不是一直在接吻那种，你知道，而是喜欢彼此。”

我心想，很好。我改变策略。“卡佩利女士，我想问你，你是否见过特鲁萨尔迪夫人哭泣或难过？”

“只有一次。”

“你能告诉我们吗？”

“有一天晚上——具体我不知道是什么时候，也许是去年秋天，特鲁萨尔迪先生在家。特鲁萨尔迪太太出去了，并没有像我们预期的那样回家。我们搞不清楚——她的车就在那里。特鲁萨尔迪先生说，她肯定是和别人出去，耽搁了。最后，我为他单独做了晚餐。他快喝完咖啡时，她从前门进来了。厨房的门上有一扇小窗，我在里面看到她。她的眼眶瘀青，鼻子下有血迹。好像有人打了她。她正在哭泣。”

“特鲁萨尔迪先生对此有何反应？”我偷偷瞥了一眼陪审团。他们身体前倾，坐到座位的前沿。

“他伸手搂住她，抬起她的脸查看。我听到他说‘天哪’。然后他喊我拿一块冷敷布。我拿了冰块和一些毛巾给他，他帮她擦了擦脸，把冰块敷在她的眼睛上。随后我把她带到他们的房间，让她上床休息。特鲁萨尔迪先生走了进来，坐在她身边，然后我就离开了。”

“他看上去很担心吗？”

“非常担心，或许还有点生气。不是对她——他对她很温柔，但他还是很难过。”

“有没有人告诉过你是谁袭击了她？”

“这只是传闻。”赛站起来喊道。

但莫尔顿似乎很感兴趣。“让我们听听证人是怎么说的。”他回答道。

“没有，没有人说谁打了她。但不可能是特鲁萨尔迪先生干的，因为当时他在家。”

卡斯米尔斯基记着卡尔梅利纳的话，纸片沙沙作响。

好极了，我想说。“卡佩利女士，你曾告诉肯奇先生，特雷弗·肖尔有时会到家里来。”

“是的。”

“你还记得他最后一次来家里是什么时候吗？”

“那是很久以前的事了。大概在她死前半年。”推论：特雷弗·肖尔有可能打了劳拉。

“卡佩利女士，还有一件事。你曾告诉过肯奇先生，案发后那晚你曾去找了特鲁萨尔迪先生看他是否没事。你还记得吗？”

“记得。”

“而且，你还说你们最后发生了性关系。”

“是的。”

“这是怎么发生的？”

赛坏笑了起来，用足以让陪审团听到的声音说：“我希望一切照旧。”我没理他，等着卡尔梅利纳回答。

“我从来没有——他也从未——故意要这样做。他对我总是彬彬有礼。可是他很难过，我想安慰他。我想我们俩后来都觉得很糟糕，之后再也没有发生过。在警察来逮捕他之前的两天，我们在房子里绕着走，尽量不碰上对方。”

“卡尔梅利纳，你感到羞愧。这是否会导致你去做一些你本可能不会做的事情？”

“这与本案无关。”赛喊道。

莫尔顿挥手示意他坐下。“反对无效。”

赛，这是因果报应。

卡尔梅利纳用一块精致的绣花手帕擦了擦眼睛，看着赛，“肯奇先生来问我和特鲁萨尔迪先生的关系。我不明白。我以为法律规定我必须回答他。所以我把一切都告诉了他。我感到很内疚。我回家吃了药，非常多的药。”她的声音变小了，“我想自杀。醒来后发现我在医院里，我很懊恼，我想死。”

陪审团身体前倾，沉浸在狡猾检察官欺骗单纯女孩的故事里。莫尔顿皱着眉头看着赛。很好，我想。

“谢谢你，卡佩利女士。你帮了大忙。我没有其他问题了。”

莫尔顿法官看了看时钟。“全体起立，上午休庭。”

“我请求传唤埃蒙德·盖茨。”赛缓慢而庄重地说。

在庭审的第二天，一个年轻的凶杀案警探解释了他是如何克服困难，寻找任何可能有助于侦破劳拉·特鲁萨尔迪谋杀案的线索。

“我梳理了西温哥华和北温哥华所有汽车旅馆和酒店的记录，看最近是否有与此案有关的人入住。”他得意地做证，“就这样，我发现了特雷弗·肖尔在谋杀案发生的前几天在小憩汽车旅馆使用过信用卡。”

几天之后，也即现在，埃蒙德·盖茨利落地步入证人席，完成警探的叙述。他乌黑的发顶在头上灯光照射下熠熠生辉，双眼就像一对手电筒一样放射光芒。他饶有兴趣地打量着法庭，留意其布置。在赛的催促下，他把掌握的一切都告诉了我们。

“那个人——特雷弗·肖尔——预付了208房间的费用。半小时后，我看到一个穿着风衣的金发女郎没有在前台登记就直接去了房间。她很漂亮，很优雅，衣着价值不菲。”他想说那就是劳拉·特鲁萨尔迪，但赛和叶米利告诉过他不能这么说。“两个小时后，他们一同离开了房间，”他说，“我看到在上她自己的车之前，他们在停车场吻别。”

文森特·特鲁萨尔迪嘴角露出冷酷无情的表情，然后他纠正了自己，恢复了以往的镇静。杰夫开始交叉询问，他表现得很好。他不去触及在旅馆前台登记的人就是特雷弗·肖尔这一证据——信用卡足以证明。相反，他把注意力集中到那个金发女郎身上，“汽车旅馆里来过很多金发女郎吗？”

“是的，每天都有。”

“很多人都长得很像吗？”

“我想你可以这么说。你懂的，除了染发、整容和肉毒杆菌，你都不知道还能在女人身上找到什么。”

杰夫给了证人一个会意的微笑——我知道你的意思，随后准备发出致命一击。“那么，你只知道那天在北温哥华来来往往的成千上万的金发女郎之中可能有一个——我们甚至还不能确定——与特雷弗·肖尔共度了两个小时？”

“呃，”盖茨结结巴巴地说，“我想差不多可以这样总结。”

“谢谢你，盖茨先生。”杰夫优雅地卷起长袍坐下来。在过道对面，赛面无表情地盯着前方。

下午两点，我们回到法庭等待庭审。陪审团已经就位。我偷偷地朝他们的方向看了一眼。此前的愤怒情绪已经缓和了。我们的陪审团主席卡斯米尔斯基神秘莫测地盯着远处的墙，但坐在第二排的一些陪审员——码头工人和会计——正在窃窃私语。会计咧着嘴笑了笑，朝码头工人会意地眨了眨眼。

他们正在讨论汽车旅馆的幽会。埃蒙德·盖茨可能支持了赛所需要的动机，但劳拉·特鲁萨尔迪——在某种程度上，陪审团认为她就是小憩汽车旅馆的女子——已经形象有损。

叶米利从过道上走下来，带着一种沮丧的焦虑，俯身对赛耳语。我听不见他们在说什么，但我知道事情有点不对劲。

“请让法官进来吧。”赛告诉玛丽昂。后面墙上的时钟正好到了下午两点二十分。

当莫尔顿法官登上低低的台阶，在那张发光的梣木法官席后面的座椅上落座时，赛猛地站起身。“怎么了，肯奇先生？”

“法官大人，检方的下一个证人是一名警官。我很遗憾地告诉您，尽管已经传唤他今天下午出庭，但他还没有到。我们讲话时他正从西雅图赶来。他在那里执行警方任务。”

西雅图？然后，我想起了赛的派对，还有那个给我递酒的便衣警察。赛想要干什么？

莫尔顿法官用拳头轻轻地敲了一下法官席的皮革台面，“肯奇先生，我没听错吧？法庭的运转费用昂贵，而你却要让我在下午的大好时间里退下来。你必定可以传唤其他证人。”

“很遗憾我没有，法官大人。”

“好吧，你让我别无选择，只好休庭了。”他转向陪审团席，“陪审团的女士们先生们，请你们退场。”

“这是一场表演，”当我们往地下室走时，杰夫说，“你看到赛的微笑了吗？给了法官一个对他大发雷霆的机会，杜绝了任何偏袒检方的迹象。他们熟悉彼此，法官和赛。”

我应该告诉他，他疯了，但他说得有道理。赛一心想取胜。就和我一样。

第四十四章

周二早上，我们各就各位，旁听席座无虚席。记者挤满了每一个角落，间杂着少数几位的法庭观察员。洛伊丝和拉奎拉坐在她们原来的位置上，盯着我们的后背。在最后一排，我瞥见希尔德加德闪闪发光的白色头巾。整个庭审期间，她一直在这里吗？

莫尔顿法官还在为昨天下午所浪费的时间耿耿于怀，对赛露出不悦之色。但这次是叶米利站了起来。要么赛也害怕法官——不太可能，要么他决定是时候让叶米利在庭审中首次亮相了。

"我请求传唤悉尼·埃文斯警长出庭。"叶米利用清晰而坚定的声音说。

埃文斯警长懒洋洋地走向证人席。他靠在椅背上，伸直了双腿，当看到法官的怒视后，他挺直了身子。我认出那瘦脸庞，高额头——但今天他没穿皮夹克。他身着时髦的紧身西装，一副商务人士的派头。

埃文斯勾起了我不愉快的回忆，我感觉到我的妄想症开始发作。难道赛知道他将会成为证人，怂恿他在派对上跟我搭讪？这是干扰我工作的阴谋之一吗？

叶米利让埃文斯初步介绍了他的工作——国际联络员，以及他和本案的关联性——特雷弗·肖尔。

“特雷弗的死对本案调查而言是一个巨大的损失——毫无疑问他原本能对查明谁是杀害了劳拉·特鲁萨尔迪的凶手提供重要线索。”埃文斯把目光转向了被告席里的文森特·特鲁萨尔迪。不言自明的推论：还有谁会想让特雷弗·肖尔别再碍事呢？

叶米利满意地坐了下来，“该你问了。”

“我建议现在上午休庭。”我站起来说，“我想要花点时间交叉询问这个证人。”

莫尔顿法官点点头，但我注意到陪审团好奇地盯着我——仿佛在想，她对此能做什么呢？我们起立时，我向他们投去神秘的微笑。等着瞧。

“埃文斯警长，你已经对特雷弗·肖尔的死亡做过初步调查了吧？”当我们回来时，我发问道。

“是的，基于巴西警方告诉我们的信息。”他的眼睛眯了起来，嘴唇不知不觉地扭曲。我还记得在赛举办派对的那天晚上，他神气十足，眼神如何追随我黑裙的线条。今天我可是穿着法袍，小心点，警长。

“凶手找到了吗？”

“没有，看来还没有。”

“巴西的谋杀率很高吗？”

“是的。”

“犯罪很多吗？”

“你可以这么说。”

“随机枪击事件并不鲜见吗？”

“在巴西很常见。”

我从我的桌子后面走出来，走到法庭的律师席更深处，“警长，这一切让我感到有些困惑。特雷弗·肖尔是劳拉·特鲁萨尔迪案调查中的利害关系人，对吧？我的意思是，有人曾告诉过你，他是她的情人吗？”

“是的，他是利害关系人。”

“你可能会说，嫌疑人，头号嫌疑人？”

“利害关系人。”

“一个遇害女子的情人，在她死后立即消失了，在任何一个称职的凶杀案警官的名册里，他都会被列为头号嫌疑人，不是吗？”

“我想是的。”

“警官，这没有假设。只有事实。”

埃文斯眨了眨眼，“是的。”

“警长，我想你刚才已经同意了，如果一个女子遇害，询问那个被告知是她情人的男子很重要。”

“是的，我想是的。”

“但是，你从未想去联系肖尔先生？”

“我们尝试过，我们调查过。我们曾发出一则注意通告。什么也没发现。我们找不到他。”

“温哥华警察不会让头号嫌疑人就在眼皮底下溜之大吉吧？”

“我们发出了国际刑警组织的警报，正常情况下，他出不了国。”

“警长，但我们知道他已经出国了。这是怎么搞的？”

埃文斯往后靠了靠，闭上了眼睛。

“埃文斯警长，你在听吗？”

他盯着我，骄矜变成了恼怒，“他似乎是办了一个假护照，使用假名旅行。阿恩·雅各布斯，这就是巴西警方在他房间里发现的护照上的名字。他们联系了我们，我们进行了核查，在列治文[1]找到了真正的阿恩·雅各布斯。我们把血液检测结果和牙医记录发给巴西。经过他们核查，就是特雷弗·肖尔。”

我转向莫尔顿法官，“法官大人，检方对此没有任何披露。这完全出乎意料。”

赛站起身，“我们一确认特雷弗·肖尔的死讯，就通知了辩方。请允许我补充一下，这些不过是交叉询问中所引出的细节罢了。”

我不再深究这点，“阿恩·雅各布斯，也就是我们现在所知道的特雷弗·肖尔，是何时飞往巴西的？”

埃文斯胡乱翻着他的文件，“加拿大航空公司的记录显示，

---

1 列治文（Richmond），加拿大卑诗省（不列颠哥伦比亚省）太平洋沿岸的一个城市。

他于7月9日从温哥华飞往多伦多，并于当天经由多伦多转机去里约热内卢。”

“7月9日，劳拉·特鲁萨尔迪死后近三个月？三个月过去了，你还是找不到他。”我回到辩护席上拿起一份文件，走到证人席前，递给他，“埃文斯警长，让我给你看一份文件。”

赛用胳膊肘碰了叶米利一下。从眼角的余光，我看到她站起身说：“法官大人，我们还没有看到这份所谓的文件”。

“从什么时候开始，辩方有义务向检方披露温哥华警察局的记录？”我回击道，叶米利的脸色变得煞白。

“继续。”莫尔顿用凌厉的眼神盯着叶米利，她缩回到了座位上。

“警长，我给你的文件是什么？”

“这看起来像一张交通罚单。”他眯着眼睛，试图辨认出上面印刷的内容。

“我想你作为警官在工作中见过很多交通罚单吧？”

“早些年的时候，有很多。”

“你能把开罚单的警察机构告诉陪审团吗？”

“温哥华警察局。”

“警长，温哥华警察局开出这张罚单的日期是哪天？”

“今年7月1日。”

“你能告诉陪审团开这张罚单的事由是什么吗？”

“闯红灯。”

“你能告诉陪审团被指控闯红灯的地点吗？”

埃文斯仔细地看着表格，“格兰维尔大街和第四十一大街交叉口。”

“警长，谢谢你。还有一件事。请向陪审团宣读罚单上写的7月1日在温哥华市第四十一大街和格兰维尔大街交叉口闯红灯的那个人的名字。”

赛知道接下来会发生什么，这次他不交给叶米利干。“这是传闻证据！”他喊道。

“请念出名字。”莫尔顿法官告诉埃文斯。

埃文斯结结巴巴地回答：“上面写着，‘特雷弗·肖尔’。”

可以听到陪审团惊讶的倒抽气声。我让他们充分理解这个答案。

“那么警长，请告诉我，你是否同意关于这种情况的总结。温哥华警察局的凶杀案组正在努力寻找特雷弗·肖尔，他与一起谋杀案有关，是一名潜在的嫌疑人——实际上是头号嫌疑人。在谋杀案发生大约三个月后，同一家警察机构居然给他们正努力寻找的同一个人——特雷弗·肖尔——开了一张交通罚单。”

“我不明白。”埃文斯摇晃罚单，“曾发布过注意通告，他驾驶执照关联的电子记录会显示在加拿大警察信息中心（CPIC）上——警察会把他带去询问。这是标准程序。”

“只是看来他们并未把他带去询问。或者，即便他们做了，也没有就劳拉·特鲁萨尔迪的谋杀案询问他，就放他走了。”我交叉着手臂，等待着埃文斯的回应。

“是的，看来是这样。”

“警长，你认为警方的工作有效吗？”

“出了点问题。尽管我们尽了最大努力，但有时还是会发生这种情况。”

我半转身，捕捉到旁听席上理查德的目光。他对我竖起大拇指。我抑制住微笑以对的冲动。拉奎拉坐在她过道的轮椅上，用蔑视的眼神看着我们俩。是时候结束了，“我得到的情景是这样：温哥华警方例行公事找到了特雷弗·肖尔，但他们没有像你说的那样发出红色警报。警长，为什么搜寻特雷弗·肖尔不是当务之急？”

“我们认为因为受害者是在婚姻居所里遇害的——”

“你们认为，警长？这是什么样的警察工作？”

“为了开展工作，有时我们不得不做一些假设。”

“你知道肖尔先生设计了特鲁萨尔迪的住宅吗？”

“是的。”

“你知道他有前门的密码，他能够进屋去吗？”

“我之前不知道，现在也不知道。”

“警长，你从没核查过，对不对？”

“我个人没有。”

“但你知道特雷弗·肖尔设计过一个储藏柜，里面有放置枪支的保险柜的密码？”

“不，我不知道。”

“你是否核查过？”

“没有。也许别人核查过。”

“即使他们核查过，也从来没有告诉过你或者调查小组的其他人。”

“是的，我想没有。”

“我想没有。”我把这句话重复了一遍，以便让陪审团完全领会，“警长，那几个月来，你难道不担心特雷弗·肖尔会躲起来吗？试图逃避因为犯罪而被逮捕吗？”

“不，就像我说的，我们已经逮捕了文森特·特鲁萨尔迪。”

“警长，请告诉陪审团真相，在调查的初期，你的部门把重点放在文森特·特鲁萨尔迪身上，并且仅凭间接证据就将他列为头号嫌疑人。是不是？”

“是的，我们是这样做的，而且有充分的理由。”

“所以，你是这么想的。但既然这样做了，你就没能有效地调查其他可能性。”

“我不这么认为。”但他的声音里有一丝颤抖，暴露了话里的虚张声势。

“我们会让陪审团来决定你做了什么，更重要的是，你没有做什么。警长，警察工作对此有个说法，是不是？”

“我不明白你的意思。”

“你听说过‘隧道视野’吗？”

“当然。”

“你知道‘隧道视野’在凶杀案调查工作中指的是什么吗？”

埃文斯看了看赛，但赛只盯着墙。最后，他回答说：“隧道视野是指一种可能性，即调查人员在案件早期即形成某种看法，而不去调查其他可能的嫌疑人。”

“埃文斯警长，隧道视野这个词在最近的研究中被列举为错误判决的主要原因，你同意吗？”

赛站了起来。“辩护律师明知不得做证。”他吼道。

“请注意，特鲁伊特女士。”莫尔顿法官警告说。

我一直盯着埃文斯，“警长，我们等待你的回答。”

“是的，我读过那类东西。”

“警长，你让他跑掉了。你们警察部门负有责任。现在我们永远不会知道特雷弗·肖尔本可能告诉我们是谁杀害了劳拉·特鲁萨尔迪的事，”我盯着陪审团，清晰地念出每一个字，“我们永远不会知道是不是特雷弗·肖尔杀了她。”

“我不相信是他干的——”

“没有别的问题了。”我说完，回到了自己的座位上。

第四十五章

两点钟我们重新集合。我们知道接下来会发生什么。赛根据规定，已告诉我们他的倒数第二个证人是一名来自山谷上监狱的囚犯——一个叫瑞吉·库普的毒贩。在他之后，是一位令人惊喜的证人，至少对某些人来说是个惊喜。

法警把瑞吉·库普从侧门带了进来。他们给他解开了镣铐，但他仍然穿着囚服。他在证人席上安顿好肌肉发达的身躯，用带文身的手掌抹抹他的黑发，随后朝着辩护席的方向傻笑了笑。举止很得体。

“你的名字？”赛问道。

“瑞吉·库普。”

“你目前处于监禁状态，是因为毒品交易而在服刑吗，库普先生？”

我站了起来，“我反对。据我从检方披露的信息来看，毒品交易与本案无关。”理查德曾搜索过毒品的证据，艾丽西亚证实了这一点：检方的记录中并没有提到毒品。

赛转移话题，“辩方已充分注意到这位证人的出现。其证据的相关性将在适当的时候变得清晰。”

“反对无效。”莫尔顿法官说。

赛复述了问题：“你是由于毒品交易而被监禁的吗，库普先生？”

“是的，先生。”瑞吉得意地回答。

赛询问了他的具体情况，我们得知瑞吉·库普是一名机车骑士。在他十五年的街头生涯中，他为老板们提供任何想要的东西——酒、毒品和女人。他办事可靠，效率高，总能搞定事情。但他并没有真正贩毒或贩卖妇女。瑞吉告诉我们，他目前属于“执行级别”。

“你还记得你客户的名字吗，库普先生？”

“当然了，老兄。那是我的工作。不像你可以把他们写下来或者储存到你的苹果手机上。”他笑着说，“要把他们记到脑子里，不然你就死定了。”

赛递给他一张纸，“我准备给你看一份名单，请你告诉陪审团，里面是否有你记在脑子里的客户名字。库普先生，你能做到吗？”

瑞吉点点头，现在办正事了。

叶米利穿过过道塞给我一份文件的复印件。瑞吉皱着眉头，手指顺着二十多个名字往下划，“这个人——一个叫特鲁萨尔迪的女的。曾一周左右下一次订单。”

“你确定她拿到了她想要的毒品？”

“当然，一般是可卡因。”

"那你是怎么送这种毒品的，库普先生？"

"我们习惯让小孩跑腿。当然，我得事先核实一切。她只有在某些时候才能接收毒品。也许是怕她丈夫吧。"

"反对。"我喊道，"这纯属猜测。"但莫尔顿被瑞吉街头式的招摇吸引住了，没有理会我。

赛决定到此为止，"请告诉我们一些跑腿者的名字。"

"罗布·芬克、图菲·利昂，还有一个叫达蒙·切斯基的小孩。"瑞吉咧嘴一笑，"我记得达蒙曾跟我说过，她真是个美女，就是这位特鲁萨尔迪夫人。"

"法官大人，这是传闻证据。"我喊道，但这没什么用。赛的目的已经达到。

"轮到你了，特鲁伊特女士。"

"我没有问题。"我回答道，然后坐了下来。交叉询问只会让事情变得更糟。

赛站了起来，"检方还有一个证人。我请求传唤达蒙·切斯基。"

陪审团看着达蒙大步走上过道，进入证人席。他身着深色夹克、灰色翻领毛衣、灰色修身长裤和一双锃亮的鞋子。造型时尚的金发巧妙垂落在额头上。陪审席上的女士们身体前倾。

"要是他们能在六个月前见到他就好了。"杰夫低声说。我们通过皮格马利翁效应[1]塑造他，现在他回来困扰我们。我可以

1 皮格马利翁效应（Pygmalion Effect），又称"期待效应"，比喻教师对学生的期待不同，对他们施加的方法不同，学生受到的影响也不一样。

反对，辩称我们还没有注意到这个证人，但是我们确实注意到了这个年轻人，对他的关注并不少。我敢肯定，这是赛干的。

“切斯基先生，你去特鲁萨尔迪家送过可卡因吗？”赛开始询问。

“去过，给劳拉·特鲁萨尔迪送。”达蒙回答道，他的声音低沉而清晰。

“你怎么知道她是劳拉·特鲁萨尔迪？”

“我不知道。只是在一个下雨的夜晚，当时我已经送过一段时间的可卡因了，她邀请我进屋，并告诉我她叫劳拉。”

“这么说劳拉·特鲁萨尔迪一直在吸食可卡因？”

“反对。”我站起身，“肯奇先生既在诱导证人，又在进行做证。”

“肯奇先生，你更清楚这一点。”莫尔顿法官告诫道。

赛点点头，装出一副懊悔的样子。

“你能描述一下你见到她时她是什么样吗？她是高兴？还是伤心？”赛问道。

“平时她看起来很着急，想赶紧让我离开。除了她邀请我进屋的那一次。”

“你过夜了吗？”

“没有。在某个时候，特鲁萨尔迪先生回家了。她看上去很惊讶。她告诉他我是她的一个朋友。我当时很害怕，但他只是点了点头，也没有多说什么。她让女仆在餐桌上加了一个位置，我们吃了些东西。晚饭过后，特鲁萨尔迪先生离开了房间。我看得出情形有点不对劲，所以就起身离开了。”

希望暂时涌现。也许达蒙没有告诉赛接下来的事情；也许他将省略掉特鲁萨尔迪抚摸枪支的部分。可是赛还没有问完。

“劳拉和她丈夫之间……有些不太对劲吗？”

达蒙犹豫了一下，“我不清楚。”

“他进门时有没有吻她？是否说过‘嗨，亲爱的’之类的话？”

“没有亲吻。他只是打了个招呼。”

“他看上去很生气吗？”

“我反对，”我打断道，“肯奇先生再一次诱导性地询问证人。”

赛向天花板翻了个白眼，“当特鲁萨尔迪先生向和你站在一起的妻子打招呼时，他看起来怎么样？”

“他看起来不高兴。”

“他吃饭时说过话吗？”

“没有。不怎么说话。”

“晚饭一结束，他就离开了餐桌？”

“是的。”

“你看到他去哪里了吗？”

“走到壁炉后面。那里好像有房间，是房屋的另一侧。”

“你是什么时候决定离开的？”

“她——劳拉——让我坐在客厅的沙发上，等她整理床铺。我开始想。也许……”

“也许什么，达蒙？”

“也许他会对我做什么。”

“你害怕特鲁萨尔迪先生会伤害你，达蒙？”

“是的。”

“怕他会杀了你？”

“这是诱导和猜测。”我站了起来，但达蒙已经开口了。

“是的。”

赛让那致命的是的被充分地了解。达蒙用那晚在旅馆里我看到的同样疯狂的表情看着我，无力地试图弥补。“你得明白，我当时没办法清醒地思考，因为——”

赛打断了他，“你认为是谁在吸毒？”

“我反对！”我大喊，但已经来不及了。

“我不知道，我觉得是——”

“你觉得是劳拉。”赛完成了答案。

“是的。”达蒙低声说。

“你能否告诉我们，她邀请你进屋的那晚大概是什么时候？”

“我不知道，但那是冬天，可能是她去世前几个月。你得明白，当时我吸食了很多毒品——我有点疯狂。”

“那么，让我们来总结一下，切斯基先生，”赛说，全然不顾达蒙试图补正他的证据，“劳拉看起来很悲伤，她看起来很孤独。”

“再一次诱供，”我说，“法官大人，我已经厌倦了跳起来进行反驳。肯奇先生明知自己不得做证。”

“我收回这个问题。”赛耸了耸肩，“让我们用你的话说吧，达蒙。劳拉想要毒品，想跟你交谈。她有一次邀请你进屋过夜。”他转向陪审团，“陪审团将会推断劳拉·特鲁萨尔迪是否悲伤和孤独。”

达蒙点点头。

“在你见到她丈夫的那一次，他似乎生她的气。”

“不，我不知道……”

“切斯基先生，别耍花招了。你已经告诉过我们，特鲁萨尔迪先生很难算得上是一个开心的丈夫。事实上，你很怕他。他把你吓得落荒而逃。”

“是的。”达蒙有气无力地说。

“多谢。就这样吧。该你问了。”赛一屁股坐了下来。

我站起来，朝达蒙走去，脸上保持不露声色。

“切斯基先生，你见过劳拉·特鲁萨尔迪吸毒吗？”

“没有。”

“那她可能是给别人买的？”

“我想是的。”

“房屋里还有其他人吗？”

“我不知道。也许还有女仆吧。而且，我记得她带我看房子的时候，提到过有个姐姐住在一个独立的套房里。”

我回头看了看旁听席。拉奎拉脸上的表情难以捉摸。

“特鲁萨尔迪夫人邀请你进她家的那天晚上，特鲁萨尔迪先生回家跟他妻子打了招呼。也跟你打招呼了吗？”

“是的。”

“他没有提高嗓门？叫你出去？或者威胁你？”

“从来没有。他很有礼貌。”

我一直在苦苦思索如何选择，这很艰难。不管达蒙，还是冒个险？除了去争取，我们别无选择，否则就输了。

“你当时嗑药了，服用了安非他命？”

“很多。”

“安非他命对你产生了什么影响？”

“我看到的东西与正常的情况不同。我很害怕，更加多疑，也许是妄想症，但我还是看得很清楚。”

我把话题绕回来，“晚饭后你说特鲁萨尔迪先生去了某个地方。”

“是的，壁炉后面有一条走廊。”

“在某一时刻，你有没有走过去，朝走廊那边看一看？”

“是的，我看了。”

“你看到特鲁萨尔迪先生了吗？”

“是的。”

“你看到他在做什么？”

达蒙困惑地看了我一眼，但他回答道：“他走到一块镶板前，并推开它。那里有一个保险柜。”

“然后呢？”

他打量着我的脸——好像在说，*你确定吗？*

我仍然面无表情。

“他推开下面的一块镶板，出来了一个隔层——里面有一张纸。他看了看那张纸，按了几个数字。随后保险柜就打开了。他掏出了一把枪。”

“就在那时，你受到惊吓，并跑出了房屋？”

“是的。”

“但你没有真正的理由害怕文森特·特鲁萨尔迪。只是因为毒品影响，对吧？”

“是的，”他终于说了，“现在回想起来，我知道我当时的反应是不理智的。”

我继续问：“你对劳拉·特鲁萨尔迪很迷恋，对吧，达蒙？”

“迷恋？这我不知道。我只是给她送过毒品。”

“但还不止这些，不是吗？你被她迷住了，你爱她。”

他的脸色变得苍白，“我经常想她。我——”

“你常常回到她那房屋，在花园附近转悠，等她出来，叫你进去，是不是？”

“也许吧，”他低声说，“我不可能把每件事都记得清清楚楚。”

“但你还记得，你总是回到她的住处，不顾一切希望见到她。”

“是的。”

我倾尽全力发出致命一击。

“她遇害的那晚，你也在那里，对吗？”

他低头不语。我们等着他说话，但他说不出来。我让他吊在那儿，他的沉默雄辩过任何言语。“是的，我在那里。”他低声说。

陪审员们坐在那呆若木鸡。从眼角的余光中，我看到赛转向叶米利。他脸上好像在问，从哪里来的这一出？

"她遇害的那晚，你也在那里。你知道保险柜的密码在哪里，枪在哪里。而且，你那时精神失常，你嗑药了。"

"是的。"一滴眼泪在他的下睫毛处轻轻地摇晃。

赛站起来了。"我反对！"他怒吼道。

"我认为这是交叉询问。"我转身坐下。没必要给达蒙否认这件事的机会。但莫尔顿此刻被吸引住了，忍不住要插话。

"谋杀案当晚你在那里做了什么，切斯基先生？"

达蒙转向法官时脸色苍白。"什么都没做，"他低声说，"什么都没做。"

"法官大人。"我生气地跳了起来。莫尔顿在交叉询问环节的关键时刻介入，给了达蒙一个否认杀害劳拉·特鲁萨尔迪的机会。

莫尔顿法官看到我的怒视，试图进行扫尾工作。"你什么也不想告诉陪审团。"他讽刺地补充道。

"没有其他问题了。"我坐下来，给了达蒙一丝苦笑，法庭上一片寂静。我不想这样对你。

莫尔顿法官看着赛。他站了起来，"没有再次询问。检方对于本案的举证到此为止。"

"肃静。"书记员喊道，法庭休庭。

我看到拉奎拉厌恶地推着轮椅离开，而杰夫在咧着嘴笑。我们已经度过了最糟糕的阶段，一切都或多或少步入正轨。那么，为什么我会感到如此空虚？

第四十六章

我们挤在前厅里，检方的指控已经结束了，该我们进行举证了。杰夫和我前一天深夜开会，讨论是否只用现有证人名单，或者传唤新的证人出庭。

杰夫指出显而易见的问题："陪审团会怀疑，如果文森特·特鲁萨尔迪是无辜的，为什么不出庭做证。莫尔顿会告诉他们，他被推定为无罪，不必做证，但他们还是会怀疑。"

最后，我们决定，不传唤证人出庭做证的风险要大于这样做的风险。但我仍有自己的顾虑。

"我认为我们应该重新考虑一下。"我现在告诉杰夫，"我们有隧道视野的主张；我们有合理怀疑。赛将会盘问特鲁萨尔迪。"我想起洛伊丝醉酒后念叨着一份事故报告，"谁知道呢，他甚至会搜刮对我们不利的反驳。为什么要给他这个机会呢？"

"太冒险了。这种方式太冒险了。"

"好吧，好吧。"我走到门口，"请把特鲁萨尔迪先生带进来。"

几分钟后，警卫把我们的委托人从门外推了进来，他一屁股坐在我对面的座位上。他脸上写满疲惫。眼神仍然骄傲，眼圈却逐日变黑。

“您还好吗，特鲁萨尔迪先生？”我问道。

“在这种情况下还不错。我渴望这场审判能够结束。”

杰夫看了我一眼。他说话的语气就像一个已经放弃的人——这不是个好兆头。

“特鲁萨尔迪先生，我们明天上午开始辩护。首先，我会向陪审团陈述。”

“我明白。”

“检方负有证明有罪的责任，我们已经引起陪审团注意到其他人谋杀劳拉的可能性，无论是特雷弗·肖尔还是达蒙·切斯基。不过，我们经深思熟虑后认为，我们还是需要传唤证人。更准确地说，我们需要传唤您出庭做证，我们需要您告诉陪审团，您妻子遇害的时候您正在航海；告诉他们您和她已经和解了，在一起很幸福；以及您相信她怀了您的孩子，您不可能杀害她。”

“我同意，”他说，“我会证明的。”

“您需要为一些棘手的交叉询问做准备。他们可能会试图暗示您与您妻子吵过架，甚至殴打过她。”

“我从来没有对我的妻子动过手。从来没有，”他愤怒地抗议道，“没有对任何女人动手。我不是那种男人。”

“她没有理由害怕您吗？”

“没有。”

“所以，如果有人说曾看到她从您家里跑出来，在大街上害怕地蜷缩着——那是假的吗？”

“劳拉从来不怕我。她没有理由逃离我。”

杰夫困惑地看了我一眼——这些信息是从哪里来的？我摇摇头。现在不告诉你。我还没有把洛伊丝在派对上对我说过的话告诉他，我对洛伊丝的承诺一直在我的脑海里困扰着我。

“我们点些咖啡和三明治吧，再看一遍您明天要说的话。”我建议道。

文森特·特鲁萨尔迪耸了耸肩，“说真话不难。”

“真相有时会很复杂。在我们开始之前，您还有什么需要告诉我们的吗？”

“有一件事，”他说，“我一直压制着它，可能觉得它并不重要。”

“请告诉我们，文森特。现在就说。”

第四十七章

周三上午十点，我站起来，概述辩方的意见。

“陪审团的女士们先生们。”我开始陈述，同时走近陪审席，吸引每个成员注意我的演讲——卡斯米尔斯基先生、护士、码头工人、会计员。我的朋友们，我的知己们，“在过去的八天里，你们已经听到了很多关于劳拉·特鲁萨尔迪之死的信息。你们听到了很多关于劳拉·特鲁萨尔迪的事——她是个什么样的人，她见过谁，遇到谁。你们也听到了有机会杀害劳拉·特鲁萨尔迪的其他人的事。但你们没有听到任何关于被告文森特·特鲁萨尔迪的事情。辩方的意见是，那是因为他是无辜的。”

我老早就准备好了我的开场白，周末在玛莎家改了又改。昨天深夜向文森特·特鲁萨尔迪告别后，我又仔细检查了一遍，进行调整、修改。面对陪审团，每个词和每个音调都很重要。至少，这是我们律师的看法。

“检方的指控，”我继续讲，“完全基于法律上所谓的间接证据。在根据间接证据定罪之前，需要非常谨慎，因为这是无数错案的根源。因此，法律规定检方在此类案件中负有特殊义务。

检方必须排除合理怀疑，证明除了特鲁萨尔迪先生犯了这一罪行外，没有其他合理的解释。特鲁萨尔迪先生没有责任证明他没有犯罪，也没有责任证明是别人干的。检方有责任排除所有其他合理的可能性。辩方传唤的证人将毫无疑问地表明，检方未能履行这一义务。”

陪审员们的脸起初是紧绷的，现在开始放松了。我把理由讲清楚了。

“事实上，这些证据将会巩固检方举证中已经很明显的事实——关于这起谋杀案，还有其他解释，警方之所以选择不去调查这些解释，是因为他们错误而过早地认为这起罪行是文森特·特鲁萨尔迪所为。证据还将表明，特鲁萨尔迪先生是一个遵纪守法的公民，他没有理由杀害他的妻子。他爱她，而且她怀了他的孩子。他有充分的理由希望她活着。最后，辩方将提供证据证明，案发时，文森特·特鲁萨尔迪实际上在其他地方。”

当我做最后陈述时，卡斯米尔斯基在点头。

“检方的指控是由一根根脆弱的线索编织而成的一张薄纸，每一条线索都经不住考验。最后，陪审团的女士们先生们，当你们听到并考虑所有的证据之后，你们将别无选择，只能得出这样的结论：检方未能证实指控，无法排除合理怀疑，证明文森特·特鲁萨尔迪犯有他所被指控的罪行。”

我回到座位上时，杰夫捏了一下我的胳膊。

莫尔顿法官清了清嗓子，“我们上午休庭，然后回来听取第一位辩方证人的证言。”

我们有自己的名单。这很短。我们的不在场证明证人——游艇俱乐部女服务生桑德拉·戴，还有文森特的朋友奥利弗·森普尔——今明两天出庭做证。文森特·特鲁萨尔迪将在周五和下周一接受交叉询问。谁也不知道赛会对他用多长时间，但幸运的话，无论结果好坏，我们将在下周结束前得到陪审团的裁决。

第四十八章

“特鲁萨尔迪先生，还有几个问题。”

现在是周五下午，我们对证人的主询问就要结束了。我们已经从头到尾询问了所有重要的东西，他是如何爱他的妻子，他们是如何期待有个孩子，以及在她遇害的时候他正在航海。

辩方的举证接近尾声。到目前为止，一切还算顺利。周三下午，女服务生桑德拉·戴讲了她需要说的话。赛纠缠了她一个多小时，填充了那天的时间。周四他给了奥利弗·森普尔更加猛烈的质询，不过奥利弗还是坚持了自己的观点。

“当然，那时候我有点喝醉了，但我知道我看到了什么。”他回答赛的盘问，“我记得文森特的夹克。去年春天我带他出去的时候，他把它落在我的船上……当然，他过去是我的朋友，现在也是，但我绝不会说谎，即使是为了朋友。我知道我看到了什么。”

迄今为止，文森特·特鲁萨尔迪已证明了自己是个好证人——冷静、坦率，对陪审团陈述流利。一切都按计划进行。

“特鲁萨尔迪先生，让我带您回到案发当晚，”我说，“您回到家后发现您妻子遇害，便报了警。警察花了多长时间赶到那里？”

“十分钟左右。”

“在这十分钟里，您在做什么？”

“我惊魂未定，坐在沙发上哭泣。”

“您有没有站起来？”

“是的，我去了露台。”

“请告诉陪审团，您在露台上有没有看到什么人？和什么人说过话？”

文森特·特鲁萨尔迪短暂地闭上双眼。“那是一个可怕的夜晚。狂风暴雨大作，突如其来。”

“请回答这个问题，特鲁萨尔迪先生。”

“那个男孩在那里。”他说着，睁开了眼睛。

“什么男孩，特鲁萨尔迪先生？”

“她曾经带进来的那个男孩。在那晚她邀请他进屋之后，他经常来这里。花匠会看到他躲在树林里盯着房子看。他似乎迷恋上了劳拉。”

“那天晚上您在露台上跟那个男孩说过话吗，特鲁萨尔迪先生？”

“是的。”

“请告诉我们吧。”

陪审团成员的身体往前倾，都全神贯注。

“我叫他走开。他不应该出现在那里，不应该出现在那时。”

“那男孩说了什么？”

“他说，‘周围全是警察——她已经死了，是不是？’我告诉他是的，然后他开始咆哮，我听到他在尖叫，‘我杀了她！’”

我听到陪审席上传来一阵低沉的喘息声。我盯着身后的达蒙，他面如死灰。

“安静。”莫尔顿指责道。

“那个男孩是谁，特鲁萨尔迪先生？”

“他是达蒙·切斯基，就是在这里做证的男孩。那时他骨瘦如柴，蓬头乱发，看上去和现在很不一样，不过就是他。”

“谢谢。该你问了，肯奇先生。”

赛一动不动地坐着。莫尔顿法官理解他的震惊，决定帮他脱离困境。“现在是下午三点四十分，”他宣布，“法庭将于周一上午十点重新开庭进行交叉询问。”

这一次，时机对我们有利。整个周末，陪审团都要考虑达蒙杀害劳拉的可能性。我们收拾好文件，离开法庭。

第四十九章

“我爱我的妻子，”周一的时候，文森特·特鲁萨尔迪告诉赛·肯奇，“我绝对没有伤害过她。”

“没有吗？”

“没有。”

赛站在检方的桌子边，一只手放在皮革桌面上，以支撑他躯体的重量，但其他方面很放松，养精蓄锐，准备发问。文森特声称他不可能伤害他的妻子，赛对此微微一笑。

“特鲁萨尔迪先生，你坚持说你的妻子没有理由害怕你。如果有人说，在案发的前几天，你已故的妻子在你家门外的大街上哭泣，不敢回家呢？”

“我觉得这是胡说八道。我从没对她动过手。”

“这到底是怎么回事？”杰夫低声问道。

“也许赛只是想让他生气。”我小声回答，但我仍然感到紧张。

赛现在已经对文森特·特鲁萨尔迪进行了一个多小时的询问，时而劝诱，时而攻击。但他取得的进展有限。特鲁萨尔迪保持着冷静和镇定。

赛摇了摇头，充满同情，“你已故妻子的作风足以让任何一个男人抓狂。你同意吗？”

“不，我爱她。”

“我没有问你是否爱她，特鲁萨尔迪先生。我是问你是否喜欢她的作风。”

“我不喜欢通奸，我很讨厌。但它已经结束了。”

“既然你这么说的话，”赛说着，讥讽地点了点头，“那我们就让陪审团来决定吧。”他走近证人席，盯着文森特·特鲁萨尔迪看。“承认吧，特鲁萨尔迪先生。你的妻子吸毒、通奸，并和街头小混混寻欢作乐。这让你很生气，并把你推到崩溃边缘，你再也无法忍受。”赛降低了声调，“所以，你把她杀了。”

“不，”文森特·特鲁萨尔迪说，“不，不，不。”

他还在坚持自己的观点。不过，持续的质问已经开始对证人产生影响了。他的脸色刚才还很苍白，现在却因为听到有人说他的妻子可能害怕他而气得通红。

赛继续询问。

“让我们回到那把枪——那把杀死你妻子的枪。你的保险柜一直上锁吗？”

“是的，当然。”

“据你所知，没有其他人曾打开过保险柜？”

“据我所知，没有。但肯定有人打开过。”

“你上次打开保险柜是什么时候？”

“我不确定。我以前每隔几个月就检查一下里面的东西。”

“你上次检查的时候，枪在保险柜里吗？”

“是的。”

“可是，在你妻子死后，警察让锁匠打开保险柜，枪就不见了？”

“是的。他们是这么告诉我的。”

“你怎么解释呢，特鲁萨尔迪先生？”

“我无法解释。特雷弗·肖尔知道我把密码放在哪里——他设计了假隔层。达蒙·切斯基看见过我取出密码，打开保险柜。而劳拉也知道。”

“你肯定不是在暗示你已故的妻子把自己绑起来，然后开枪自杀，”赛嘲笑道，“至于达蒙·切斯基，如果认为一个神志不清的街头小混混能知道密码并拿到枪，这简直是疯了。你不同意吗？”

“我不知道——”

“更何况他有理由杀死他爱慕的女人吗？”

“我反对。”我站起身，“肯奇先生要求证人对他无法知道的事情进行推测。”

莫尔顿点了点头，“反对有效。”

赛转向我们不在犯罪现场的证明，“特鲁萨尔迪先生，让我带你回到那悲剧的一天。你说你那天早上八点半左右开车去了游艇俱乐部。”

“是的。我是这么做的。”

“你在那里吃了早餐，然后就乘船出海了。”

“是的。”

“而且你直到下午四点左右才回来。”赛拿出一沓小纸片，“这是那天俱乐部收费单据的复印件。你看一看吧。”

特鲁萨尔迪仔细查看这些小纸片。

“正如你在主要证据中所指出的，其中一张是你的早餐收据。我想应该是从上往下数的第十二张。”

他找到了这张收据，“没错。”

“你能帮我数一下这些早餐收据吗？”

特鲁萨尔迪数着纸条时，法庭上一片寂静。“二十七张。”他最后说，抬起了头。

赛把这沓纸拿回来，递给证人另一沓更厚的单据，“我听说这些是下午和晚上的收据，有午餐和晚餐的费用。请你再数一数好吗？”

特鲁萨尔迪又数了起来。这一次花的时间更长。“一百零七张。”他有气无力地说。我明白赛的目的了。

“特鲁萨尔迪先生，5 月 4 日下午晚些的时候，俱乐部里有很多人。”

“肯奇先生，这个是你的推断，不是我。”

“我们会由陪审团来推断，特鲁萨尔迪先生，”赛厉声说，“让我这么说吧——我刚才给你的收费单据显示，当你说你把船停靠码头，径直走到休息室前面，朝你的车走去的时候，温哥华游艇俱乐部及其附近有很多人。然而，你却只能提供一个目击者——一个自称是你的朋友，并承认当时喝醉了的人。”

我皱起眉头，露出一种警告的表情。文森特觉察到了，“我只能说我在那儿。”

赛向陪审团露出了一种悲伤而怀疑的微笑，“现在让我带你回到案发当晚，特鲁萨尔迪先生。你告诉过陪审团，你在露台上等着警察。”

“是的。”

“而且，你看到过一个年轻人——一个男孩——在那里。一个说了‘我杀了她’之类的话的男孩。特鲁萨尔迪先生，当警方询问你的时候，你把这件事告诉他们了吗？”

“没有。”特鲁萨尔迪回答道。

“这对你的案子来说是至关重要的信息，你同意吗？有其他人说自己杀了她吗？”

“是的。”

“那你为什么不在第一时间告诉警方呢？”

“我的律师让我只回答他们提出的问题。他们没问过我。”

很棒的回应。

“那么，你是想让陪审团相信，你没有向警方提供一条能证明你清白的线索？”

“那个男孩精神失常，丧失理智。当他说他杀了她时，我并没有重视，那时没有在意。”

我咬着嘴唇。*别破坏达蒙所说的话。*

“所以你不相信那个男孩杀害了你的妻子，特鲁萨尔迪先生？”

“不相信。我认为他只是在胡说八道。”

“那你自己都不相信，为什么还要让陪审团相信是那个男孩杀了她呢？”

“我当时不知道该相信什么。但现在他承认他知道枪在哪里，知道如何在保险柜里拿到它。如果我早知道的话，我会更多地注意他的威胁。”他降低了声调，“事实是，我仍然不知道是谁做了这件可怕的事。我只知道那不是我干的。”

很好，我心想，就此打住。可他没有。他低下头，沉浸在回忆中。

“雨很冷。我眺望着大海，雨水拍打着我的脸，风如刀割。那个男孩开始尖叫。我抓住他，把他推开。‘不，’我说，‘你没有杀她。是我杀了她。’”

整个法庭一片惊愕。陪审团震惊地靠到他们柔软的红色座位上。我感觉血液从大脑中流失，胆汁在胃里上升。他在说什么？

“没有其他的问题了。”赛得意扬扬地摇晃着回到律师席。

惊愕的沉默中传来了莫尔顿法官的声音：“需要再询问证人吗，特鲁伊特女士？”

我不假思索地挣扎着站起来。我该如何解决这个问题？接着脱口而出：

“你说的‘我杀了她’是什么意思，特鲁萨尔迪先生？”

他在啜泣，擦去眼泪，“我是说我让她死了。我娶了她，我理应照顾好她。我却撇下她独自出海航行，把她丢在那里被人杀害。”

“特鲁萨尔迪先生，”我低声说，“你真的杀了你的妻子吗？”

他的身体在颤抖。他快要崩溃了，一切都结束了。然后他挺直身子，直视着陪审员的眼睛。在庭审中第一次，他像是一头雄狮，气势磅礴。

“我没有杀害我的妻子，”他强调着每一个字，“我爱她。我没有杀她。”

“谢谢你，特鲁萨尔迪先生。”我坐回我的座位。

赛准备要站起来，但想了想，又坐回到椅子上。他的胜利时刻蒙上了阴影，那个致命的承认被限定了条件。不过，我还是担心我们的结局。*我杀了她*。这句话已经说出来了，铭刻在陪审员的脑海里。随后的解释只是喧嚣杂音。

莫尔顿的目光移向时钟，“中午休庭。”

第五十章

“法官大人，”当我们回到法庭时，我告诉莫尔顿法官，“我方传唤的证人到此结束。”

我打算暂缓我们对陪审团的总结陈词，当他们由于一个上午被迫精神高度集中而筋疲力尽时，这无法吸引他们的注意力，这时赛吃力地站了起来。

“法官大人，检方希望提出证据进行反驳。”赛向陪审团做了个手势，“在我告知法庭有关证据的性质时，您可能希望准许陪审团退席。”

“好吧，陪审团可以退席。”

“搞什么鬼？”随着陪审团鱼贯而出，我听到了杰夫的低语。

“有什么可以反驳的？”莫尔顿问道，“过去一周，我没有听到任何像新问题的东西。”

“新问题是：被告特鲁萨尔迪在做证中首次提出，被告此前没有对死者实施过暴力行为。”

“而你打算进行反驳吗，肯奇先生？”莫尔顿法官质问道。

我感觉像腹部挨了重重一击。我想起来，洛伊丝曾在厨房里，提醒过我有一份事件报告。

“是的，”赛回答说，“本案后来出现了重要的证据，表明被告确实对他的妻子实施暴力——严重的暴力，而且她害怕他。”赛拿起叶米利放在他面前的一张纸，“证据是西温哥华的一名警察在案发前两天提交的一份事件报告。该警员报告说，当晚他在西温哥华的海滨大道附近进行例行巡逻时，发现一名女子在街上奔跑。她穿着高跟鞋，当警车的前灯照到她时，她摔倒了。这名警员停下来确认她没事。他问她住在哪里。她指向附近的一栋房屋，后来他确认那就是特鲁萨尔迪的住所。他报告说，这名女子一直说她不能回去，她必须离开，但当他提出带她去庇护所时，她拒绝了。她从他身边跑开，沿着车道回到房子里。他等了一会儿，然后回到警察局写了报告。”

“他没有跟着她到屋里去调查吗？”

“很遗憾，并没有。”赛让他的话弥漫在寂静之中，蕴含着一桩本可以避免的谋杀案的无限可能性。

“吉莉？”杰夫低声说。一言不发并不是我的风格。

我站起来，理直了法袍。“法官大人，我讲三点。第一，肯奇先生本应当在交叉询问时把这份报告交给被告。第二，这不是合适的反驳证据。自从提出指控以来，我的委托人和他妻子之间的关系一直是本案的核心问题。”我深吸一口气，奋力陈述我的最后一点，“第三，法官大人，辩方从未注意到这个报告。法律——准确地说是斯廷奇库姆案——有明确规定。检方试图使用的所有证据都必须在审判前向辩方披露，以使辩方能够做好准备。简言之，给予公正审判，这是宪法保障的一项权利。这条规则既简单又绝对：如果证据没有向辩方披露，那就得不到承认。”

我坐到座位上，莫尔顿转向赛：“肯奇先生，你对此有何看法？”

“法官大人，这个证据是在那天深夜才被发现的。”

“证据应由检方搜寻并予以披露。你没能发现证据，不得作为不披露的借口。”

赛低下头，“这事有些微妙，但我不认为特鲁伊特女士会否认，在她把其委托人送上证人席之前，她已经知道这份报告的存在。”

每个人的目光都转向我。杰夫用震惊而且难以置信的眼光看着我。

莫尔顿涨红了脸。他的话像毒药一样喷向我，“这是真的吗，特鲁伊特女士？”

“有人向我提过可能存在这份报告。”我站着，浑身颤抖，“但那是在和一个与本案无关的人闲谈时得知的。准确地说，是和肯奇先生的妻子。一个人在聚会上闲聊，不能算作正式的披露。由于没有正式予以披露，我对这些不予理会。”

莫尔顿法官转过头来，仔细地看着法官手册，然后抬起头来。

“在让你的委托人出庭做证之前，你就知道这份报告有可能存在，现在你却抱怨说，利用它来揭露真相是不公正的。”他冷冰冰地盯着我，“这不是一场游戏，特鲁伊特女士，这是审判。

一个女子被残忍地谋杀，一场公正的判决正处在成败攸关的时刻。肯奇先生，你可以传唤你的证人了。”他向法警点点头，“请把陪审团带回来。”

没过多久。库克警员，一个新警察，告诉陪审团他看到了什么，以及他在报告中写了什么。质疑他的主张是徒劳的。我在交叉询问中竭尽所能。这位警员一直不知道那个女子的名字，不知道她是谁——只知道她苗条，金发，跑回了特鲁萨尔迪家。她没有说发生了什么事，也没有说她害怕谁。

但我知道这足以定罪。毕竟，除了劳拉·圣约翰·特鲁萨尔迪，这个女人还能是谁呢？除了她的丈夫，她还能逃避谁？当然，她有她的私生活。但在婚姻住所外的大街上哭泣，又该怎么认定呢？

我看到陪审员的脸色变得严肃。完了。

第五十一章

“你他妈知道你在干什么吗？”在我们的小房间里，杰夫朝我咆哮。

最终，我把我和洛伊丝在赛举办的派对上的谈话告诉了他。

“吉莉，我们是一个团队，至少我天真地这么认为。你一直瞒着我。你耍了我，你搞砸了案子。”

“杰夫，我非常抱歉，”我说，我的确感到抱歉，“我甚至不知道这个报告是不是真的。就算是，我也从没想过赛会尝试利用它，也没想到莫尔顿会让它通过。”

杰夫抓住我的肩膀。“你从来没有告诉我你知道什么，”他说，“你把我排除在外，你太让我失望了。”他松开手，转过身去。

我无言以对。

“我相信我愿意相信的，洛伊丝绝不会欺骗我，赛绝不会龌龊到利用他的妻子来打赢官司。杰夫，你说得没错。我跟这个案子走得太近了，沉迷于证明特鲁萨尔迪没有杀害劳拉。我瞎了眼。”我的话音变成了耳语，“我曾经认为赛是我的朋友。”

杰夫端详着我。但他什么也没说，我突然意识到我们结束了，杰夫和我。他可以穿过大街去佩克律师事务所[1]或其他地方。他十分优秀——他可以去任何他想去的地方，赚更多的钱。

我硬下心来，等待杰夫张口说话。

"我们回办公室去吧。"他说，给了我一个暂时喘息的机会。

我点点头。我们拿起包离开了。

我正要搭乘法院外的出租车，达蒙发现了我。我示意他坐到我旁边的座位上。我糊里糊涂地把他的公寓地址告诉了司机。我应该生他的气。他告诉我们的东西太少，也太晚了；零星地透露了他在那一连串事件中的角色；最后为检方做证。他没有太多选择——赛传唤他出庭做证，但令我烦恼的是，事情是怎么发生的。

"达蒙，我低估了你。"我说，脑子里渐渐有了头绪，"你打得一手好牌。因为你已经击败了特鲁萨尔迪，所以你谋杀劳拉的罪名不成立。因为你和赛做了交易，所以其他任何事情都可以免于起诉。恭喜你，达蒙。"

"不，"达蒙低声说，喉咙里哽咽着，"我不知道赛是怎么发现毒品的。我想他是在追捕我。"

"得了吧，达蒙。"

"不，特鲁伊特女士，事情不是这样的。我当时帮杰夫送一

1 佩克律师事务所（Peck and Company），加拿大著名的刑事律师事务所，创始人理查德·佩克是加拿大最出色的刑事律师之一。值得一提的是，佩克是孟晚舟辩护律师团队的一员。

份文件，赛邀请我进去，带我参观了检察官办公室。我以为他很友好，但后来他开始谈起特鲁萨尔迪。他说他知道我给特鲁萨尔迪斯家送过毒品。我开始感到不自在。我告诉他我得走了。但他只是给我续了杯咖啡，微笑着。‘请坐，达蒙。’他说，声音柔和，‘我们什么都知道。’我当时别无选择。他没说太多，但他说得很清楚——要么合作，要么逮捕我。我告诉自己，他的要求并不是那么糟糕，毕竟只是真相。”他耸了耸肩。

我想相信他。他可能不是打算要背叛我。也许赛通过对他过去的行为进行虚张声势的威胁得到了想要的东西。我感到一阵寒意。也可能不是虚张声势。一切都结束了，达蒙那晚在医院曾告诉过我。他当时说的是关于凯伦的事吗？

出租车停在了达蒙的楼前。

“达蒙，我们不该讨论这个。不管赛认为他有你的什么把柄，都不要理会。先躲一阵子，别惹麻烦。”

出租车开走时，他漫不经心地向我挥了挥手。

第五十二章

周二，庭审的第十二天。我进行总结陈词。但我知道它太微不足道，也太迟了。劳拉·特鲁萨尔迪惊恐地从家里逃跑的画面深深地印在陪审团成员的大脑里。我找到了检方举证的很多瑕疵——拙劣的警察执法，未经调查的其他犯罪嫌疑人特雷弗·肖尔，还有达蒙的足迹。我谈到了我的委托人的清白历史和良好声誉。我提醒陪审团注意卡尔梅利纳所做的婚姻和睦的证明。请他们记住，被告相信，事实证明也确实如此，他的妻子怀了他的孩子。我处理了我必须面对的反证。指出它的证明力很弱，不应引以为据。我们所知道的是，在街上曾有一名妇女，可能是劳拉，也可能不是劳拉，声称不想回家，然后确实回去了。我们甚至不知道她是谁。这样的证据无法反驳大量能证明被告和他的妻子之间婚姻幸福的相反证据。随后，我知道赛在一侧候场，便开始批驳检方的理论。

“关于本案，检方的指控基于这样一种假设：文森特·特鲁萨尔迪故意残忍地杀害了他的妻子，而你们所听到的原因除了她接收毒品，还有她与特雷弗·肖尔有染。那种理论是荒谬的。

你们已经听到了证据。文森特知道这件事有一段时间了，认为此事已经结束，并且和他的妻子和好了。

“至于是谁杀害了劳拉·特鲁萨尔迪，检方有责任排除任何其他合理的可能性，但检方完全没有做到这一点。其他可能的推测，比如特雷弗·肖尔和达蒙·切斯基，不仅足以提出对文森特·特鲁萨尔迪有罪的合理怀疑，而且是实质性怀疑。简而言之，检方对文森特·特鲁萨尔迪的指控不过是猜测而已。陪审团的女士们先生们，在充分和公正地考虑证据之后，你们会且应当得出结论，检方未能履行其责任。你们应当宣告被告无罪。”

与一般的总结陈词相比，这不是一个糟糕的总结陈词，也不算一个糟糕的辩护。但在我心里，我知道陪审员已经做出了决定。现在轮到赛了。他回顾了这些证据，然后通过讲述奥赛罗和苔丝狄蒙娜的传说[1]总结了检方的看法，这是个爱的故事，也许是太爱了，一旦背叛，嫉妒就演变成疯狂的行为。

“特鲁萨尔迪先生的妻子不再是他心目中迎娶时那个可爱的姑娘了。他曾说他爱她，但他也失去了她——因为另一个男人和毒品。我们都知道当伟大的爱变得损失惨重时会发生什么。它熔合成一种疯狂燃烧要自我毁灭的狂怒。一种能把温文尔雅的人变成杀人犯的狂怒。”

“我反对！”我喊道，但在莫尔顿向他施压之前，赛就撤离了。

1 出自威廉·莎士比亚创作的四大悲剧之一《奥赛罗》。本书第十七章也曾引用这个典故。

“陪审团的女士们先生们，”他接着说，“将由你们来决定文森特·特鲁萨尔迪是否因嫉妒而疯狂。将由你们来决定他是否谋杀了他的妻子。我只要求你们公正地看待这些证据。你们会从中发现答案。”

四点半，莫尔顿法官花了一个下午的时间向陪审员们讲解法律和证据，行使他最后的权力。他们的裁决须是一致的。“陪审团的女士们先生们，我们等待你们的决定。”

他们鱼贯而出，莫尔顿法官走下法官席离开，杰夫和我忙着整理文件。赛走下过道，来到洛伊丝等待的地方，他试图引起我的注意，但我没理他。下午六点，玛丽昂在我们待的走廊里找到了我们，告诉我们法官要回来了。“他们做出裁决了吗？”我问。

她摇了摇头，“他决定让他们去吃晚饭，明天再继续商议。”

杰夫和我向停车场的电梯走去。我瞥见拉奎拉待在柱子后面。希尔德加德弯着腰在她耳边低语。拉奎拉笑了，一声短笑。

“他姐姐对裁决迫不及待。”杰夫说。

“说对了。”

愤怒的疼痛咬啮着我的胃。尽管竭尽全力，但我还是失败了。我会知道一切的，我告诉过拉奎拉。愚蠢，瞎吹。我现在只知道我永远也不会知道一切。

第五十三章

我回到家已很晚了，打开电视，又把它关掉。我面前的咖啡桌上放着一本小说——一本在畅销书排行榜上不足道的书，名叫《罗茜计划》，书翻开在第三页上。我打开 CBC 广播二台，希望能听到一些舒缓的东西—— 一位钢琴家在弹奏《亚麻色头发的少女》，我想起了迈克。我呆呆地盯着我收藏的杰克·布什[1]的画。我全然处于沮丧的状态。我讨厌败诉。更讨厌在我的委托人是无辜的情况下败诉。

电话铃响了——是文森特·特鲁萨尔迪打来的，他在外面的最后一个自由之夜。

“我能为您做什么？”我冷冷地问道。我无法花时间再为他做些什么了，即使他没有杀害他的妻子。

“特鲁伊特小姐，我要和你谈谈。”

“我的专业意见是，您不需要跟我谈，我也不需要跟您谈。”

“特鲁伊特小姐，我们必须谈谈。”

1 杰克·布什（Jack Bush，1909—1977），加拿大抽象派画家。

"特鲁萨尔迪先生，木已成舟。我们已经尽力了。证据就摆在那。您应该知道，事情对您不利。"

"我知道。但有些事情你应该知道。"

"特鲁萨尔迪先生，时间很晚了，而且——"

"请到窗户那儿，"他说，"往外看。"

他的声音不同于往日。这让我走到窗前。

"你看到一辆豪华轿车了吗？"

"是的。"

"如果不重要的话，我是不会来耽搁你时间的。"说完，他沉默了很久，"拜托了。"

我轻触屏幕结束了通话，打量着我收藏的杰克·布什画作——垂直的粗线条非常清晰，粉红色和灰色的旋涡无序而立，疑云重重。五分钟后我出了门。

一个穿制服的司机潇洒地转身走来，为我拉开后门。我坐了进去。特鲁萨尔迪无视我的存在。他的侧面笼罩在街上昏暗灯光的阴影里，高额头，鹰钩鼻，冷峻的嘴角。我见过他悲伤的样子；我见过他生气的样子；我目睹过他不可言喻的魅力。今晚他目标明确。

"特鲁萨尔迪先生，我们要去哪里？"

"去航行。"

"我不想去。"我伸手去开门，但还没来得及下车，车就开动了。

我坐回到座位上，脸朝着窗户。我们穿过濒海湖进入公园，彼此都没有说话，然后沿着斜坡来到游艇俱乐部。前方，船只在夜色中轻轻摇晃。司机打开豪华轿车的车门，伸手示意。我和特鲁萨尔迪沿着码头走着，在他停下脚步之前，我们经过一艘又一艘船。

一艘巨大游艇的船体赫然耸立在我们头顶上方。我注意到它的名字，船舶右舷上用黑体字写着“拉·特里利亚”。上层甲板上有两个穿白色外套的人往下张望。特鲁萨尔迪挥手示意我走上舷梯进入船舱。一名身穿牛仔裤的女孩端着托盘走进来，盘子里是烟熏三文鱼和盛着淡酒的长脚玻璃杯。我都谢绝了，但特鲁萨尔迪拿起一杯，向我举起他的酒杯。“吉莉，终于到了，”他说，“这一刻我等得太久了。”

我的胃收紧了。这是怎么了？

“特鲁萨尔迪先生，”我很生气，警惕起来，“这是怎么回事？”

“你的母亲。”

第五十四章

我往椅背上一靠。

我的母亲，我生命之初的那个黑洞。我所有的渴望，所有的寻觅，她就在这里，被文森特·特鲁萨尔迪所唤起。我脑海中浮现了一幅图画——一位高尚、善良，在不得已的情况下被迫和我分离的女人。“关于她的一切，该知道的我都已经知道了。”我说。

“你什么都不知道，”他断然回答，“我还记得第一次见到她的情景。她站在一间长屋的门口。她穿着白色长裙和凉鞋，浓密的黑发披散在光滑的肩膀上。她看着我，缓缓地露出神秘的微笑。我站在那里，仿佛被女神的咒语迷住了。然后她向我伸出手来，我握住了她的手。”

他的表情让人觉得他迷失在另一个时空。

“您想告诉我什么？”我低声说。痛苦像海浪一样从我的胃里涌起。

“那是 1981 年，我正和一个朋友在西海岸夏季巡航，他突然对沿海部落的艺术产生了热情。在南部，村庄里有麦当劳和西夫韦[1]超市，但在北部，仍然可以找到一些人们保持古老生活方式的地方，在夏洛特皇后群岛寂静的大花旗松林里，人们居住在图腾柱之间的公共长屋里，我就是在那里认识了她。你的母亲。”

这不是关于我的故事。我不想听。

“吉莉，我相信你已经都知道了。你拜访伊迪丝，去见希尔德加德，你被照片中的黑发女子所吸引。我很抱歉，吉莉，非常抱歉。你可以随心所欲去处理真相，但你必须知道这件事。”

这些信息支离破碎地汇集在一起，形成一个破碎的精神旋涡。“这就是您雇我来接您这桩案子的原因。”对于我的母亲，他痛感懊悔；对于我，他也要像对她那样对我吗？“发生了什么？”我听见自己在问。

“我把她带上了船，当我把她送回岸边时，她的父亲正在等着。他们用自己的语言交谈，然后他转过身，丢下她独自一人站在岸边。她等了很长时间，但村里没有人来。我告诉我的朋友，她的人排斥她，我们不能留下她不管。朋友说我疯了，他们只是想给她一个教训，会在黄昏前欢迎她回去。他说，‘你不能带一个从未见过像样的房子、从未见过有轨电车或公共汽车的女孩回温哥华。’他说得没错，但我那时没能明白。我把她带回来了。”

恐惧笼罩着我。我不喜欢这个故事，不喜欢它的走向。

1 西夫韦（Safeway），北美最大的食品和药品零售商之一。

“我把她带到我的公寓。那地方很小——我那时还是个学生。我们做了情侣们做的所有事情，看电影，一起读书，到小酒吧吃饭。她爱这座城市，喜欢它的活动，喜欢它的光彩。尽管英语是她的第二语言，她还是兴致勃勃地进入了我的世界。但事情逐渐发生了变化。我们仍然疯狂地爱着对方，但是当我学习或出差的时候——我父亲坚持要我参与家族生意，她孤身一人的日子既漫长又孤独。后来她告诉我她怀孕了。”

“怀了我。”我低声说。

“是的，就是你。”他轻声说。

我怒不可遏地站了起来。“别说了，我不想听。你诱骗了我的母亲，又抛弃了我。”我大喊道，“那么多寄养家庭，那么多虐待孩子的父亲。而你所想要的只是你的游艇和你的小女星。”我挥手不断地打他。

他抓住我的胳膊握紧它，“请让我说完。我把你母亲的事告诉了我的家人。我不再重复他们说过的话。这很丑陋，充满种族主义。他们说我必须放弃这个女孩，孩子生下来让人收养。我发脾气了——我不需要他们，我会自食其力。我会退学去找一份工作。我回到公寓告诉了你的母亲。她哭着吻我。”

我猛地抽开胳膊，“虽然动机是好的，但你最终还是让他们得逞了。你不在乎。”

“我真的在乎！第二天，我走遍了整个城市找工作，但当我回来的时候，公寓里空无一人。她已经走了。我失魂落魄，四处游荡了好些天，到处找她——街上、商场，但都没有找到。”

“是你让她走的！”

“希尔德加德让她走的。她那时还年轻，但已经是家族的军师了。我一再追问，她还是不肯告诉我你的母亲在哪儿。”

“然后，你就跟这个魔鬼做了交易。”我说。

“是的。我答应过我会忘记你和你的母亲，回到家族企业里，但我得到了两点妥协。第一，我待在欧洲——我不想住在靠近家人的地方。第二，你出生时我要看到你。六个月后，我从米兰飞回来，打车去了温哥华总医院。那就是我和你见面的时候。你才四天大——黑色头发，粉红色皮肤，像雌鹿一样的眼睛。我把你抱在手里，对你惊叹不已。我找过你的母亲，但他们告诉我她不想见我，我想她是履行承诺，或者只是对事已至此感到痛苦。我吻了吻你的头顶，说了声再见，护士把你从我身边带走了。”

当他陷入遐想时，他的脸色变得柔和起来。我感到一颗泪珠从我的脸颊滑落下来，我用手指把它拭去。

“希尔德加德和一个社工——伊迪丝·霍尔在一起等我。她为你找到了一个好家庭。不是收养——因为当时很难为土著儿童找到养父母，但至少是一个寄养家庭。‘那名字呢？’伊迪丝问我，‘这孩子需要一个名字。’

“希尔德加德否决了特鲁萨尔迪这个名字，所以我说，‘我们叫她特鲁伊特，一个盎格鲁式的特鲁萨尔迪。’就这样。我飞回了意大利。”

我坐着，双手托着头，说不出话来。

这个人——我的父亲——眼中充满深情地看着我，“吉莉，我知道这对你来说很难。”

“你知道什么？”我说，“你不了解我，不了解我的感受。”

他叹了口气，“实际上，我知道你身上发生的大部分事情。我恢复了与家人表面上的友好关系。除了我的姐姐，关系仍然不愉快。每隔六个月，我就和伊迪丝见面。我开始喜欢上她了，我们之间也有了那种关系。通过她，我一直掌握你的信息。有一次，她安排我去看你的运动会。那时你才十岁左右。我只是父母群中的一个陌生人，看着你赛跑。你得了第二名——我十分自豪。你十三岁的时候，我接到一通紧急电话。牧师和他的妻子在几个月内相继去世。伊迪丝把你安置在另一个家里，但事情并没有解决。人们叫你——那个可怕的短语是什么？——‘破坏性的离经叛道者’。伊迪丝找过一个又一个家庭。但你一直在逃跑，我不得不帮你。我曾对伊迪丝讲，‘让我来处理吧。’我遇见了多年前乘船旅行时结识的老朋友。”

“布罗克·梅恩。”我说。

“是的，他娶了一个可爱的女人，而且已经有了孩子。‘我会支付所有的费用，’我说，‘到时候我会支付最好的学校和大学的学费。’

“‘如果我们这样做，她将成为我们的孩子。’他告诉我。其余的事情你都知道了。”

“那伊迪丝呢？”我问道，“你伤过她的心。”

“我想是的。”

我跌坐回去，动弹不得。在不到一个小时的时间里，这个人就把我的人生拼图拼好了——我的母亲、父亲，还有梅恩一家。我端详着他——他那一头向后梳的黑发，他那与黑色窗户违和的侧影——这个从不愿费事成为我生命的一部分的男人，现在却要来认领我。

“你一直在玩弄我，就像你玩弄我的母亲一样。”我现在把一切看得很清楚，“你雇我来为你辩护，只是供你消遣。你也没有告诉我本案的真相。是你在让人跟踪我；是你在我车的挡风玻璃上写下威胁的话。你也不想让我查明你是我父亲，否则我就会退出本案，破坏你最后戏剧性的披露。”

他的脸变得煞白，“不，吉莉，你错了。我从来没有跟踪过你，也从来没有威胁过你。我永远不可能——”

“那到底是谁干的？”我喊道。

“我不知道。”他平静地说。

我感到胸透不过气，喉咙堵塞了。我不会再哭了。我不会令他感到满意。

随后，我突然心中一动。我想起了审判。我想起了劳拉·特鲁萨尔迪，“我的母亲在哪里？”

“她已经不在我们身边了。”

“你是说她死了？”

“是的。”他低声说。

“怎么死的？”

“这没什么可说的，她开始吸毒。有一份警方记录记载，持有毒品——我几个月前发现的。吉莉，你应该知道，她非常爱你。在我读到的判决前调查报告里都有记载。她因为抛弃你而深感内疚痛苦。她很悲伤，为生命中没有你而苦恼，备受折磨。所以，她用海洛因来缓解痛苦。她流落街头，最后她的钱不翼而飞，被一个很坏的骗局骗走了。吉莉，你的母亲口才很好，就像你一样。你可以找到她的判决前调查报告，她的名字是特里利亚·詹姆斯，尽管阅读那些会让你心碎。”他停住了，说不下去了，“我很心碎。”

“你在顶层公寓里几个月都是这么做的？”我问道，“坐在她的照片旁沉思？后悔你做过什么，或者没有做什么？”

“是的。”

他一直在瞒着我，仍然瞒着我。然后，我想起了这个名字，凯尔提报告上的名字，这艘船上的名字。

一声哀叹从我的体内冒了出来，“不，不！”

他的眼睛闪着泪光，“皮克顿，养猪场。”

我听见自己在抽泣，无法遏止。

“亲爱的，我的女儿。”

他朝我走过来，试图把我搂在怀里，但我走开了。我看过警方报告——妇女们被戴上镣铐，被肢解，被杀害。我感到恶心，跑到了船头。我跪在抽水马桶前失声痛哭。

我在一张陌生的床上醒来。他俯下身来，用一块柔软的布给我洗脸。他是我的父亲。

"你现在必须起床了，"他说，"我们快回岸边了。"

他扶我走到栏杆边，站在我身旁，眺望着对岸的西温哥华。他的脸再次变得平静、安详。他有一种终于安静下来的神态。

我职业的一面显露了出来，"作为您的律师，我应该告诉您——如果我现在还是的话——您很有机会接受新的审判。法官错误地接受了反驳证据。找个新律师吧。他会上诉，给您一个重新审判的机会。"

"吉莉，你还是不明白。我有罪。不是谋杀劳拉而是放任她死去。我辜负了她。"他转过身来看着我，"我累了。我在这里没有别的了。"他发出一阵刺耳的笑声，"谁知道呢，也许我能有幸在监狱里遇到罗伯特·皮克顿，履行我的复仇义务呢。"

"您不会有机会的，"我说，"太多其他犯人有同样的想法。他们对他进行保护性监管。"

"啊，那真令人失望。"

在前方的黑暗中，我看到了阴森森的狮门大桥。我们从大桥下方驶过，进入港口，驶向游艇俱乐部。

"吉莉，如果我能要求你一件事，那就是离我姐姐远点。"

我拼命地转动脑筋，"她知道我是您的女儿，是不是？"

"是的，我绝不想让她伤害你。"

"是她杀害了劳拉吗？"

"不，她爱劳拉，"他疲倦地说，"劳拉对她很好，也很喜欢她，但从不求她的回报。拉奎拉对劳拉和我重归于好感到生气，对劳拉怀了我的孩子感到愤怒。但她不会杀害劳拉，也不可能杀了她。我姐姐是个瘾君子，劳拉收到的可卡因是给她的。我本该告诉你——劳拉死后，拉奎拉去了戒毒所，处理她的毒瘾问题。”他停顿了一下，“劳拉的死困扰着我，将永远困扰着我，直到我知道是谁杀了她。”

船慢了下来，突然前倾。我抓住栏杆，低下头，在脑海中把碎片分类，放到合适的位置。特鲁萨尔迪，我的父亲。拉奎拉，我那愤世嫉俗的姑姑。我的母亲，永远地离开了人世。

“你是来到我生命中唯一美好的事物。”父亲说着，“拉·特里利亚号”轻轻地触到码头。

我默默点头，踉踉跄跄地走到白衣男子们正在安放的舷梯前。

“约瑟夫·昆廷会跟你联系，”他喊道，“我想给你一些照片。还有一个信托基金。”

“父亲，现在收买我为时已晚。”

当我跳到码头时，我听到了他短促而刺耳的笑声。“那就把钱捐赠出去吧。”他往后仰着头，在黑夜中高声喊出。

我踉跄着坐上正在等候的豪华轿车，强自振作，车子驶过大桥，经过斯坦利公园，沿着乔治亚大街前往耶鲁镇。当公寓的门在我身后关上的那一刻，我终于释放出我体内野兽的嚎叫。

第五十五章

我的电话被打爆了。我把固定电话线从墙上扯下来，把手机关机，扔到地上。我像婴儿般蜷缩着躺在床上。任时间流逝。

“吉莉，看在上帝的分上。”杰夫站在我身边大喊。

“你是怎么进来的？走开。”我说。

“我打电话给理查德。他知道你把秘密钥匙坠藏在哪里。现在从你床上滚下来，跟我到法院去。”

“我不想去法院。今天不行。”

他以同情和轻蔑的表情端详着我。“现在还不是崩溃的时候。你的事业岌岌可危。你知道人们会说什么。”他弯下腰，朝我脸上喷话，“你只是另一个无法承受压力的女人。”

“杰夫，你不明白——”

“是的，我不知道，我也不在乎。”他拉开被子，“现在就起床，洗把脸，穿上西装，去法院。你有十分钟时间。”

我强迫自己起身，走到浴室，站在热水淋浴下，想着我的母亲。我穿上西装，梳理我的黑发，在镜子前练习微笑。我花了多少时间研究那张穿白裙子女孩的照片，却没有明白她究竟是谁？我就是她——她遗留的一切。我穿上高跟鞋，走到客厅。

杰夫在一旁等待着，手里拿着卡布奇诺。他把它递给我。“‘共赴战场。’”

二十分钟后，我进入第20号法庭。我心乱如麻，但从外表看来，我状态良好，肩膀后展，高昂着头。我望向被告席，我父亲就坐在那里。他向我露出疲倦的微笑。

去你的，我心想。但现在，我是他的律师。我冷冷地点了点头。

陪审团鱼贯而入，随后莫尔顿法官进入法庭。玛丽昂庄重地念出那句熟悉的话：“陪审团的女士们先生们，你们是否达成了裁决？”

他们的表情没有告诉我什么。

我们的陪审团主席卡斯米尔斯基站了起来，“我们已经做出了裁决。”

“那你们的裁决是什么？”

“我们一致裁定被告罪名成立。”

第五十六章

剩下的环节无非是例行公事。莫尔顿进行宣判，二十五年不得假释，感谢陪审员为国家所做的贡献，并解除了他们的职务。玛丽昂高喊肃静，莫尔顿从法官出口离开。在被告席里，法警在我父亲伸出的双手上扣上手铐。在他们猛推他的肩膀，推着他走向牢房大门之前，他对我微微一笑。我计算了一下——如果活得足够长，他到八十岁时就会出狱。

杰夫和我收拾文件，把一天前看起来很珍贵的文件像垃圾一样塞进我们的大皮包。杰夫从桌子上拎走两个公文包；我拿着第三个。没什么可说的，我们败诉了。

赛·肯奇在获胜后显得很谦虚，在空旷的法庭后面等着我们。“干得不错，吉莉。”他说，好像他的胜利奇迹般地恢复了我们昔日的友情。我无视他伸出的手，只盯着他的眼睛，直到他的目光退缩。

“你欺骗了我，赛。你钻了规则的空子。”你把一个无辜的人送入监狱——不管我是否喜欢他，他恰巧是我的父亲。

“我警告过你了，吉莉。”

“当然。”

“就像有人警告过你要小心达蒙一样。”

“达蒙？”

“还有谁？”赛得意地笑了，“警察盯上了他，吉莉。”

“什么事，赛？”

“还有谁想把凯伦扔进垃圾桶？”

“有很多人。你为什么要试图毁掉一个无辜的孩子？”

赛看着我，好像我是个傻瓜，“这就叫正义，吉莉。”

我穿过有着玻璃屋顶的中厅朝电梯走去，它会把我带到律师休息室，在那里我可以脱下律师袍，解开领结。早些时候的雨已经停了，现在低沉的阳光穿过云层，照亮了石板瓦，上层走廊层层悬挂的植物正闪闪发光。

“吉莉。”

我停下来。

洛伊丝从一根柱子后面走出来。

我的公文包哐啷一声掉在地上，“洛伊丝，你要我。好一个演员，好一场表演。你和赛串通一气，是不是？我对你们俩来说只是个游戏，只是个笑柄。”

她的表情崩溃，“吉莉，事情不是这样的；你不明白。”

“我对你没有什么可说的了。”

好一会儿，我觉得她一动不动。随后，她转身走开了。

我走到休息室，脱掉我的法庭服饰，把它在我的柜子里放好。我找到了停车场的电梯，下到大楼底部，杰夫在他那辆破旧的面包车旁等待着。

“你怎么这么久才出来？”他问道。

“公事，”我一边说，一边把公文包扔到后座上，“处理公事。”

杰夫把面包车开出停车场，等待一辆公共汽车经过，随后缓缓驶入繁忙的街道。人们忙着自己的事情，有说有笑，仿佛这只是平常的一天。我看到赛和洛伊丝走在前面的人行道上。她正在哭着，喊着，用她的小拳头捶打着他的胸膛。他伸手抓住她的手腕，但她挣脱了。他的身子突然一倾，洛伊丝倒在了街上。伴随着尖锐的刹车声；公共汽车停了下来，但为时已晚。

杰夫停下车，“天哪！”

众人跑向那具瘫倒在地的躯体。不知从什么地方出现了一辆警车，随后救护车也来了。洛伊丝那变形的身体被绑在担架上，抬进救护车里面。赛站在人行道上，茫然地凝视着在一片嘈杂的警笛声中呼啸而去的汽车。

孤独，无尽的孤独。

第五十七章

拉奎拉·特鲁萨尔迪歪着身子坐在轮椅上怒视着我。她的脸上印着深深的皱纹；她的黑发中新添了缕缕白发。她度过了一个糟糕的夜晚。

“你答应过我，不必第三次把你赶出去。”她厉声说道。

我费了不少力气才找到她。是理查德说她会在文森特的公寓里，并以送货为借口让我进门。我透过玻璃墙看过去。在我下面，这座城市从四面八方延伸到海边。但我不是为了看风景来的。

“我告诉过你，在这一切结束之前，我会知道一切。我知道其中的大部分。只是有几个细节需要你的帮助。”

她从我身边转到窗前。“所以，他告诉你，你是他的女儿。”她发出一阵刺耳的笑声，“你和他待在一起的所有时间里，你从未意识到这一点。”

“关于什么？”

“我那亲爱的、受人喜爱的弟弟创造了他自己的幻想世界。对他来说，这些真相就是他想要的。他有一个女儿，是他的一次短暂风流艳事的结果，这并非不可能。很明显他已经认定你就是那个结果。你觉得我为什么要警告你不要插手这个案子？”

她微笑着，无奈地摇着头。在我的直觉发挥作用之前，有那么一瞬间，我相信她了。“我见过有妄想症的人——法庭上到处都是这种人。但文森特·特鲁萨尔迪不是这类人。”

“随便你怎么想，特鲁伊特小姐。这对我来说无关紧要。你别指望能从他的财产里拿到一分钱。”她用手按下了轮椅上的按钮，希尔德加德从门口走了出来，她穿着冷酷的深色套装，露出一副因强烈厌恶而扭曲的面部表情。

“希尔德加德，把特鲁伊特小姐送出去。”

“你已经造成极大的损害，特鲁伊特小姐，”希尔德加德说，“你输掉了文森特的官司。这对家族及其企业的损害是无法估量的。”她捕捉到了拉奎拉犀利的目光，“拉奎拉，你会是新的首席执行官。但事实是，失去文森特，失去他的经验、他的判断力，将是一个巨大的打击。”

我笑了。书中最老套的错误是：两个盟友讲述着不同的故事。“拉奎拉说文森特有妄想症；希尔德加德则吹捧他的判断力。这里有人在撒谎。”

“走吧。”希尔德加德深吸一口气说。

“你们为什么讨厌我？”我的目光游走在两个女人之间，“如果我是文森特女儿的想法是一种虚妄的迷恋，你们为什么会害怕我？”我孤注一掷，“你们为什么要威胁伊迪丝·霍尔？你们为什么删除我的出生记录？如果我想成为这个家族的一员，如果我想要你们的钱——我并不需要，我就必须证明这一点。一个简单的DNA检测就能证明我是或者不是他的女儿。”

“那你为什么在这里？”希尔德加德心有不甘地问道。

“我是来谈劳拉·特鲁萨尔迪和杀害她的凶手。”我转向拉奎拉，“你爱劳拉，不是吗？”

我看到希尔德加德脸上的惊慌之情，但是拉奎拉没有理睬她。

“我当然爱她，”她说，“我像姐姐一样爱她。”

“不，不是像姐妹，”我施压道，“更像情人。”

希尔德加德抓住拉奎拉的椅背，“别再胡说八道了。”

没有我需要的答案，我是不会离开的。“这个过程开始很缓慢，是不是，拉奎拉？劳拉会来和你喝茶。她爱文森特，但她很孤独。他经常出差，对你的午后拜访演变成夜晚的长久陪伴。你们成了朋友，然后更进一步。当她建造新房子时，很自然地就为你准备了一套独立而又相连的套房。”

“你根本不知道是怎么回事。”拉奎拉嘶吼道。

“拉奎拉，我们得走了。”希尔德加德说，提高了声调。

拉奎拉大笑，眼睛闪闪发光，“我这辈子从来没有逃避过任何事情，我也不会逃避这个小婊子。”

“但是，劳拉开始退出了，”我说，“也许她不喜欢你想要的超越友谊的关系，也许她不喜欢你吸毒，也许她不喜欢为你购买毒品。她和那个建筑师有过婚外情，但她结束了这段情，也许是为了你？然后，她和那个送毒品的男孩牵扯到一起，这没什么大问题，但他毕竟不是你。最后，她回到文森特身边，他们决定要个孩子。”我深入挖掘，“最后的背叛——回到你所厌恶的弟弟身边，怀上他的孩子，你无法接受。谋杀前两天，你们吵架了。你袭击了她。人们认为，由于你坐在轮椅上，所以你是弱势一方。但你很强壮。你可以坐着轮椅撞倒一个人，也能发动突袭。劳拉逃到街上，警察在那里看到了她。不过，她从来没有告诉过他，她是在躲避你，所以警察在报告中谴责了你弟弟。”

“你疯了吧，特鲁伊特小姐，彻底疯了。”

“我们要走了。”希尔德加德说。她试图猛拽轮椅，但我的手按在扶手上。我俯视着拉奎拉，看着她睁大双眼。

“那两天里，你在怒火中苦苦煎熬，等待着复仇的时刻。然后，时机就到了。那天是周日——安杰拉放假了，卡尔梅利纳出去了，文森特出海了。最后只有劳拉一个人。你乘电梯上楼，从保险柜里取出枪，然后杀了她。”

“不，”她低声说，“不是。”

“是的，你早就计划好了。首先，是一顿美餐。劳拉的‘最后的晚餐’。”

她猛地抬起头来。

“警方的一份报告提到洗碗槽里有两个玻璃杯、两个盘子、两套餐具。”

“胡说八道！”希尔德加德厉声怒吼道。

“是吗？”我问。

她把我挤到一边，重新控制了轮椅，“你已经困扰拉奎拉够久了。”

我上前一步，挡住了她们去门口的路。

“有件事一直让我感到困惑，拉奎拉。你是怎么做到的？你如何制服她的？你很强壮，可她也是。但我想我明白了。问题出在午餐里。你在楼下准备了盘子，用你放在厨房里的小推车运上来。你把你的一些药片磨碎后放进她的食物中——验尸官在她的血液里发现有安眠药的成分。她变得昏昏沉沉，然后上床睡觉了。这之后事情就很容易了。”我想起了那些照片，“把她绑起来很容易，向她开枪也很容易。我希望她没有太多感觉。”

拉奎拉一动不动，指关节紧紧地攥着轮椅上的扶手。

希尔德加德退后一步，审视着拉奎拉。她终于领悟过来。“不。”她震惊地说。

我们互相凝视着，三个女人如同一幅静止的画面。

拉奎拉的哭泣打破了寂静。“劳拉，”她悲鸣道，“我不想这么做。但我无法忍受看到她回到他身边，尤其是在我们经历了那么多之后。”

希尔德加德朝拉奎拉弯下腰，用“嘘”让她安静下来，然后狠狠地瞪了我一眼，“你已经造成了足够大的伤害，特鲁伊特小姐，你现在就走。”

“还有几个细节，”我说，“你决定通过杀害其他嫌疑人来确保文森特承担谋杀罪责。比如特雷弗·肖尔。”

拉奎拉振作精神。“那是——”她甩开希尔德加德试图让她安静下来的手，“这已经不重要了——文森特已经入狱了。特雷弗·肖尔意识到我和劳拉之间的关系。他心急如焚。”

我决定冒险一试，“案发前他知道枪放在哪里，案发后也知道在哪里。”

“你比我想象的要聪明，特鲁伊特小姐。当肖尔设计房子的时候，我让他在博特罗雕像下面安装了一个隐蔽的保险柜。这是我的家族成员在他们的房子里常有的东西，一种老式的奇趣之风。他知道这个装置如何操作，如何使雕塑转动，露出下面的洞。”

“所以，他检查过博特罗雕像？他发现了枪，并与你对质。”

拉奎拉默默地盯着我。“我们走吧，希尔德加德。”

“他来找过我，”我说，“他让我看看这个家庭，并看看这个房子。如果我当时明白他的意思，他应该还会活着。你就不会杀了他。”

她的轮椅朝我唰地旋转过来。我退后一步，但它撞到了我的小腿。她伸出手，抓住了我的手，“这都是你的错。你和你的侦探一直四处打探。”她的手像老虎钳一样紧拧我的手腕，令我疼得弯下了身，“他的死是你的错，特鲁伊特小姐，全是你的错。”

我挣脱她的手，直起身来，把裙子弄平，“你在跟踪我。”

“拉奎拉？”希尔德加德惊讶地看着她。

“恐吓你让我感到很高兴，特鲁伊特小姐，让你感受一点你给我带来的痛苦。我很享受它。”

“别说了！”希尔德加德用苍白的手抓住拉奎拉的轮椅。“你已经毁了你自己，”她低声对拉奎拉说，把她推走了，“你已经毁了这个家庭。”

“这都是你的错，特鲁伊特小姐，都是你的错，”拉奎拉哭喊着，希尔德加德把她推到了门口，“他不应该有你。你根本不应该出生！”

“好吧，确实如此。不管你是否喜欢，我都存在。”我停顿了一下，“你将会被警方传唤，拉奎拉。”

我做到了，我心想，我已经发现了真相。

我把口袋里的录音机关掉，然后离开。

第五十八章

几个小时后，我独自坐在艾伯特瓦餐馆[1]里一个镶着黑色窗框的狭窄房间里。这是一家工业时尚风格的餐厅，就在我办公室所在街道的拐角。一位戴着银耳环、年轻时髦的服务生给我倒了一杯冰镇夏布利[2]。

“今天很辛苦吧，特鲁伊特女士？”他问道。我是这里的常客。不过，今晚我不饿。

“你可以这么说。”但愿他知道。

“吉莉，我想我可能会在这里找到你。”

我抬起头，“嗨，杰夫。”

他坐下来，服务生给他端来一杯酒。“我收到了你的信息，并下载了拉奎拉供词的音频文件。真令人难以置信。现在怎么办？”

“首先，我告诉伊迪丝可以不用担心了。我刚刚给她发了一条短信，让她知道自己很安全，可以回来了。”

---

1 艾伯特瓦餐馆（L’Abbatoir），温哥华一家著名的法式餐厅，尤其以黛安牛排（steak diane）闻名。

2 夏布利（Chablis），法国的一种白葡萄酒。

“我是说这个案子。”

“啊，这个案子。明天我把这份供词交给警方。赛别无选择，只能请求莫尔顿法官取消判决，释放特鲁萨尔迪。拉奎拉将以一级谋杀认罪，并在监狱中度过余生。故事到此结束。”

“你不会带着供词直接去找赛吧？”

“不可能。他违反了所有的规则。随后，他把洛伊丝推到了公交车底下。我们之间的关系已经结束了。”

“他没有把洛伊丝推到公交车底下——是她自己跌倒的。据说她有望挺过来。”

“如果你这么说的话。”我坐在那儿思索着，“我很高兴洛伊丝没事。”

杰夫身体前倾，“录音里还有别的东西，吉莉，关于你的事情。”

我告诉了他，不是全部但已经足够充分。一位找到但已失去的母亲，一位找到而又被我抛弃的父亲，以及我唯一的姑姑，而我正要把她送进监狱。

杰夫听着，睁大眼睛。“我承认，”当我最终讲完后，他说，“这次不只是另外一个案子了。”他欢快起来，“但生活还要继续。黛比一直在找你。某个政客被指控勒死他的女儿，这是个大案，价格不菲。他迫不及待地想见你，只见你一人。”

“我明天会处理。”

杰夫开始想反对，然后阻止了自己，“好吧，我走了。杰茜卡在等着我。”他弯腰给我一个快速拥抱。

“再见，杰夫。能和你一起共事太棒了。”

“你说什么呢？周一见，老板。”

宽慰与深深的喜悦交织在一起。所以，他留下来了。

他朝我笑了笑，“照顾好自己，吉莉·特鲁伊特·特鲁萨尔迪。”

我又是一个人了。我杯中的酒已经变温。雨水拍打着外面的窗户，留下斑斑条痕。我需要继续前行，却又无处可去。

我开着奔驰车，漫无目的地向西驶去，驶向乔治亚大街和斯坦利公园，随后又原路返回到西喜士定街，途经富丽堂皇的温哥华俱乐部，几年前那里还不允许女性从前门进入，又经过了高豪港[1]的商店和奢华酒店。我一直向东行驶，并下沉进入变窄的街道，那里的窗户都被打破了，灯光花里胡哨，巷子里的人在卖淫、吸毒，或者做任何能熬过接下来的一两个小时的事。

我的目光捕捉到人行道上一名高个男子的身影——牛仔裤，绒面革夹克，黑色长发像女孩的一样随意摇摆。他盯着我看，也许是喜欢这辆车。我应该从他身旁经过，但我放慢了速度，把车停在了路边。我用手指按动按钮，车窗摇了下来。他靠了过来，我被他的俊美吸引住了——白里泛红的皮肤，水汪汪的黑眼睛。他走得更近了。他沉默了好一会儿。

1 高豪港（Coal Harbour），又称煤港。加拿大卑诗省（不列颠哥伦比亚省）大温哥华地区布勒内湾的一部分。1859 年，一艘英国勘探船在布勒内湾南岸发现煤层，并将该片地区命名为“Coal Harbour”。随着温哥华的经济转型，高豪港南岸的工业用地从 20 世纪 80 年代起陆续改成住宅用途，目前是温哥华的高档社区。

“需要帮忙吗，姐姐？”他问道。

我的喉咙哽咽了。他把这一切都看在眼里——我的钻石耳钉、阿玛尼夹克、座位上的普拉达包，并看到了我的本质：一个需要帮助的姐姐。我摇摇头。在后视镜里，我看到一辆警车闪着红蓝灯光，警笛在鸣叫。我把手伸进口袋，掏出随身携带的钱——两百加元，把我的胳膊伸向那个男子。他紧紧握住了我的手。

“善待你自己。”我说。

他看着手中的钱，抬起头，瞪大了眼睛，“你也是，姐姐。”

警车现在就在我的后面。我缓慢往前开动车辆，准备停下来。我知道他们在想什么：一桩毒品交易。但警车继续前进，去处理街道上更紧急的事。我转过街角，向南驶入唐人街，来到联合街，在小萨米·戴维斯[1]曾经演唱过的地方，拔地而起了一些贵族公寓，仅剩下献给吉米·亨德里克斯[2]的那些破旧的长满青草的吊唁品，见证了那些，曾在这里生活、热爱和创作音乐的人。我驶上高架桥，然后驶出，进入耶鲁镇那片闪亮的玻璃丛林，我的家在那儿。

但我还没准备回家。我把车停在了普罗旺斯大酒店前的出租车区。在我的左边，闪闪发光的游船在福溪的船坞里轻轻摇曳；在我的右边，一对对快乐的情侣走出餐馆，谈笑风生。吉

---

1 小萨米·戴维斯（Sammy Davis Jr.，1925—1990），美国著名歌唱家。

2 吉米·亨德里克斯（Jimi Hendrix，1942—1970），美国吉他手、歌手、作曲人，被公认为是摇滚音乐史上最伟大的电吉他演奏者。

莉·特鲁伊特，你务必在九点到监狱会见一个被指控杀害自己孩子的绝望的人。回家休息一个小时再开始吧。

我把手伸进皮包，快速翻找里面的东西——我找到了我的苹果手机。我翻阅我的通讯录，找到了迈克尔·圣约翰。我的手指在屏幕上停留了很久。然后，我把手机扔回包里。有朝一日，也许吧。迈克已经走出了他的黑暗之地，而我仍有一段路要走。

第五十九章

我正要往前走，突然听到车顶传来砰的一声。副驾驶车门打开，一个人影滑进了座位里。

“怎么回事，达蒙？你在跟踪我吗？”我看着他的风衣，他下颌的侧面轮廓。他显得成熟了些。

“我们需要谈谈。”

“这是怎么回事？”

“吉莉，关于你，也关于我。”

一辆出租车在我身后鸣笛，我把车驶离了出租车区。

“我们需要不受打扰的地方。”他示意道，“走太平洋大道吧。”

我掉了个头，继续上高架桥向东驶去。温哥华科学馆的发光球体出现在我们的右侧。这里就可以。我把车开进了废弃的停车场。

达蒙下了车，打开我的车门，“我们走吧。”

他带着我向海堤走去。一场暴风雨即将来临。海风撕打着我们；黑色的波浪拍打着混凝土墙。在大穹顶的霓虹灯下，达蒙的脸出奇地白。我感到一阵恐惧。

“达蒙，我们来这里做什么？”

“我有麻烦了。”

“达蒙，不管你遇到什么事情，我都可以帮你。你是个好孩子。”

他的笑声像镰刀一样划破空气，“我曾经是，吉莉。在我的审判之后，你说我可以重新开始，我以为我可以。但我很害怕。我知道无路可逃。我得做出回应。这就是街头法则。”

“凯伦。”

达蒙点点头，“有一天我突然意识到——恐惧的生活根本就不是生活。凯伦已经赢了。甚至不用碰我。”

“你又重蹈覆辙了？”

“不，吉莉，我做了我的选择。自己的选择。没有吸毒，没有犹豫不决。这一次没有无助地看着枪管。”

“别说了。达蒙，我不能知道这些。”

“我跟踪凯伦，记住了他的行踪。找到他的家，了解到他的手下在晚上办事后送他回来的时间。检查监控摄像头，找到了盲点。”他吸了口气，“然后我就这么做了。我杀了他。”他头往下看，“你说我是一个被街头诱惑带入歧途的无辜孩子，有一段时间我几乎相信了你。但现在我更清楚了。我是个罪犯。我知道这一点。而这只是时间问题，全世界都会知道的。”

“凯伦的仇人很多。赛无法证明是你干的。”

“除非我告诉他，吉莉。”

我抓住了他的胳膊，“不——”

“这是纠正错误的唯一方法。明天我将去赛的办公室自首。

别担心。我不需要律师。我打算认罪。”

很好，我应该这样说。毕竟我是法庭的一员，并发誓要维护法律。坦白吧，达蒙，结束恶性循环。让正义得到伸张。但当我最终说出口的话却让我自己感到惊愕。

“太浪费了，达蒙。你的余生将在监狱里浪费掉，而公众却要为此埋单。你过去做过一些选择，其中有些是不好的选择。现在你面临着又一个抉择。”我停顿了一下，“你还有自己的生活。你可以用它来做好事，帮助他人，让世界变得更美好。”

“你又来了，吉莉——”

“不，听我说。我们给自己贴的这些标签，如罪犯、孤儿、异类，它们都毫无意义。我们知道自己是谁的唯一方法就是直面汹涌而来的海浪，不断前进，直到我们无法再进一步。你犯过罪，达蒙。也许这就是你的标签。但这不是你的本质。”

“你说得容易，吉莉——你是成功的律师，大家眼中的成功女孩。”

“不，”我喊道，“我有自己的阴暗面。我仍需继续改进。”我抓住达蒙的双肩，感觉到它们在我的手掌下颤抖，“但我不会放弃，我不会消沉下去。”

“这是法律，”他在风中大喊，“杀人偿命。”

来自那遥远海岸的话又回到了我身边，“有时候，达蒙，法律一点都不重要。”

我挽住他的胳膊，带着他向车子走去。直面风雨，我们继续前行。

致　谢

感谢我的编辑，布伦丹·梅和萨拉·圣皮埃尔，他们帮我在我散乱的手稿中发现了这部小说。

感谢同为作家的西蒙·热尔韦，他阅读了本书的初稿，让我对这本书充满信心；感谢我忠实的经纪人兼盟友埃里克·迈尔斯。

谨对我的丈夫弗兰克·麦卡德尔致以始终不渝的深深感激之情，是他的爱和一直以来的支持使这本书成为可能；还有我的儿子安格斯·麦克拉克林和我的妹妹朱迪·达林，是他们让我相信我能够写出这本书。

译后记
那些辛劳、温馨与美好

在严复（1854—1921）逝世百年之际，摩挲历时二年半而成的《全面披露》译稿清样，想起当年这位翻译巨匠提出的"信达雅"标准之高，其感慨的"一名之立，旬月踟蹰"经历之难，在本书翻译的数百个日夜中，真真实实地感受到了。绝知此事要躬行，诚哉斯言！

人生充满了不确定性与机遇。当我在2017年底准备承担《法律职业伦理》这门课程时，初心是更好地为学院的教学服务，这是一门重要但缺少专职教师的课程，同时我也对这一新领域充满兴趣，希望督促自己不要固步自封，能走出本专业，开拓新研究。浑然不知转年之间，这门课会成为教育部法学专业的十门必修课之一，成为我翻译《全面披露》的动力之一。

为了上好《法律职业伦理》，我利用学术休假，申请到清华大学"高水平教师出国研修"项目的资助，前往加拿大英属哥伦比亚大学（UBC）的Peter A. Allard法学院交流学习一个学期。蒙在此处任教的崔威教授玉成此事，其与程洁教授贤伉俪精心安排，定居此地的中学同学晓琛一家热情招待，讲授Legal Ethics的Andrew Martin教授为人友善，人和地利，2018年夏季我的温哥华之旅异常顺利，很快就能够全身心地投入学研之中。Peter A. Allard法学院来来往往的人流之中，因为我时常可见，惹得国际交流办公室的Leslie感慨道："你是我见过最勤奋的访问学者。"今日回想起来，这种动力或许有曾在UBC历史系任教的何炳棣和瞿同祖两先生的精神感召吧。

Peter A. Allard法学院四楼的教员休息室门边立有一座贝弗莉·麦嘉琳大法官的头像，揭示了这位富有传奇色彩的法官与这里的渊源。作为加拿大司法史上第一位女性的最高法院首席大法官（2000年），也是迄今在任时间最长的首席大法官（2000—2017年），麦嘉琳曾于1974—1981年在此任教。这是Peter A. Allard法学院引以为豪的事情。

日子匆匆复匆匆，转眼已是岁末，法学院内海报栏贴出学术活动信息，2019年1月4日—5日将举行一场关于首席大法官麦嘉琳的学术会议。内容包括她莅临发表题为"变动世界的法律未来"（The Future of Law in a Changing World）的演讲、学界就其法律遗产和领导力等问题展开研讨（围绕2018年出版的新书《加拿大首席大法官：贝弗莉·麦嘉琳的法律遗产和领导力》[*Canada's Chief Justice: Beverley McLachlin's Legacy of Law and Leadership*]）。这应该是麦嘉琳卸任首席大法官之后Peter A. Allard法学院组织的学术纪念活动。与此同时，我在UBC的书店里，看到麦嘉琳的第一本小说《全面披露》刚刚面世，好奇翻阅之下，发现其中一些内容与法律职业伦理关系密切，可以从法律与文学的角度，加深对律师职业伦理的理解，恰可作为《法律职业伦理》课程的阅读文献（当然不限于此）。我聆听了讲座、参加了研讨，得以拜会麦嘉琳大法官，并进行了一些简单交流。她气质优雅、亲切随和，给我留下深刻的印象，也消除了我的拘谨。

会议结束后，我萌发了翻译《全面披露》的想法，得到了译林出版社王笑红老师的鼎力支持，笑红君不仅具有很高的学术品位，而且执行力很强。令人感动的是，麦嘉琳大法官虽然与我只有数面之缘，却给予了我高度的信任，不仅同意我来翻译此书，而且帮助我联系版权方。正是在各方的支持、信任与配合下，本书中译本的授权和翻译合同得以高效地完成。

《全面揭露》作为麦嘉琳在文学界的黄莺初啼之作，见证了其从资深大法官到畅销小说作家的华丽转身。小说讲述了一位年轻有为的女律师吉莉·特鲁伊特，接受了被指控谋杀妻子的富翁文森特·特鲁萨尔迪的委托，担任其辩护人，从而卷入一起神秘凶杀案的故事。她的法庭对手赛·肯奇，是最优秀的检察官，亦是她曾经的导师。她周边的亲友，无论是养父母、男友还是在她年幼时帮助过她的社工，都希望她退出此案代理。这位土著孤儿出身，怀着拯救世界的雄心进入法学院，毕业后创建自己律所的女律师，面临着事业和人生的双重困境。一方面是职业生涯最严峻的挑战，她需要发掘案件真相，与自己的恩师对峙，证明“弟子不必不如师”，说服陪审团案件存在合理怀疑，为委托人开脱罪责，另一方面是自己身世的不解之谜，伴随案件的进展，她在主动与被动之中发现了自身来历的线索，渴望解开一直以来耿耿于怀的人生谜团。

“全面披露”作为法律术语，指“所有重要事实的彻底揭露”（Black Law Dictionary, ninth edition, 2009, p.531），在本书里，其不只是指检方需要在开庭前向辩方披露其所掌握的一切证据等诉讼法上的要求，而是综合了披露法律问题和案件添附的人生问题的双重情境。吉莉作为法律之子，需要高度理性甚至冷酷无情，作为尘世中人，则无法摆脱七情六欲，律师职业伦理要求其与委托人的关系是“竭尽所能，然后放手”“不得同委托人密切接触”等，但在涉及亲情身世时，貌似清晰的界限变得模糊混沌起来，这种困境也揭示了职业伦理的实践性特质。

作为文学家的麦嘉琳，似乎延续了她的司法判决书特有的简洁清晰的写作风格。本书在结构安排上，每章篇幅不长，多为数页，基本是设置一个场景，以两个人之间的故事为主，各章具有独立性而又环环相扣，起承转合。在文字表达上，朴素凝炼而不求绚丽，细节之处常可见对人性的深刻洞察。

读者可能会关心小说的女主人公和作为大法官的麦嘉琳之间的关系，麦嘉琳是在写自己的故事吗？对此作者曾回应道：“无论从哪一方面讲，她都肯定不是我。我从未做过刑事辩护，我从未有过像她那样的经历……但我与其共享某些态度和价值观，她是我曾遇见和钦佩的某些人。”小说的场景主要设置在温哥华，这与麦嘉琳的经历有关，其从1981年起开始法官生涯，曾先后担任温哥华地区法院、卑诗省高等法院和上诉法院（皆在温哥华）法官，1988年被任命为该省高等法院首席法官，直到1989年被任命为加拿大最高法院（在渥太华）大法官离开此地，可以说温哥华是她最熟悉的城市之一。书中曾以女主人公的视角提到，“卑诗省高等法院所在的阿瑟·埃里克森楼敞亮通风，墙上悬挂着加拿大首席大法官年轻貌美时的肖像，提醒我有时候偶尔女性真的可以主宰法庭”，这是麦嘉琳在书中不经意间提及自己的闪亮一笔。一种开放性的思路是，有兴趣的读者不妨去阅读麦嘉琳的重要判决书，也许能发现判决和小说在价值理念上的某些相通之处。

在麦嘉琳举重若轻的笔下，《全面揭露》展示了伦理与法律、性别与法律、情感与法律、族群与法律之间多维度的张力关系，丰富了法律的想象力。

作为曾经旅居温哥华的过客，我翻译本书也是在重温这段人生中温馨美好的学研经历，天气、风景、街道、餐厅、艺术、法庭、亲友等，随着笔端流淌，皆一一重现在我脑海之中，借用一首经典老歌的名字——Yesterday Once More。

最后但并非最不重要，老同学罗翔兄拨冗推荐，UBC亚洲图书馆的刘静女士、黄海如师姐、中学老友江小丹兄、李东歌律师、刘俊宇律师、黄玲律师、梁翠宁教授、汪洋教授、郭志媛教授、毛国权律师、张音迪律师为本书中某些词汇、段落的翻译提供了背景资料和宝贵意见，送出关键助攻。我的学生黄飞翔、徐向妤、张嘉颖、尹子玉、卓增华、曹文潇、徐逸尘、陈斌协助校对译稿，我采纳了他们的一些建议，也敝帚自珍坚持某些己见。译林出版社的黄洁、潘梦琦老师尽心尽责，认真把关。我诚挚地感谢以上诸位的帮助，同时需要指出，本人才疏学浅，面对文学传神和法律严谨的双重要求，翻译中的谬误在所难免，译责自负，敬请方家批评指正。

陈新宇

2021 年 11 月 26 日星期五晚于清华园